KB176262

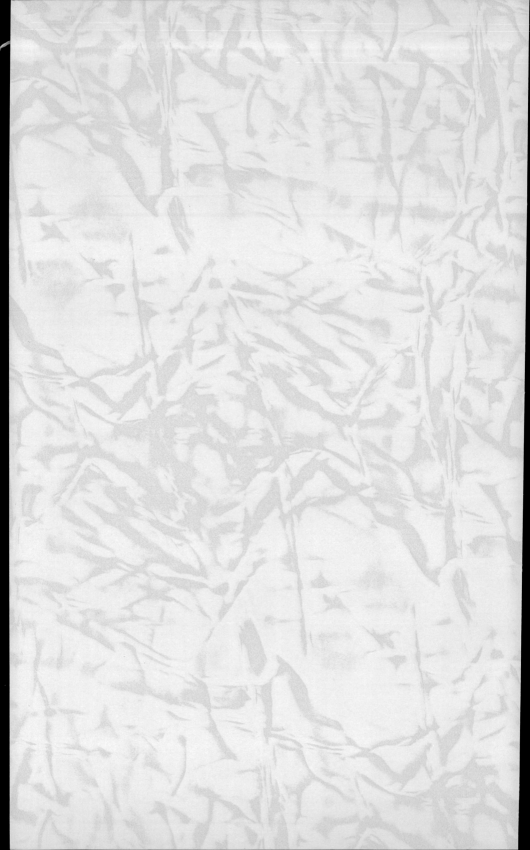

엘리트 수필집

하늘공원에 서다

신정일 수필집

엘리트출판사

국립중앙도서관 출판예정도서목록(CIP)

하늘공원에 서다 / 지은이: 신정일. — 서울: 엘리트출판사,
  2018
      p, :   cm

  ISBN 979-11-87573-10-4 03810 : ₩13000

  한국 현대 수필[韓國現代隨筆]

  814.7-KDC6
  895.745-DDC23   CIP2018006990

하늘공원에 서다

신정일 수필집

엘리트출판사

싸리꽃 능선

'사람은 책을 만들고, 책은 사람을 만든다.' 교보문고 광화문점 정문 들어가기 전 오른쪽 벽면에도 출입문 중앙에도 붙어있는 글이다.

'사람은 한 권의 책이다.' 또는 '내 살아 온 길을 글로 쓰면 책 열 권을 쓸 수 있다.'는 옛날 어머니들 말도 있다. 그렇다. 삶은 소설이고 드라마다.

사람이 숨을 쉬는 한 아주 작은 소망이라도 가지고 살아야 한다. 작아도 어떤 목표가 있어야 삶의 생기가 있고 건강하기 때문이다. 건강한 정신이어야 육신의 건강도 유지된다. 까맣게 잊고 살았던 글쓰기가 고희역을 지날 즈음 바람처럼 다가와 서성이고 있었다. 내 인생의 쉼표에서 늦게 만난 글쓰기, 그를 다독다독 사랑해야겠다.

'글을 쓰는 사람에게 치매란 절대 없다.' 어느 문학 강좌에서 기억에 담은 구절이다. 글뿐이겠는가? 무엇인가에 몰두하다 보면 건강이 유지된다는 말이겠지! 건강한 삶을 살고자 건강할 때 움직여 주자.

인문학 강의를 듣고자 어느 문화예술회관을 들락거리고 있다. 희수 (稀壽)의 나이를 보듬고 6개월째 주말이면 그곳을 찾는다.

왕복 2시간 반을 전철 철로에 깔고 다닌다. 여름 더위에 강연장은 시원해서 좋고 석학들의 강연 내용은 좋은 비타민이다.

그곳에는 젊은이들도 있지만 중장년, 노년의 수강생들이 구름처럼 모이고 있다. 듣고 느끼고 건강하게 살고자 하는 열망이 보인다. 거기에 동참하는 날의 기분이야 싸리꽃 곱게 핀 능선을 걷는 느낌이어서 즐겁고 행복하다.

건강하게 누구에게도 짐스럽지 않은 삶, 여유를 누리며 살고 싶다. 내가 나를 책임지는 삶이고 싶다. 찾는 자에게 길이 있고, 두드리는 자에게 열리나니 성경말씀을 믿으며 남은 삶을 엮으리라.

고희를 넘기며 모아진 글로 수필집을 내놓게 되었으니 재미있게 읽어주기를 기대합니다.

추천의 글을 써주신 이성교 교수님과 평설을 써주신 장현경 평론가님께 감사드리며 편집에 노고가 많으신 마영임 편집국장님께도 감사드립니다. 청계문학회와 엘리트 출판사의 무궁한 발전을 기원합니다.

오랜 지병과 동행하면서도 본 정신으로 살다간 천국의 남편에게 이 책을 바칩니다.

2018년 2월

申 貞 一

시련(試鍊)의 향기

李姓敎(시인, 성신여대 명예교수, 문학박사)

문학 가운데 수필처럼 넓고 자유로운 글도 없다. 그것은 소재 면에서도 그렇고 표현 면에서도 그렇다. 그렇기 때문에 우리 생활면에서 가장 가깝다. 이런 수필의 요인으로 수필을 읽으면 그 사람을 가장 잘 안다는 말도 여기에서 나왔다. 그래서 수필을 쓰는 연령층은 대개 나이 많은 사람들이라고 볼 수 있다. 이번에 내는 신정일 시인의 수필도 인생을 오래 살은 생활 수필이 많다. 신정일 시인은 인생의 꿈이 무지개처럼 피던 중학교 학생시절부터 남다른 생각에서 글을 좋아하여 책을 많이 읽었다고 한다. 이러한 뿌리에서 학업을 마치고 결혼하여 긴 생활 인생살이를 겪고 난 다음 글을 쓰기 시작했다.

그 첫 단계가 시 창작이었다. 몇 년 지나서 그 실력을 가늠하기 위하여 문예지에 작품을 투고한 결과 당선되어 문단에 데뷔하였다. 시집 『꽃빛 햇살』, 『아버지의 묵언』, 『그 꽃 피우게 하소서』를 내어 그 이름을 높였다. 이러한 창작 과정에서 수필도 못지않게 많이 썼다. 그리하여 이번 제1 수필집 『하늘공원에 서다』를 상재하게 되었다

여기에서 보는 특징은 생활을 그리되 거기에 푹 빠지지 않고 그것을 뒷받침하여 새로운 세계를 창조하고 있다는 점에 큰 매력을 더해주고 있다. 특히 살아온 생활에서 자연의 빛을 가미하여 더욱 작품세계를

빛나게 함도 그의 큰 수법이다.

　이번 수필집에서 두드러지게 나타난 현상은 자기성찰의 세계다. 살아온 인생의 높은 지점에서 자기를 돌아본다는 것이 얼마나 아름다운 일인가. 그 가운데서도 오랜 지병에 시달리는 남편에게도 긍정적이고 너그럽게 그려져 있다. 끝까지 지성을 다하는 마음은 눈물과 아름다움으로 승화된 모습이다. 그 중「악처의 눈물」,「천국에 보내는 편지」등이 그 가운데서도 제일 감동 깊은 작품이다.

　이런 작품은 아무나 쓸 수 있는 글은 아니다. 뼈저린 체험 없이는 쓸 수 없는 글이다. 그런 면에서 신정일 시인은 남이 따를 수 없는 굴곡진 시련을 겪었다고 볼 수 있다. 끝으로 한 가지 더 언급할 수 있는 것은 그의 천성적인 문학성과 함께 뛰어난 문장력이라 할 수 있다. 아무리 좋은 문학의 내용을 갖고 있다고 하더라도 그것을 표현하는 기술이 뛰어나지 않으면 안 된다. 신정일 시인은 대체로 간결체 문장으로서 좋은 내용을 잘 표현하고 있다.

　이상으로 그의 수필을 살펴볼 때 평범한 생활을 그리는 수필이 아니라 대체로 개성이 강한 문학적 향기가 배어있는 높은 수필이라 할 수 있다.

차례 · 신정일 수필집

제1부 마음의 고향 간사지

하늘공원에 서다

제2부 작은 궁전

차례 · 신정일 수필집

제3부 시인의 마음

하늘공원에 서다

제4부 하늘공원에 서다

차례 · 신정일 수필집

제5부 인생 3막의 무대

제1부

마음의 고향 간사지

썰물일 때는
게구멍에서 밖으로 나온
발이 빨간 게가
마치 붉은 카펫을 깔아 놓은 듯
갯벌 위를 가득 덮었다.

아버지 고향의 봄

1949년! 신흥동 우리 집에서 대전고등학교에 다니는 큰아버지의 작은 아들인 구현오빠의 겨울 방학이었다. 구현오빠는 너무 좋아 싱글벙글이다. 아마 자기 집에 가는 것이 그렇게 좋은가 보다. 어머니와 나도 동행하게 되었다. 내 기분도 공중에 떠 있는 풍선처럼 부풀었다. 어디를 가 본적이 없었다. 집을 떠나는 것은 처음이다. 대전에서 기차를 타고 홍성까지 갔다. 처음 타는 기차였다. 홍성에선 버스로 바꾸어 탔다. 버스도 처음 탔다. 울퉁불퉁 비포장도로를 달리는 버스의 요동치는 흔들림이 무서웠다. 덜컹 덜컹 덜커덩 달리는 버스가 엎어지면 어쩌나 어린 마음이 조마조마했다.

새 학기가 시작되기 전 어머니와 구현오빠는 대전으로 갔다. 개학이 되는 날 남면 면사무소에서 근무하는 큰오빠를 따라서 남면초등학교로 갔다. 큰오빠와 함께 교무실로 들어갔다. 1학년으로 안내 되었고 오빠는 면사무소로 갔다. 학교와 면사무소는 가까운 거리였다. 열 살의 늦은 나이에 내가 공부할 수 있는 전초가 된 셈이다.

1학년이 거의 끝날 무렵이었다. 3월의 봄방학이 지나고 4월이 되어 2학년이 되었다. 지금은 3월이 신학기지만 그 시절엔 4월이 새 학년이 시작되는 달이었다.

들에는 모를 심느라 매일 바쁜 나날이다. 어제 박씨네서 모를 심었으면 오늘은 장씨 댁에서 모를 심는다 했다. 큰댁의 모심는 날이면 20여명의 동리 아저씨 아줌마들이 오셔서 모를 심었다. 그렇게 집집이 돌아가면서 하는 일을 품앗이라 한단다.

옛날에는 품앗이로 농촌의 일을 하고 살았다. 넓은 '간사지' 벌판 전부가 모심기를 마쳤다. 큰아버지 논과 그 지역이 아주 옛날에는 바다였단다. 둑으로 바다를 막은 지역이어서 '간사지'라는 지명으로 불린다. 방조제(防潮堤) 길이가 얼마 만큼인지 어린나이에 가늠할 수 없었다. 지금 생각하면 7~8백미터거리는 넘을 것 같다.

큰아버지 댁 앞 푸른 바다와 해당화 곱게 피던 모래사장이 지금은 드넓은 농경지로 펼쳐져있다. 1980년대 한국의 경제영웅 정주영님의 대규모 서해간척사업에 따라 방조제가 건설되었기 때문이다.

넓은 논에 심어진 모는 바람 불어 일렁이는 파란 물결이 아름다웠다. 파르르 잎을 떨면서 물결쳐 흐르는 벼의 모습을 그림으로 표현하면 얼마나 아름다울까? 논두렁을 걸어 학교를 오갈 때의 느낌이었다.

모판에서 논으로 옮겨 심어진 연두색의 벼는 얼마간 시일이 지나면서 초록의 튼튼한 모습으로 변했다. 땅 기운을 받고 물과 거름이 바탕이 되어 자라는 생명의 놀라운 눈부심이다.

대전이란 도시에서 9년 살다가 처음 몸담아진 농촌의 푹신함이 신선했다. 하루 햇볕을 받고 하룻밤을 자고 나면 쑥쑥 자라는 농작물과 신록이 더욱 푸르렀다. 먼 데서 대포 소리가 자주 들렸다.

"저 대포소리 들리지? 전쟁이 일어났다고 한다. 휴교령이 내려졌으니 집에 가서 부모님 말씀 잘 듣고 다시 학교에 오라는 연락이 있을 때까지 집에서라도 열심히 공부해라."는 선생님 말씀이었다.

"선생님! 전쟁이 왜 났어요? 어디하구요?"
학생들이 물었다.

"이북에서 대포를 쏘면서 38선을 넘어오고 있단다. 어서 집으로 돌아 가야한다"

무거운 표정으로 말씀 하셨던 선생님 모습이 선하다. 2학년이 된 지 3개월이 못 미치는 학교생활이었다. 1, 2학년 모두 4개월 공부를 한 셈이다. 어른들은 어두운 표정으로 짐을 싸고 있었다. 큰아버지가 사시는 아버지 고향의 봄! 그 안에서 시작 된 나의 학교생활은 막을 내릴까?

6·25와 피란(避亂)

　　　　　　어느 날 저녁 무렵 어른들께서는 옷가지
와 쌀과 보리쌀을 소달구지에 싣고 몽산포구로 갔다. 작은 포구이던
몽산포에서 배를 탔다. 큰아버지와 큰어머니, 큰오빠 내외와 인순
이, 세철이와 두철이.

　대전에서 고등학교를 다니던 구현오빠와 백현오빠 내외와 그 아기
영철이와 서모와 나, 큰아버지의 친구분과 그 분의 손자가 승선을
했다. 간사지 재 넘어 사시던 고모부, 고종사촌인 창노 오빠도 함께
승선했다.

　어두움을 뚫고 배는 몽산 포구를 뒤로 밀어내면서 앞으로 나갔다.
통통 통 소리가 날 때마다 배 위의 연통에서 동그란 연기가 폭 폭 올
라와 하늘로 퍼져 사라졌다. 어디로 얼마나 갈 것인가? 대전의 어머
니와 아버지와 두 언니들 생각을 하면 눈물이 흘렀다. 공부를 하겠
다고 어머니와 떨어져 큰댁에 남았는데, 공부는커녕 학교도 가지 못
하고 피란이라니! 어디로 가서 얼마나 있다가 올 수 있을까? 가슴으
로만 생각했다. 가슴으로만 울었다. 그래도 어린 소녀는 속이 깊었
다.

하늘색 바다 위를 달리는 배 위 난간에 엎드려 옆으로 퍼져 갈라지는 하얀 포말의 바다 물결을 보면서 불렀던 노래가 생각난다. 노래를 부르며 대전 식구들을 그렸다. 어머니가 보고 싶었다.

"넓고 넓은 바닷가에 오막살이 집 한 채
고기 잡는 아버지와 철모르는 딸 있네
내 사랑아 내 사랑아 나의 사랑 클레멘타인!
늙은 아비 혼자 두고 영영 어디 갔느냐."

그때 꽃게 한 마리가 외롭게 옆으로 헤엄치는 모습이 보였다. 넓고 맑은 파란 바닷물 속에서 홀로 유영하여 어디로 가는 걸까?
"꽃게다! 꽃게에" 햇빛 밝은 배 위의 정막을 깨고 크게 외쳤다.
"웬 꽃게야!" 멍하니 앉아서 먼 하늘을 바라보던 서모가 내 옆으로 와서 물었다.
"저기요! 저기" 손가락으로 가리켰으나 서모는 꽃게를 보았는지 머리만 끄덕였다.
하루에도 수 없이 포성이 울렸다. 가까운 듯 먼 듯 울려대는 포성에 얼마나 놀랬는지? 곤두박질치다 솟구치는 B-29의 굉음은 또 얼마나 무서운가?
배안에서 하루에 두 번 꽁보리밥을 해먹고 배는 달리기만 했다. 어촌을 만나면 잠시 정박해서 식수를 얻어 싣고 항해를 계속했다. 어른들의 얼굴에는 근심이 가득했다. 큰아버지께서는 사방을 둘러보시면서 말씀하셨다.
"서해 어느 섬에 가서 전황을 보면서 며칠만 피한다고 했는데, 포성은 멎지 않고 전세(戰勢)가 좋지 않으니, 나 이거 원…" 먼 하늘을 주시하셨다. 통통배가 십여 일도 넘게 남쪽으로 가던 중 큰아버지께

서 저 섬으로 들어가 보자고 저 앞에 보이는 육지를 가리키며 말씀
하셨다.

배가 포구에 정박 했고, 배 안에 있던 식구들이 전부 나와 배에서
내렸다. 흙을 밟는 기분이 매우 좋았다. '신지도'라 했다. 병풍이 쳐
진 듯이 산 아래 옹기종기 모여 있는 초가집들이 평화로워 보였다.
신지도에서 달포 쯤 머문 것 같다.

가지고 갔던 보리쌀을 맷돌에 갈아서 죽으로 아침저녁 두 끼니를
이었다. 식량이 떨어져 갈 즈음 가족들이 뿔뿔이 헤어졌다.

탈출

　　　　　서모와 나는 완도로 옮겨갔다. 서모가 경찰 부대 식당에서 일을 하게 되어서 간다며 어느 집으로 안내되었다. 군인들이 북적이는 집이었다. 어린 마음에 무서운 생각이 들었다. 서모와 단 둘이서만 큰집 식구들과 떨어진 것이 웬 일인지 불안했다. 서른 살 미모의 서모가 나를 팽개치고 없어진다면 나는 완전히 고아가 되기 때문이다.

　다음 날 새벽 경찰들이 무장을 한 채 급박하게 움직이는 것이 심상치 않았다. 사람들이 거리로 저벅저벅 뛰어 내달리는 군화소리가 요란스럽다. 서모와 나도 거리로 나가 부둣가로 달렸다. 우왕좌왕 사람들의 아우성과 총소리가 범벅이 되었다. 따 쿵, 따 쿵, 탕탕 탕, 따 쿵, 따 쿵, 탕탕 탕 연신 총소리가 들렸다. 완도의 자생공산당원과 나주경찰과의 교전이라고 했는데, 후일 들은 바로는 인민군과의 교전이었다고 한다. 인민군이 거기까지 상륙했다는데 어린나이여서 맞는 말인지 진부는 알수 없다.

　서모의 손에 끌려 뛰고 뛰어 부두에 닿았다. 부두 아래 바닷물 위에 떠 있는 배는 마구 흔들리는데 뛰어 내릴 수가 없이 무섭다. 사람들은 뒤에서 죽기 살기로 밀면서 소리를 질러댄다. '아휴, 무서워!' 어쩔 수가 없이 머뭇거리고 있는데 서모가 내 뒷목덜미 옷을 움켜쥐더니 배 위로 집어 던지듯 떨어뜨렸다. 뒤따라서 서모가 용감하게 배위로 뛰어 내렸다. 배가 뒤집어질 듯이 출렁였고 바닷물이 요동쳤다. 용케도 서모와 내가 배를 탈 수 있었다는 것은 서모의 용기였다. 영철이네 세 식구도 다행히 배에서 만났으나 큰아버지 댁 식구가 아무도 보이지 않았다. 걱정이 태산이다. 연신 사람들이 배 위로 뛰어내려왔다. 바닷물에 빠져 허우적허우적 배를 향해 헤엄치는 사람도 많았다.

그만 타요. 그만 타! 너무 많이 타면 배가 가라앉아요. 외치는 소리에 사람들은 아비규환이고 배는 앞으로 나가기 시작했다. 육지에서 들려오는 따 쿵, 따 쿵, 탕탕 탕 총소리는 더욱 가깝게 배를 향해 쏘아 대고 있다.

육지와 멀어져 안도 하는가 싶더니 천지개벽하는 듯 하늘은 까맣게 변하고 비바람이 몰아치기 시작했다. 강풍은 광풍으로 강한 빗줄기는 폭우로 돌변하여 높은 파도가 몰아쳤다. 집채보다도 더 높은 파도 위로 배는 솟구쳤다가 파도에 묻히면서 가라앉을 듯 반복했다. 배가 높은 파도 위에서 철썩 아래로 떨어지면 배 안 가득 바닷물이 차올랐다. 어른들은 물을 퍼내느라 야단이다. 배 멀미에 오줌똥물을 토해내며 엉엉 우는 사람! "하느님! 제발 파도와 이 폭우를 멈추게 해 주십시오. 이 바람을 잠재워 주십시오. 살려 주십시오" 라고 울부짖으며 기도하는 사람이 많았다.

하늘에서 비행기 소리가 날 때마다 사람들은 하얀 옷을 벗어서 머리 위로 크게 원을 그리며 휘저어 돌려대곤 했다. 배는 일엽편주 파도에 따라 휩쓸리며 표류했다. 폭풍과 노도에 솟았다 가라앉을 듯 표류하는 한 조각 나뭇잎. 사람들의 죽고 사는 것은 하늘의 뜻에 맡길 수밖에 없었다. 이 배가 어디까지 떠가고 있을까? 혹시 이북으로 떠가면 어떡하지? 어머니 언니들을 영영 볼 수 없다면 어떡하지? 서모하고 살 수 있을까 누구와 살지? 격랑의 파고와 폭우 속에서 미래에 대한 불안이 어린 마음에 가득했다.

다음 날 동이 틀 무렵 다행히 비바람이 멈추면서 구름이 걷히었다. 육지가 보이는 듯 배 위 사람들은 흰 옷을 벗어 흔들며

"우리는 피란민입니다. 살려 주십시오." 살겠다는 연가를 질러 대며 울부짖던 사람들이 모두 일어서 웅성거렸다. 사람들은 육지를 향해 만세를 외쳐댔다.

육지의 포구에서도 사람들이 모여 우리를 맞아 주었다. '추자도'라 했다. 하루 낮과 밤을 꼬박 광풍노도와 시달린 우리는 땅을 밟으며 비틀거렸지만 천국에 온 느낌이었다. 거기가 천국이었다. 지옥과 천국을 오갔다. 우물이 있는 곳으로 안내 되어 머리를 감고 옷에 묻어 있는 오물을 씻어 내니 날아갈 것 같다. 그러나 큰댁 식구의 무소식에 걱정이 앞선다. 추자도에서 제공되는 점심을 먹었다. 하루 반을 굶고 시달렸으니 얼마나 허겁지겁 먹었을까? 사람의 운명이란 참으로 묘했다. 그 넓은 바다에서 집채만 한 파도에 휩쓸려 가라앉았다가 파도 위로 솟구치기를 낮과 밤 동안 반복 하면서 무사히 살아남았다니! 배가 엎어졌으면 영락없이 모두가 죽어 물귀신이 되었을 터였다. 내 생애 첫 번째 죽을 고비를 넘겼다.

피란민 수용소

　　　　　며칠 후 우리 일행은 제주도 '피란민 수용소'로 보내졌다. 거기서 서산 큰오빠를 만났다. 우리를 보자 큰오빠는 엉엉 소리 내어 울부짖었다. 큰아버지와 큰어머니, 그리고 언니와 아이들, 구현오빠의 소식을 모른단다. 식구들이 뿔뿔이 흩어져 생사를 알 수 없으니 마음이 오죽 했을까? 피란민 '수용소'에 수용된 것은 다행이었다. 피란민 수용소에서는 하루에 두 끼를 소금물에 뭉쳐진 주먹밥 한 개씩을 배식했다. 그렇지 않았으면 먹는 것을 어떻게 해결 했겠는가?

　피란민 수용소 생활이 어린 소녀에게는 지루했던가 보다. 수용소 정문엔 항상 문지기가 서 있었다. 하루는 문지기의 눈을 피해서 수용소 정문을 혼자 빠져나갔다.

　큰 신작로(도로)를 따라 걸었다. 들길 산길로 들어가니 보리수 열매도 불긋불긋 익었다. 따 먹으니 달큼했다. 밭에는 고구마를 캔 흔적도 있고 떨어진 새끼고구마도 있었다. 하루 주먹밥 두 덩이 뿐인 단조로운 수용소 식생활! 기억엔 없지만 아마도 그 흙 묻은 새끼고

구마를 옷에 쓱쓱 문질러 먹지 않았을까?

어디 만큼 들어가니 돌담이 있는 동네가 있고 입구에는 지키는 사람이 있었다. 낯선 어린아이의 등장에 사람들이 몰려와 이것저것 물으며 말을 시켰다. 아기를 안은 젊은 엄마가 내 손목을 잡으며 자기 집으로 가자고 꼬신다. 어린 마음에 그녀를 따라가면 집에 갈 수가 없을 것이라 생각했다. 어른들에게 물어보고 오겠다는 소녀를 애기엄마는 순순히 놓아 주었다. 달빛을 받으며 수용소로 돌아와선 서모에게 호되게 꾸중을 들었다. 말없이 나가서 어디를 헤메다 왔느냐고?

피란시절 제주도에서는 화장실에서 검은 돼지가 사람의 변을 먹는 것을 보았다. 화장실이 엄청 깊었고 가정집의 경우였다.

한낮의 햇볕은 따가웠지만 아침저녁으로 서늘한 바람이 스산했다. 그해 10월 쯤이었을까? 피란민을 부산으로 보낸다는 소식이더니 며칠 후 우리는 배로 부산까지 이송되었다.

부산 부두에 내렸지만 오갈 곳이 없었다. 전국 각지에서 모여든 사람으로 넘쳐있었다. 대한민국 사람이 다 모인 듯 많았다. 며칠이 지난 후 기차를 탔다. 기차 속의 사람들은 발 디딜 틈조차 없이 짐짝처럼 실려 있었다.

드디어 대전에 도착했다. 사람들이 평화롭게 살던 도시가 파괴된 참상이 너무도 참혹했다. 시내의 건물은 온통 파괴되었고 파여진 웅덩이에서 가끔 어린이나 노인의 누더기 옷차림 시체를 볼 수 있어 숨이 멎는 듯했다.

아버지 가게도 흔적 없이 폭격에 불타 없어졌다. 신흥동 넓은 집은 어찌 되었는지 어머니 아버지 두 언니들은 대흥동 큰언니 집에서 기거하고 있었다. 폭격과 전쟁에서 사람들이 어떻게 살아남을 수 있었을까?

  배를 타고 바다로 피란을 갔던 우리는 기차를 타고 오면서, 대전에 도착해서야 이런 참상을 목격했다. 너무도 처참한 파괴였다.

  얼마 후 큰 댁 식구 모두가 귀향 했다는 소식을 받았다. 구현오빠도 대전으로 왔다가 휴식을 취한 후 서산으로 갔다. 뿔뿔이 헤어졌던 식구 모두가 귀환 했다.

  둘째 형부가 행방불명이라는 소식이 슬펐다. 둘째 언니는 결혼 삼 년 만에 이런 변고를 당하니 너무 안타까웠다. 스물 셋의 꽃다운 나이에 혼자 된 언니였다. 그리고 고모네 영노 오빠가 군 입대 전사했다는 소식도 접했다.

  일제강점기에서 벗어나 72년이 넘도록 여전히 국토는 남북으로 나누어진 채 통일은 요원하다. 한 쪽은 미사일이다 핵실험이다 쏘아대고 한 쪽은 네 탓 내 탓 정쟁만 일삼는다. 이 땅에 다시는 전쟁이 있어서는 안 된다는 우리 모두의 바람이다.

무지개를 잡은 소녀

6·25 전쟁 후 1952년 봄까지 나는 집에서 하릴 없이 놀고 있었다. 4월 어느 날 서산 큰오빠가 대전에 왔다가 가시는 날이었다.

오빠! 저 좀 데려가 주실래요? 저도 큰댁 가고 싶거든요. 당돌한 말에 나를 물끄러미 바라보던 오빠와 함께 아버지 가게로 갔다.

"아버지! 저 서산 갈래요. 보내 주세요."가 아니고, 가겠다는 의지로 말했다. 가라마라 한 마디 말씀이 없으신 채, 팔짱을 끼고 바라만 보시던 아버지. 평생 잊을 수없는 모습으로 내 머리 속에 각인 되어 있다.

거긴 뭐 하러 가냐고, 한 마디 하셨던들 서산을 가지 못 했을 것이다. 배움의 기회를 영영 놓쳤을지도 모른다. 아버지가 왜 그렇게 어려웠는지 모른다. 묵언은 곧 허락인 것이다. 서산 큰댁에 가면 공부를 할 수 있다는 생각도 없이 오빠를 졸랑졸랑 따라 갔다.

올케언니가 까만 치마와 흰 저고리를 바느질해 입혔다. 출근하는 오빠를 따라 남면초등학교로 갔다. 4학년 반으로 나를 밀어 넣고 오빠는 출근했다. 1, 2학년 모두 합쳐 4개월 정도 공부했던 실력과 만

2년을 놀았던 터라 4학년 학습이 어려웠다. 산수 문제를 전혀 풀 수가 없었다. 산수 교과서를 들고 교무실 여선생님께 곱셈 나눗셈 문제 푸는 방법을 물었다.

구구단을 아느냐고 묻는 선생님께 구구단이 뭐냐고 창피한 줄도 모르고 되물었다. 선생님이 아무 말 없이 도화지에 '구구단'을 써 주면서 외우라고 하셨다.

큰오빠의 딸 인수가 1학년에 입학했다. 인수와 십 리 정도의 등하 굣길에 구구단을 외우고 전날 필기한 노트를 들고 걸으며 읽었다.

학기 초에 새로 부임하신 최 교장선생님은 한 달에 한 번씩 '전교일 제고사'라는 시험제도를 실시했다. 내가 공부를 시작하고 첫 고사를 치렀다. 어느 날 아침 담임선생님께서

"에, 이번 일제고사에서 우리 반 일등은 새로 온 신정일이다. 그리고 전교 성적은 삼등이다."는 말씀에 나는 어리둥절했고 반 친구들도 놀라는 표정이었다. 반장인 수철이가 고개를 돌려 흘기듯이 나를 째려보았다. 수철이는 항상 우리 반의 일등이었다고 한다.

내가 일등이라니! 구구단이 뭐냐고 묻던 내가 일등이라니, 놀랍고 신기했다. 선생님들께서도 놀라셨을까? 그 때 우리 반 학생 수는 37~8명이었고 그 중에 여자가 13명이었다. 벽촌학교였고 6·25 전쟁 후여서 학생이 아주 적었다.

시험이 있은 후에 상장을 받으면 꼭 큰아버지께 보여드렸다. 그럴 때마다 큰아버지께서는 내게 용기를 주셨다.

너는 수재구나. 열심히 공부해라. 내가 살아있는 동안은 중학교까지 시켜 줄 테다는 말씀을 하셨다. 집에서는 공부할 수 있는 여건이 아니었다. 공부하는 모습을 볼 수 없는데 상장을 받아 오니 수재라고 표현 하셨나보다. 무지개를 잡은 소녀가 되었다.

학교에서 집에 오면 청소하고 올케언니를 졸졸 따라다니면서 언니가 하는 일을 거들어 주었다. 언니가 부엌에서 밥하면 아궁이에 불 때주고, 상에 숟가락 놓고 겨울이면 김에 기름 발라 구워놓고, 언니가 우물에서 빨래하면 옆에서 빨래를 했다.

다림질 하면 옷을 잡아 주고, 옷 잡아 주다가 여러 번 울기도 했다. 벌건 다리미에 손을 데이기 때문이다. 옷을 잡은 손을 다리미에 여러 번 데이면 화가 치밀었다. 안 잡을 거야! 울면서 토라지곤 했다. 그런 나를 언니는 일부러 그런 것도 아닌데 울기는…, 울지 말고 어서 붙잡아~! 특유의 눈웃음을 지으며 다독이셨다.

그 시절에 사용하던 다리미는 지금 생활박물관에서나 볼 수 있다. 장작불이 이글이글 자루 달린 다리미는 혼자는 옷을 다릴 수 없다. 둘이 마주 앉아 옷을 잡고 당겨야 다림질이 된다.

공부를 하겠다는 희망으로 큰댁에 와있지만 내가 힘겨울 때면 하염없이 대전 어머니가 그리웠다. 적응력이 강한 게 인간이라더니 나 역시도 그랬던 것 같다. 공부할 수 있는 무지개를 잡았기에 열심히 큰어머니와 언니를 도와 드렸다. 큰아버지 말씀대로 중학교를 가야 했으니까.

마음의 고향 간사지

　　　　　　큰어머니께서 몽산포에 갯 갓을 하러 가
실 때면 자주 따라 나섰다. 물론 일요일이거나 휴일일 때다. 바위에
까맣게 붙어있는 고동도 잡고, 해삼도 잡았다. 썰물일 때 갯바위 물
웅덩이에 해삼이 곰실곰실 움직인다. 바위와 같은 보호색이어서 잘
보이지 않는다. 잘 살펴 통통한 해삼을 몇 마리 잡으면 큰 어머니께
선 칭찬을 듬뿍 해 주셨다. 큰 어머니를 따라 바다에 가는 것은 나에
게는 즐거운 소풍이었다.

　큰어머니께서는 집 앞 바다에서도 가끔 게를 잡으셨다. 썰물일 때
는 게구멍에서 밖으로 나온 발이 빨간 게가 마치 붉은 카펫을 깔아
놓은 듯 갯벌 위를 가득 덮었다. 얼마나 예민한지 사람 발자국 소리
에 게는 구멍으로 쏙쏙 들어가 버린다. 게구멍에 팔꿈치까지 넣어야
게를 잡을 수 있다. 게를 끄집어내다가 손가락을 물리면서도 재미있
었다. 호기심 많았던 소녀였나 보다.
　봄이면 쑥, 냉이, 꽃다지, 소루쟁이를 뜯어오면 언니는 삶아서 무
치고 국 끓이며 맛있겠다고 칭찬을 아끼지 않았다.

시골이니까 모기도 많았고 깔다구라는 하루살이가 문 자리는 피가 나도록 긁어도 가려웠다. 하지만 산과 들의 아름다움이야 말해 무엇 하랴! 봄, 논두렁 밭두렁에 생명들이 파릇파릇 돋아있는 모습을 보면 너무 예뻤다. 쑥, 제비꽃, 오가는 사람들의 발길에 짓밟히면서도 파릇이 자라는 질경이, 자운영꽃, 원추리꽃 등 시(詩) 아닌 것이 어디 있는가? 자연은 모두 순수시(詩) 자체였다.

토끼풀꽃으로 시계 만들어 인수의 손목에 채워주고, 반지 만들어 손가락에 끼워주며 야생 딸기 따먹고, 목화밭에서는 작은 다래를 맛보는가 하면, 오이 밭에서 오이 따 먹으며 자연에서 노는 즐거움이 좋았다.

오이 밭에서 징그럽고 소름끼치던 뱀과의 만남도 있었다. 벗찌 딴다고 들 마당가 벗나무에 올랐다가 굵은 구렁이가 올라오는 바람에 높은 곳에서 뛰어 내렸던 아찔한 순간의 기억들이 아름다운 추억으로 저장되어 있다.

청 보리밭 둑에서 대궁 꺾어 보리피리 불던 연지와의 노래 "동구 밖 과수원길 아카시아꽃이 활짝~~~" 그 노래도 잊을 수 없다.

밭에서 감자, 고구마를 캐면 흙 속에 묻혔던 감자 고구마가 주렁주렁 뿌리에 딸려 나온다. 그 신기함을 보고 기뻐했던 *간사지에서의 생활! 자연은 인간에게 진실과 순수함을 가르친다. 순수자연 속에 푹 빠졌던 어린 시절. 마음의 고향 간사지! 그때가 그립다.

학교수업을 마치고 집으로 가려면 학교 앞 세질목(지명)에서 가다보면 몽산포와 신장리로 갈라지는 삼거리가 있다. 숲에서 푸드득 소리 내며 비상하던 꿩 한 마리가 전신주 끝에 부딪쳐 낙하. 곤두박질 치는 모습을 보고 같이 걷던 종희와 달리기를 했다. 나는 꿩의 목덜미를 잡았고 종례는 다리를 잡았다.

"내가 먼저 잡았어." 종희가 말했다.

"아니야. 내가 먼저 잡았거든. 내 것이야. 이거 놓으라구." 꿩의 목을 잡고 종희를 밀치며 다투었던 일. 종희는 울면서 먼저 가버렸고, 의기양양해서 체온이 남아있는 색깔 고운 장끼를 집에 가져갔던 일. 꿩고기를 처음 먹었던 맛! 종희도 잘 살고 있겠지! 65여 년 전 기억의 필름이 아직도 돌고 있다.

산길을 오갈 때 큰 소나무 밑에 떨어진 덜 굳은 송진을 주워서 입에 넣고 잘근잘근 씹으면 송진 껌이 되었다. 자연이 주는 껌을 질겅이며 보냈던 어린 시절의 추억도 아름답다.

연지네 할아버지가 돌아가셨을 때였다. 동네에 초상이 나면 아무 것도 하는 것이 아니라고 큰어머니께서는 숙제도 못하게 하셨다. 산 등성이 넘어 '누루꾸지'(지명) 종희네 집으로 깜깜한 밤에 책보를 붙안고 뛰던 일. 울창한 송림 사이로 번쩍이는 도깨비불빛에 간이 콩알처럼 콩닥콩닥 뛰던 밤길, 쇄쇄 솔잎 부비는 밤바람소리! 어찌 잊으리. 자연의 순수 안에서 나를 키웠고 심성 곱게 자랐다.

1954년 12월 겨울방학이었다. 진학 희망자 십여 명을 위해 과외공부를 가르쳐 주신 6학년 담임 최관호선생님의 열성이 대단하셨다.

그해 겨울방학에 눈이 많이 내렸다. 다리가 푹푹 빠졌고 밭두렁 논을 분간할 수 없을 만큼 눈이 쌓였다. 눈보라가 휘몰아쳐 귀가 떨어지는 듯 아픔을 느꼈던 기억도 생생하다.

최관호선생님의 열성으로 대전여중 입학시험에서 합격하는 행운을 가졌다. 그 시절 벽촌의 초등학교에서 큰 도시의 중학교에 합격하는 예가 전무했던 시기였다.

내가 공부할 수 있었던 기회! 때 맞게 신기루처럼 대전에 오신 서산 큰오빠! 기회를 잡은 나의 용기! 큰아버지의 배려와 사랑! 삼박자가 맞아 행운을 거머쥘 수 있었다.

시련(試鍊)의 강(江)

여고를 졸업하고 정말로 대학에 진학하고 싶었다. 영문과를 나와서 교직에 종사하는 것이 꿈이었다. 일단은 충남대야간부에 지원서를 접수시켰다. 그러나 대학진학도, 취직도 모두를 반대하시는 완고한 아버지를 설득할 재간이 없었다. 다음 방법은 무엇일까? 돌파구는 없는가?

2년 전에 돌아가신 조모님 제사에 참례 차 아버지께서 서산에 가신 틈을 타서 서울로 올라가기로 마음먹었다. 아는 이도 없는 서울에서 어떻게 살길을 찾으려는 속셈이었는지 생각하면 무모했다. 때 마침 친구의 편지를 받았으니 절호의 기회였다.

"서울 가서 취직되면 어머니 모셔갈게요"

어머니께서는 아무말 없이 바라만 보셨다. 옷가지와 필요한 책을 가득 담은 트렁크를 질질 끌며 대전 신안동 집을 뒤로 한 채 걸음을 재촉했다. 혹시 길에서 아버지를 만나면 서울행은 불가능하다는 생각으로 대전역을 향했다.

서울 행 완행열차는 천천히 대전역을 빠져 나왔다. 창가에 앉아 휙

휙 지나는 산야에 눈길을 보내지만, 마음은 온통 미래에 대해 불안한 상태다. 큰 아버지의 배려로 고등학교를 졸업한 내가 취직이라도 할 수 있게 아버지께서 허락만이라도 해주시면 얼마나 좋았겠나? 그것을 완강히 반대 하시니까 가출할 수밖에 없었다.

가출! 가출이라! 완고하신 아버지 굴레에서 벗어나 내 삶을 계발할 수 있도록 노력하자는 결심. 강철은 부러지지 않으면 휘어진다고 누가 말했다. 부러져야 하는가? 휘어져서라도 시련의 강을 건너 도전해야 하는가?

서산에서 돌아오신 아버지께서 당신의 허락도 없이 타지로 딸자식이 가출했다는 사실에 얼마나 분노하시며 어머니를 닦달하실까? 상상만으로도 마음이 편치 않았다. 그래도 내 살길을 찾아야 했으니 아버지의 뜻을 거역할 수밖에 없었다. 이젠 놀고먹을 수 있는 나이도 아니려니와 환갑을 넘기신 부모님 부양을 생각하지 않을 수도 없었다.

신안동 집에서 어머니와 나, 아버지와 서모(6·25때 나를 보살폈던 아버지의 작은 부인) 이렇게 넷이서 살다가 내가 빠져나온 신안동 집 어머니는 얼마나 죽을 맛일까?

대전에서 네 시간을 달린 완행열차는 서울역에 도착했다. 지금 소형마을버스만한 승합차가 서울역에서 차장이 차문을 열어놓은 채로 '정릉도-옹, 용두도-옹'을 외치며 호객하던 61년도다.

무거운 트렁크를 끌다시피 용두동 승합차에 올랐다. 전화가 보급되지 않았던 시절, 갑자기 대문 밀치고 들어서는 나를 보고 둘째 언니는 얼마나 황당했을까? 6·25전쟁 때 형부를 잃은 언니는 살길을 찾아 남매를 데리고 서울에 와서 살고 있었다. 동대문시장에서 포목을 들여다가 저고리 제품을 만들어 납품했다. 방 한 칸을 세 얻어 사는 언니의 형편이었다. 언니에게 빌붙게 된 것이 매우 미안했다.

애는 어머니는 어떡하고 이렇게 왔어? 언니도 환갑 지난 어머니가 걱정돼 물었다. 어떻게 할 수 없잖아. 취직되면 모셔오지 뭐! 말하기는 쉬웠다.

"취직하기가 그렇게 쉽니? 대학졸업해도 취직을 못하는 사람이 수두룩한데…"

"해 봐야지! 이 세상에 쉬운게 어디 있어? 해보지도 않고 주저앉아만 있어, 그럼?"

언니는 혀를 끌끌 차며 한심하다는 듯이 나를 외면한다. 언니의 눈가에 물기가 스미었다. 울컥 내 눈에도 방울방울 이슬이 맺히며 뭉클 가슴 아리게 아파왔다. 트렁크에서 칠십 만환을 꺼내 언니에게 주면서 언니! 이거 보태서 방 두 칸짜리 얻을 수 있을까? 물었다.

"알아 봐야지! 그런데 웬 돈이야?" 언니는 눈을 크게 뜨며 의아해서 물었다.

"셋째 언니가 야간대학이라도 가라고 한 학기 등록금이라며 주었는데, 아버지께선 야간대학도 못 간다, 취직도 하지 마라, 하시는데 어째야 하는지 나도 모르겠어. 그래서 서울로 몰래 왔어. 아버지 몰래. 언니! 나 용감하지?"

"그것도 몰래? 아버지 몰래? 어이구!" 언니는 내 머리를 쥐어박는다. 아주 아프게.

"그럼 아버지 허락받고 왔겠어? 아버지가 서울 언니네로 가라고 하셨을까 봐? 어림없지. 언니는 아버지 성격 몰라서 그래?"

언니는 그 돈을 보태서 신설동 로터리 동보극장 뒤쪽으로 100여 미터 들어가 방 두 칸짜리 전세 집을 얻어 용두동에서 이사를 했다. 후에 언니는 그 집을 매입했다.

1961년 5·16이 있은 얼마 후에 화폐개혁이 되어 지금의 '원' 단위가 되었다. 그 해 11월에 창경원에서 해직되고 백수일 때 언니는 조금씩 나에게 갚아 주어 용돈으로 활용했다. 그리고 세무서에 취직이 된 후에 셋째 언니에게 조금씩 갚아 주었다. 금전의 빚은 곧 마음의 빚이다. 서로가 부담 없는 것이 좋았고 누가 누구를 도울 수 있는 형편이 아니었다.

창경원 벚꽃놀이

여학교 졸업 후 진로에 고민 중인 나에게 한통의 편지가 왔다. 창경원 벚꽃놀이 개장으로 임시직원 모집이 있다는 정보를 친구가 알려주는 내용이었다. 이력서와 선생님 소개서를 가지고 상경했다. 그녀가 근무한다는 창덕궁 후문인 영춘문 매표 BOX에서 친구를 만났다. 영춘문은 창경원 창덕궁을 넘나드는 사잇문이다.

친구는 졸업 후 곧바로 상경하여 그곳에서 근무하고 있다고 했다. 내력은 말하지 않고 나의 이력서만 받아 핸드백 안에 집어넣었다. 그리고 퇴근 후 자기 숙소로 함께 가잔다.

친구의 숙소는 칠궁이었다. 칠궁엔 의친왕비님이 사셨고 그분께 인사를 드렸다. 친구가 궁에서 왕비님과 함께 기거를 한다? 대체 어떤 관계인가?

지금은 '문화재관리국'이라고 하지만 그 시절에는 5대 궁의 관리기관을 '구황실 재산총국'이라 칭했다. 거기를 통했을 터인데 친구는 말없이 웃기만 한다.

친구와는 중고 6년을 함께 붙어 다닌 홀쭉이와 통통이였다. 어느 꼬마가 붙여준 별명이었다. 얼굴도 몸매도 조금 오동통한 체구인 나를 꼬마는 뚱뚱이가 아닌 통통이 누나로 불렀다. 귀여운 아이였다.

대학을 졸업해도 웬만한 일자리가 없었던 시대였다. 배경이 중요했던 시절이었다. 3·15 부정선거로 인하여 4·19학생의거가 있은 후 민주당의 장면정권으로 바뀌었지만, 산업이 발달하지 못했던 시대에 정권이 바뀐다고 금시 일자리 창출이 될 리가 있겠는가?

밤 벚꽃놀이가 개장되는 날부터 근무하라는 전달을 받았다. 친구 덕에 임시직이나마 운이 좋았다. 창경원의 정문인 홍화문 매표소에 배정됐다. 지나다 보면 지금은 홍화문을 바라 볼 때 우측으로 매표 BOX가 있지만, 당시엔 홍화문 좌측에 매표창구가 열 군데는 있었다. 4월 하순 쯤으로 기억된다.

벚꽃이 만개 하면서 밤 벚꽃놀이가 시작되었다. 하얀 벚꽃이 만개한 창경원의 아름다움은 천국이 따로 없다는 느낌이었다. 낮에는 태양의 따사함이 가득했고 밤에는 조명등으로 아름다움을 더했다.

달밤의 벚꽃은 더욱 자태가 빼어났다. 흐드러진 벚꽃과 스피커에서 쉴 새 없이 흐르는 음악소리와 상인들과 상춘객들의 어우러짐은 서민 삶의 그림이다. 활짝 웃는 벚꽃, 수줍은 새아씨 볼우물 같은 꽃봉오리 늘어진 가지 사이를 걷노라면 고려 말엽 이조년의 다정가가 떠올라 흥얼흥얼 읊던 시 한 수를 적어보자.

이화에 월백하고 은한이 삼경인제
일지 춘심을 자규야 알랴마는
다정도 병인 양하여 잠 못 들어 하노라.

서울 장안의 시민들이 연일 몰려들었다. 돗자리, 도시락, 먹을 것을 싸들고 가족 단위로 찾아와 하루를 즐기는 소풍 장소요 쉼터였다. 동물원과 식물원이 있어 아이들의 학습장이었던 창경원! 밤엔 연인들의 발걸음으로 낮 밤이 따로 없던 60년대 시절의 창경원! 그 시절엔 딱히 시민의 휴식처가 많지 않았기 때문일게다.

비록 매표 임시직이었지만 주위 환경이 너무 좋았다. 옛날에 임금 님이 사셨던 궁궐이어서 숲이 울울창창 했고 아침 일찍 출근하면 공 기가 매우 신선했다.

하루는 아침 출근을 하니 육중한 홍화문이 꽉 잠기어 있지 않는가? 1961년 5월 16일이었다. 5·16 혁명이 일어났다고 했다.

며칠 후 창경원도 다시 개장되고 시민의 생활은 일상으로 돌아온 듯 했다.

어느 날 군복착용의 혁명 군인들이 창경원 사무실에 들렀다. 일장 훈시 중 혁명공약을 아는 사람 손들라는 말에 임시고용 여직원이 혁 명공약을 줄줄이 외웠다. 다음날 여직원은 눈에 보이지 않았다. 혁 명의회로 차출 되었다는 운 좋은 사람도 있었다.

화무십일홍이라 했는가? 벚꽃 역시 무상하지 않아, 꽃 지고 잎 새 파릇해지기 시작하자 임시고용직들을 떨어내기 시작했다.

　　달빛 속 하얀 벚꽃 더욱 아름다운데
　　꽃 지고 잎새 푸르러지면 고용된 임시직
　　추풍낙엽 신세 어디 메로 갈 것인가?

당시 처지를 빗대어 시 한 수를 읊조렸으니 나에게도 시감(詩感)이 있었다는 건가? 전혀 마음에 여유란 선물을 줄 수 없던, 절체절명(絕 體絕命)의 시기였다.

서울의 꿈은 이슬처럼 짧게 사라지는가? 친구와 그렇게 붙어 다녔 건만 갈 길이 달랐다. 고용직을 떨어낸다는 소식에 본청에서 나온

담당자를 만나 상담한 나는 그당시의 해고에서는 면할 수가 있었다. 그러나 그 면함이 얼마나 오래 갈 수 있으랴? 아무 때나 떨굴 수 있는 낙엽 같은 임시고용직인데. 그해 11월의 문턱에서 해고당할 수밖에 없었다. 친구는 나보다 먼저 여름철을 넘기지 못하고 대전으로 내려갔다.

지난 7개월여 동안 얼굴을 마주했던 노양, 김양, 김 언니, 박 언니 외 여러 얼굴들을 가슴에 담으며 경내 한 바퀴를 돌아 나오던 길에 긴 의자에 앉아 보았다.

내가 창경원에 있는 동안 퇴근할 무렵이면 두세 번 찾아 주셨던 여학교 때의 선생님과 앉아서 이야기 나누던 의자였다. 선생님이 왜 나를 찾아 오셨을까? 미용이나 양장 기술을 배우는 것이 앞으로 살아가는데 필요하다고 조언 해주셨던 선생님! 기술이 삶에 중요함을 말씀해 주시려고 오시었나? 고마운 분이셨다.

풀밭에 손수건을 깔아놓고 앉으라고 권하셨던 뚝섬유원지에서의 선생님을 떠올리다가 피식 웃으며 자리를 떴던 마지막 날의 창경원! 창경원을 나오면서 선생님과의 연락은 끊겼다. 선생님은 어느 대학교 교수직으로 옮기셨다는 소식을 후에 전해 들었다.

대한민국에서 제일 큰 체구로 홍화문 안 의자에 앉거나 서 있던 거인의 모습! 그 거인은 체구가 엄청 크려니와 신발도 작은 보트 만큼 컸다. 창경원 홍화문에 앉아서 세인의 이목을 끌었다. 창경원 앞을 지날 때면, 가슴 속에 묻혀있는 그때의 추억이 절로 떠오른다.

창경원은 일본에 의해 격하된 채로, 광복 후 40년 가까이 불려졌다. 1983년 궁궐 복원사업이 시작되면서 원래의 이름인 창경궁을 되찾게 되었다고 한다. 창경원이라 부르던 시대적 습성은 글을 쓰는 과정이었고, 지금은 엄연히 창경궁으로 고쳐 부르며 가끔 들르기도 한다. 스물한 살 나이 때의 인생을 생각하면서.

백수(白手)의 터널

　　　　　　백수의 터널 1년은 어둡고 길었다. 백수를 탈피하기 위해서 언니의 바느질일을 도우면서 신문광고를 열심히 드려다 보는 것이 일과였다. 모 은행발족 광고를 보고 응시했었다. 높은 경쟁의 필기시험에 합격해도 면접에서 낙방하는 불운을 겪었다. 애교 잘잘 흐르고 예쁜 얼굴이었으면 삶에 큰 득이 되지 않았을까? 맏며느리 감의 인상은 은행원으로서는 적합하지 않았나보다. 생애 절절한 아쉬움이었다.

　타자수 한두 명을 모집한다 하여 원서를 넣어 보면 응시자가 왜 그리 많은지? 타자수 한 명을 뽑는다는 신문광고를 보고 경북 영주를 가기 위해서, 밤 열차를 타고 내려갔던 일도 있다. 전국 각지에서 삼사십여 명이 몰려왔다. 한 명의 합격자가 있는지 모르지만 개인별 통지는 없었다. 결국 응시료만 떼이고 마는 경우가 허다했다.

　경리 여직원을 모집한다는 광고를 보고 좁은 사무실을 찾았다. 보증금을 요구했다. 벼룩의 간을 빼먹지, 설마하니 보증금을 떼먹으랴 싶어 1962년도 2만 원을 걸고 입사했다. 외판원이 남방 주문을 받아

오면 제품을 만들어 납품하는 신설회사였다.

5~6개월이 지나자 K 사장이라는 분과 경리 여직원이 다시 오고 분위기가 심상치 않았다. 똑똑한 척 보증금 2만 원을 챙기고선 사장에게 사표를 냈다. 공금 횡령이라는 것이다. 보증금을 돌려 달라고 요구 했으나 차후 문제라며 공금 횡령죄로 고발하겠다고 억박지른다.

돌변하는 태도에 2만 원을 반납할 수밖에 없었다. 업체는 새로 온 K 사장에게 넘어가고 J 사장은 사라졌다. 전에 근무하던 직원들은 K 사장의 권고에 따라야 했다. 금쪽같은 보증금 2만 원을 받기 위해 홍릉고개 넘어 야트막한 K 사장 자택을 여러 차례 들락거리던 끈기. 분할상환 해준 K 사장의 사업이 번성하기를 빌었다. 벼룩의 간을 빼먹은 J 사장은 어떻게 살았을까?

생장지를 떠나와 비빌 언덕도 기댈 벽도 없는 낯선 서울에 온 것이 잘 못이었나를 돌아보면서 생각했다.

스무 살 나이에 세상사 쓴맛, 매운맛, 뜨거운 맛을 봤지만, 그 정도로 무너질 수는 없었다. 첫째, 둘째를 잃고 아들을 얻으려는 부모님 기대를 저버리고 다섯째 딸로 태어났어도 운 좋게 큰 아버지의 배려로 고등교육을 받았잖아. 그래도 운이 좋았잖아. 잘살 수 있어. 나는 할 수 있어야 해. 스스로 설 수 있는 마음의 힘을 길러야 해. 수 없이 좌절해도 스스로 일어서야 한다고 마음을 다잡았다.

우리 세대가 태어나고 자라온 광복 후 60년대 시절은 상위 잘사는 사람보다 가난한 사람이 더 많았고 취업이 어려웠던 암울한 시대였다. 자기 몸의 피를 팔아 라면을 끓여 먹던 60년대를 견뎌낸 세대였다. 불과 50여 년 전 절대빈곤층이 더 많았음을 요즘 세대들은 모르실거다.

강이 있으면 들이 있고, 계곡이 있으면 산 정상이 있다. 역사에서도 어려운 시대만 계속되지는 않았다. 5·16 후 은행원 모집, 국토개발대 공무원, 5급 공무원시험, 어느 부처의 임시직공무원모집시험 등이 분야 별로 있었고, 많은 젊은이들이 일자리를 가질 수 있었다.

백수의 터널을 지나 여명(黎明)의 빛이 보이기 시작했다. 그해 여름이 다 가기 전 대전에서 어머니를 모셔왔다. 보문동 닐리리 한옥기와집 문간방에 세 들어 어머니와의 둥지를 틀고 처녀 가장이 되었다.

아버지 사랑

　　　　　　　아버지 사랑은 말 없는 바위다. 내 아버지
께서는 엄부(嚴父)중의 엄부이셨다. 네다섯 살 어린 내가 밥 먹는 것
을 보시면, "이녀리 지지배 밥 많이 먹으면 배 터져!" 라는 말씀이
기억에 남아있다. 사실 그 시절에 배 터지게 먹을 밥이나 있었던가?
그런 말씀이 나로 하여금 아버지를 무서워하는 이유였을까? 아버지
가 오시는 발자국 소리만 들리면 밥을 먹다가도, 방구석에 쪼그리고
앉아서 꾸벅꾸벅 졸았던 기억이 있다.

　중학교 입시시험을 볼 때도 그러셨단다. 둘째 언니의 사촌시숙이
T 여중 교감이었다. 그분을 만난 자리에서조차 그녀리 지지배 떨어
져야 할텐데. 고사(告祀)를 엮을 만큼 여식(女息) 교육에 철두철미 마
음의 문고리를 열지 않으셨던 아버지였다. 여자가 공부를 하면 팔자
가 세다는 고루한 사상 때문이었다. 여자도 신문명 공부를 해야 한
다는 큰아버지와 아주 대조되었다.

　여학교를 졸업하고 당신 허락 없이 상경했다는 이유로 신설동 언
니 집에서 너는 내 자식이 아니다. 격앙된 꾸중을 들은 후에 아버지
가 더욱 무서워 대전에 내려 갈 엄두가 나질 않았다. 2년여 고향을

찾지 않고 어머니와 잘살고 있을 때였다.

구현 오빠로부터 편지가 왔다. 아버지께서 간(肝)이 좋지 않다는 의사의 진단이었는데, 요즈음엔 흑달이 되어 안색이 검어지는 상태라며 한 번 다녀가란다. 간(肝)에 효과가 있다는 주사약을 구입해 아버지를 뵈러 내려갔다. 2년여 만이었다. 주사약은 예비신랑감이 구해줬다.

내가 떠났던 신안동 집이 아니고 물어물어 찾아간 아버지 집은 인동이었다. 거무스름한 아버지의 안색! 많이 쇠락되신 모습이 마음 아팠다.

누워계신 아버지 옆에 무릎 꿇고 머리 숙여 죄인처럼 앉았다. 취직하기가 힘든 요즈음에 공무원으로 취직 된 것은 아주 잘했다. 타지에서 고생이 많았겠구나. 바르고 정직하게 부끄럽지 않은 삶을 살도록 노력해라는 아버지 말씀이었다.

아버지 말씀 명심하겠다고 짧은 대답을 할 수밖에 없었다. 처음으로 아버지께 듣는 칭찬이었다. 그리고 서산 네 큰아버지께서 너를 공부시켜주신 것은 내가(아버지께서) 서산 큰 오라비를 대전에 와서 공부하도록 데리고 있었기 때문이다.

1년여 데리고 있었느니라. 아무리 형제라도 사람은 서로가 돕고 도움 받는 수수(授受)관계임을 너도 사노라면 알게 될 것이다.

막내딸의 앞날이나 어머니에 대해서는 한 마디 말씀이 없으셨다. 주사약 상자를 밀어 놓으면서, 아버지! 간에 좋다는 주사약입니다. 병원에 가지고 가셔서 맞으세요. 말씀을 드렸으나 보는 둥 마는 둥 무관심이었다.

아버지께서도 누구에게 도움을 주셨다는 것, 그로 인하여 내가 공부할 수 있는 밑거름이었다는 말씀은 나로 하여금 큰아버지와 큰오빠에 대한 심리적 부담감을 조금은 덜 수 있었다.

아버지께 다녀온 후 한 달쯤 지난 일요일, 아버지를 다시 뵈러 대전에 내려갔다. 집골목을 들어서자 대문 앞에 사자 밥과 짚신이 놓여 있었다. 놀란 가슴으로 뛰어 들어 갔더니 서모와 넷째 언니가 통곡하다가

"전보 받고 오는겨? 일찍 왔네."

"그냥 아버지 뵈려고 왔는데, 새벽에 운명하셨다고?"설움에 울고 울었다.

"내 자식이 아니다"는 말씀으로 울었던 동보극장 뒷골목의 나를 생각하면서도 울었다. 막내딸로 태어나 아버지의 사랑을 받지 못하고 살아 온 내 삶이 서러워서도 울었다. 아버지의 소원인 아들이 아니고 늦둥이 딸로 태어나 이사람 저 사람의 도움으로 살아온 내 삶이 서러워서 가슴 미어지게 울었다. 거듭 사업실패로 어렵게 살다 가신 아버지가 불쌍해서도 울었다.

큰아버지와 구현 오빠가 오셨다. 큰아버지께서는 아버지를 대전공동묘지에 모신다고 하신다. 염습(殮襲)할 때 서럽게 울면서 "큰아버지! 아들 없는 우리 아버지! 불쌍한 아버지를 대전에 묻으면 누가 산소를 돌보며 벌초를 합니까? 아버지를 서산으로 모셔 가 주세요. 큰아버지 산에 묻어주세요! 그렇게 해 주세요 큰아버지!" 큰아버지의 팔을 붙잡고 애원했다. 나의 간절한 애원이 큰아버지의 마음을 움직였나보다. 큰아버지께서는 그렇게 하마고 허락하셨다.

큰아버지께서는 당시 벼 백여 석(섬)을 수확하시며 넓은 밭과 산을 가진 부농이셨다. 당신 동생에 대한 배려와 애정으로 아버지의 고향이며 성장지였던 서산 큰아버지 소유의 양지바른 산자락에 아버지를 묻어 주셨다. 산소 앞이 탁 트여 *간사지 저 아래 들판이 환하게 내

려다보이는 좋은 위치였다. 그러나 하필이면 구현 오빠 집으로 들어가는 입구 조금 위여서 좀 찜찜했다. 집을 드나들 때 산소가 훤히 보이기 때문이다. "아버지! 극락에서 편안히 영면(永眠)하소서!"

인간은 상호 수수관계다는 아버지의 말씀을 명심하며 살려고 노력했다. 의리 없는 사람이 되지 않기 위해서 내 쪽에서 먼저 등 돌리는 일은 하지말자는 생각으로 살았다. 가는 정이 있으면 오는 정도 있는 법이지만 그렇지 않은 경우를 더 많이 겪으며 살았다.

유교사상이 골수이신 아버지 사랑은 바위와 같아서 늘 말없음이고, 엄하셨고 무관심한 듯 깊으셨음이리라. 아주 뒤늦게 깨달아지면서 아버지가 그립더라.

제 2부

작은 궁전

말문 열린 첫아이의 재롱에
웃음꽃이 피었고,
올망졸망 아이들 키우던 시절
그 둥지가 내게는 꿈이 숨 쉬던
작은 궁전이었다.

신정일 수필집

하늘 공원에 서다

귀염둥이 손녀

안댁의 풍경

　　　　　　신혼 초 지워지지 않는 안댁의 풍경화 한 장이 마음속에 걸려있다. 안댁은 부부와 삼 형제의 아들과 주인아저씨의 남동생 두 명, 일곱 식구를 50대 후반의 가사도우미 아주머니가 살림을 맡아하셨다.

　그 시대의 주거 공간이 지금처럼 편리한 양옥의 입식부엌이 아닌 한옥이었다. 거실에서 밖으로 나와 안방 옆으로 두 계단 쯤 푹 들어가 아궁이, 부뚜막이 있었다.

　식사 때가 되면 부부와 아들 삼형제는 거실에서 둥근상에 둘러 앉아 오순도순 식사를 했고, 시동생 둘은 부엌 부뚜막에서 식사하는 이상한 그림을 보여줬다. 한집 식구가 저게 뭐람! 따로따로 밥을 먹게. 늘 그게 궁금했다.

　정릉동에 수도가 들어오지 않았던 60년대 초, 대신 집집마다 마당 가운데 펌프 시설이 있었다. 고등학교와 중학교에 다니는 안댁의 두 시동생은 부뚜막에서 식사를 했고 빨래도 자기들이 펌프 물을 퍼 올려 뻐득뻐득 교복을 빨곤 했다.

　도우미까지 있으면서 밥도 따로 먹고 빨래도 자기네가 했다. 하루는 도우미 아주머니께 그 이유를 물었다.

자기는 다섯 식구라 해서 왔지, 일곱 식구라면 누가 그 돈 받고 일을 하겠는가? 요는 월급이 적다는 이야기다. 그래서 간다카이 그러면 둘은 빼고 하락해서… 아주머니는 이어 묻지도 않는 말에 설명이 길다.

저 삼촌들이 아저씨 이복동생인데, 아저씨가 어릴 적에 계모 아래서 구박을 많이 받았대요. 밥 먹여 주는 것만도 어딘데. 도우미 아주머니는 입을 삐죽였다.

그래도 그렇지! 도우미 아짐씨의 마음이 조금 넓으면 싶었다. 이왕에 하는 일, 좀 베풀면 좋을 것을, 내 생각이다.

옛말에 현명한 어머니는 아들 친구에게 진수성찬까지는 아니어도 따뜻하게 정성껏 음식을 만들어 대접한다고 했다. 먼저 베풀어야 내 자식도 나가서 따뜻한 대접을 받게 된다는 생각에서라고 했다. 하물며 전처의 소생에게 구박을 하다니? 어떤 사연인지는 모르지만 현명하지 못한 모친이었구나.

요즈음 세상은 스피드 시대여서 잘못을 저지르면 당대에 죄 값을 치른다고 어떤 친구의 말이 떠오른다. 조상의 음덕을 자손이 받는다더니 어머니의 잘못을 아들이 받는 모습을 직접 목격한 장면이었다.

매사를 보면 깨달음이 있어야 한다. 좋은 것만 내 것으로 만들고 버릴 것은 버리고 살아야지. 어떤 것이 사람스런가를 보고 느끼며 깨닫는 연습이 필요하다. 수도원에 가야만 도를 닦는 것은 아니다. 보고 듣고 깨닫는 것이 도의 근원이 아닐까? 깨달아 내 생활에 접목시켜 행함이 사람의 도리 아닌가 싶다.

안댁의 그런 모습을 보신 시고모께서 다섯 형제의 맏며느리인 내가 설마하니 그런 것을 본볼까 싶어 염려하시던 말씀이 기억된다. 반면교사(反面敎師)란 말이 있듯이 선악을 판단, 좋은 것을 본받고, 악을 버리는 것이 인간이다. 인간이기에 인간으로 살아야 마땅할 것이다.

작은 궁전

결혼 초에 세 들어 살 때 안댁의 풍경이 조금 이상히 보였다. 그런 광경을 보신 시고모께서는 맏며느리 새색시인 내가 물들까 걱정이 된다며 이사할 것을 종용하셨다.

임지(교직에 계셨음)로 떠나시면서 당신이 쓰시던 녹색 전화 사용권을 물려 주셨다. 녹색 전화 한 대의 권리금이 고가(高價)로 거래되던 때였다. 그걸 팔아 보태서 작은 궁전으로 이사를 했다. 조심스런 셋방살이 보다야 작은 집이어도 우리에게는 큰 궁전이었다. 대지 20평 정도의 서향(西向)집은 여름철 해 질 녘이면 매우 더웠던 추억이 있다.

말문 열린 첫아이의 재롱에 웃음꽃이 피었고, 흑백텔레비전 한 대, 작은 냉장고 하나, 살림 하나씩 장만하면서 행복했던 시절이다. 손바닥만큼 작은 마당 귀퉁이에 노랑 병아리 몇 마리도 키웠다. 친정 어머니의 일거리였고 아이들의 볼거리였다.

여섯 살 때쯤일까? 딸애는 여름철 목욕을 시켜놓으면 예쁜 옷을 제가 골라 입고 어린이 핸드백에 구두, 양산을 들고 골목을 휘저어 동네 할머니들의 귀여움도 받았다.

둘째 셋째가 연년생으로 태어나고 셋째 시동생의 대학입학, 막내 시동이 연달아 올라와 식구가 늘어나던 집이었다.

해 질 녘
하늘 붉게 물들어
고운 강물로 출렁였지

연탄재 쌓인 좁은 골목길
아이들 재잘재잘 맑은 웃음소리
축구공 담 넘어 들어왔었지

이마보다
조금 넓은 궁전 뜨락에
웃음꽃이 활짝 피었었지

화분 하나둘 늘어나고
노랑 병아리 날갯짓할 때
앞마당 햇살 그득했었지.

제1시집에 상재된 시 한 편을 다시 옮겨 적었다. 지금 생각하면 아이들 키우던 시절이 가장 행복했었다고 생각되어서다. 아들딸 구별말고 둘만 낳아 잘 기르자던 60년대 시절 인구정책에는 엇나갔지만 딱 원하는 만큼 1녀 2남을 주셨다.

세 아이가 각자 체질대로 병치레를 해서 힘들던 때도 많았지만, 병치레 하면서 자라는 특성도 달랐다.

체열만 오르면 경기를 해서 초년어미를 혼비백산 시키던 첫딸, 돌 전에 가성코레라에 걸려 잃을 번했던 둘째 큰아들, 돌이 될 때까지 장염으로 고생해 눈만 크던 셋째였다.

주말이면 남편은 일찍 동생을 본 첫애를 혼자 데리고 다니며 사진을 찍어주었고, 시골 시어머니 댁에도 어린 딸을 데리고 다니면서 힘들어 하지 않던 딸 바보 남편이었다.

왁자글 골목마다 뛰어노는 아이 따라 나온 엄마들의 이야기꽃도 아름다운 수채화였다. 이집 저집 아이자랑, 살림자랑 늘어지는 틈에 끼어든 다섯 살 아이가 "우리 아빠는요- 코도 잘 풀어요." 자랑 아닌 엉뚱한 자랑에 몇몇 애기엄마들의 폭소에 무안했던 기억도 한 구석에 남아있다. 그 아이가 지천명 초로의 장년이니 세월 참 많이 흘렀다.

올망졸망 아이들 키우던 시절 그 둥지가 내게는 꿈이 숨 쉬던 작은 궁전이었다. 평화 속 추억에 아련한 그리움이 숨겨 있다. 희수(稀壽)를 넘긴 지금, 일생을 돌이켜 보면 올망졸망 아이들 키우던 때가 가장 행복했었다고 회상되어진다. 아이들은 아름다운 꽃이었으니까, 꽃을 키우는 밭은 궁전이었다.

나의 어머니

　　5월의 태양은 덥지도 춥지도 않은 기온과 햇볕은 대지 위를 감싸 안았다. 가게 문을 열어놓고 라디오 볼륨을 키웠다.

'나 실제 괴로움 다 잊으시고, 기르 실제 밤낮으로 애 쓰는 마음…'

라디오에서 흐르는 어버이 날 노래! 사모의 노래! 어머니에 대한 그리움과 뉘우침으로 설움이 북받쳤다.

일 년 전인 1970년 10월에 세상을 떠나신 어머니! 어머니께 잘 못한 일만 뉘우쳐지기 때문이다. 왜 살아 계실 때 잘해 드리지 못 했던가? 불쌍하고 가련한 나의 어머니! 얼마나 외로우셨을까?

아버지께서 세상 뜨실 때까지 타인처럼 사셨던 어머니셨다. 두 분이 오순도순 이야기 하시는 모습을 본적이 드물다. 서모와 아버지는 함께였고, 어머니와 우리 자매는 다른 집에서 살았던 기억만 길다.

1970년은 어머니께서 칠순이 되는 해였다. 칠순 생신 때는 언니들과 모이기로 약속 했었는데.

1970년 7월 여름방학이 되면서 수원에서 경기 도청에 다니시던 서산 큰 오빠가 갑자기 우리 집엘 오셨다.

"작은어머니 서산 가실래요? 저랑 같이 가시지요." 사촌 오빠들이지만 우린 그냥 남매지간이었던 것 같다. 살아온 과정이 그랬다.

평소에 말씀은 없으셨지만 칠순의 어머니께선 구순이신 외할머니를 뵙고 싶다며 오빠와 함께 서산으로 훌쩍 떠나셨다. 너무 갑작스럽게 아무런 준비도 없이 어머니를 그렇게 보냈다. 대전에서 서울에 오신지 7년 만의 외출이셨다. 두어 달이 되어도 어머니 계신 곳을 알 수 없었다.

그 당시엔 지금처럼 시골이나 도시나 가가호호에 전화가 보급되지 않았었다. 편지로 소식이 오가던 시대였다. 대전 넷째 언니 집에 어머니가 계신다는 소식을 알았다.

오는 일요일엔 할머니 모셔오자고 아이들과 약속 했다. 연년생인 선경이, 수환이, 이환이는 외할머니의 보살핌으로 자랐다. 당신의 아들을 키우지 못하신 어머니께선 외손을 정성으로 키워주셨다.

그러나 다음 날 전보 한 장이 송달되었다. 어머니께서 돌아가셨다는 부음이었다. 가슴을 치며 통한의 눈물을 흘리다가 그러고 있을 때가 아니었다. 성북동 둘째 언니와 급히 대전 넷째 언니 집으로 갔다.

눈 감으시고 하얀 홑이불 덮고 잠자듯 누워 계신 어머니의 싸늘한 주검. 끌어안고 통곡한들 애달프기만 할뿐이다.

전 날 아침밥 잡수시다가 숟가락 놓치면서 힘이 없다는 말 한 마디 하시곤 잠자는 모습으로 자리에 누우셨다고 한다. 의사가 왕진 왔을 때는 이미 숨을 거두셨다는 언니의 말이다.

당신이 지극으로 키워주신 우리 세 아이를 못 보시고 가셨다. 서산으로 떠나실 때 "어머니 생신 때는 서울로 꼭 오셔야 돼요"

"그 때 가 봐야 알지, 나 혼자 다닐 수 가 없잖여!"

하시던 어머니! 넷째 언니 집에서 생신을 지내시고, 일주일 후에 한 많은 세상을 뜨셨다. 가실 때를 아셨던가? 서산 큰댁, 외할머니, 이모, 외당숙모, 친척을 두루 찾아보셨단다. 넷째 언니 집에서 서울에 데려다 달라고 몇 번을 말씀 하셨단다.

"진작 연락 좀 했으면 돌아가시기 전에 모시러 왔잖아"

"우리 집에 더 계시라고 그런 거지 뭐, 누가 이렇게 돌아가실 줄 알았나?"

어머니가 그렇게 허망하게 가실 줄을 누가 알리야.

"어머니! 좋은 곳으로 가셔서 평생 어머니 가슴에 묻으셨던 두 아드님 만나시고, 젊은 시절로 돌아가시어 아버지와 함께 행복 하십시오. 착하셨던 어머니께선 그리 인도되실 겁니다." 이렇게 가신 어머니는 돌아가셔서야 아버지 곁에 나란히 묻히셨다. 항상 시댁 식구들만 챙겼지 어머니께 용돈 한번 드리지 못한 죄.

"어머니! 용서를 빕니다."

어버이 살아실제 섬기기를 다 하여라.
지나간 후면 애닯다 어이하리.
평생에 고쳐 못할 일은 이뿐인가 하노라.

정철의 옛 시조가 아니어도 한번 하직하면 다시없는 이 세상의 삶! 어리석음을 죄스럽게 뉘우친들 때는 이미 늦어 있다.

부자 댁에서 태어나시어 반생을 힘들게 사셨던 어머니, 딸 다섯을 키웠지만 어린 아들 둘을 키우지 못한 회한(悔恨)을 가슴에 품고, 돌부처로 사셨던 어머니께선 한 가지 복, 고종명(考終命)을 타고 나셨다. 내가 서른 살 때 어머니가 돌아가셨으니 친정이 없다. 오빠가 없으니 친정이 없다. 친정 오빠나 동생이 있는 친구를 보면 아주 부러웠다. 처가가 없는 남편에게도 미안할 때가 많았다.

훌륭하셨던 매원댁

　　　　　70평생 넘게 살면서 기억되는 시어머니 말씀이 있다. 큰아들 수환이 백일 때 시어머니와 그분의 사촌 올케 분이 오셨다. 주방에서 백일 상 음식을 만들다가 시 외오촌 아주머니께서

"형님 며느리 잘 보셨어요. 그렇지요?"

그 분은 나를 일컬어 시어머니께 하신 말씀이었다.

"살아 봐야 알제. 지금 우찌 아노?"

일언지하에 지금은 아니라는 것이다. 사람의 관계는 겪어 보아야 알지, 짧게 본 것을 쉽게 말할 수 있는 것은 아니지만, 아이를 둘이나 낳았는데도 그렇게 말씀하시다니. 무엇이 마뜩치 않은 말씀이었을까? 물론 올케 분이 그렇게 말 했다고 해서 며느리 면전에서 며느리 잘 봤다고 말하실 분은 더욱 아니다.

시어머니께서 천상에서 보시고 그래 잘 했다. 욕 봤느니라(경상도 말로 애썼다는 뜻)고 하실 수 있도록 참고 살았다. 살아 봐야 알제, 지금 우찌 아노?'를 기억하고 살았다. 그리고 또 한 말씀 상주 시골

어느 집 부부 이야기다.

"아베가 마음만 좋았지, 생각이 모자란다 아이가? 하지만 안사람이 요래조래 가지고 아이들 잘 키우고 집안을 잘 꾸린다고 하데. 부부란 서로가 모자라는 부분을 채우고 살아야제, 그게 부부인기라!"

부부란 서로가 채우며 사는 것이라고 강조하셨다. 서로 채우며 살기. 수심(修心) 아니면 깊은 사랑인데 또한 쉬운 일인가? 사람이라서 쉬울 수도 있지만 쉬운 것만은 아니다. 그러나 시어머니께선 그렇게 사신 분이셨다. 모자라는 남편(시아버지)의 자리를 채우셨고 부족 되는 아버지의 자리를 메꾸며 사셨다. 그래서 남편은 세상에서 우리 어매가 제일 훌륭하시다는 말을 자주 했다.

초등학교 교장으로 정년퇴임 하셨던 시고모께서도 매원 댁은 시부모님 잘 거두고 집안을 편하게 꾸려나간 면에서는 신사임당 버금가는 여자 중의 여성이라고 칭송하셨다. 재봉틀 하나 가지고 삯바느질 해서 집안을 꾸리셨다는 이야기를 여러 번 하셨다. 그 옛날 시골에서 삯바느질로 생활을 꾸리셨단다. 시어머니의 친정마을이 매원이어서 택호가 매원 댁이다.

시아버지께서 전국을 돌아다니며 무엇을 하셨을까? 가장으로서 가정경제를 책임지지 않고 자식들이 어떻게 자라던 알바 없이 전국을 왜 순회 하셨는지는 아무도 모른단다. 그래도 여섯 남매를 두셨다.

2~3년에 한번 씩 집이라고 찾아왔다 가신 얼마 후면 어김없이 아이가 태어났다고 교장 고모는 허리잡고 웃으며 시아버지에 대한 회고담을 하곤 했다.

남편의 말로는 자기가 초등학교 2학년 때 나도 아버지가 계시구나 라는 생각을 했단다. 시어머니께서는 남편의 부족함을 채우기 위해 얼마나 깊은 한숨으로 수심(修心) 하셨을까?

그렇게 너그럽고 깊은 마음을 가지셨던 시어머니께서는 유방암에 걸려 수술을 받으셨다. 60년대 시절, 시어머니께서는 S대학병원에서 수술 받았다는 자부심으로 회복이 빨랐다고는 하나 두 번 수술을 받았어도 늦게 발견된 암 덩어리를 뿌리째 뽑을 수는 없었다.

돌아가시기 1년 동안은 심한 통증으로 고통을 많이 받으셨다. 말기쯤에는 수술 받은 왼쪽 팔 전체가 퉁퉁 붓고 피고름이 흘렀다. 통증이 심한 왼쪽 팔을 절단해 달라. 호소 하시면서도 입원하시는 것을 거부하셨다. 내 병은 내가 안다, 병원 간다고 나을 병이 아니라면서 고통을 감내하셨다.

쉰셋의 아쉬운 연세에 여섯 남매 중 미성인 다섯 자식을 두고 눈을 감지 못하고 세상을 뜨셨다. 뜨신 눈을 쓸어 감겨 드렸다고 임종을 지켜보신 시어른께서 말씀하셨다. 막내 시동생이 15세일 때였다. 시어른께서는 시어머니 간병을 일 년 남짓 하셨다. 어렵고 힘든 일임에도 시어른 생애에 아주 크신 인고의 일 년을 참아 내셨다.

양지 바른 재실(齋室)밭 한 자락에 당신이 사셨던 마을을 내려다보이도록 유택에 모셔졌다. 고통 없는 영세(永世)에서의 평안을 기원하며 자손들의 가슴에 영원히 살아계실 어머님! 영생을 누리소서.

훌륭 하셨던 매원 댁, 시어머니의 짧은 인생이 남긴 짐은 실로 나에게는 버겁고 살기 힘들었다. 그냥 힘들었던 것이 아니라 죽고 싶도록 힘들던 때가 있었다.

끝내 해서는 안 되는 말, 우리 이혼 하자는 말을 울면서 남편에게 호소한 적도 있었다. 남편의 나이 서른여덟이고 내가 서른세 살 때였다.

호랑이 굴속 소묘(素描)

재혼한 시부께서는 시골에 3천여 평 전답이 있음에도 도지(賭地)로 내놓으시고 생활비 송금을 종종 요구하셨다. 2년을 그렇게 살다보니 감당하기가 힘들었다. 이럴 바에 합가하면 어떻겠느냐고 남편에게 상의 했으나 그는 아무런 말을 하지 않았다. 이럴 수도 저럴 수도 없는 모양이다. 가부간 남편의 답 없이 일을 저질렀다. 동네 시장에 점포 하나를 얻어 '신일 양품'이란 간판을 걸고 옷가게를 개업했다. 7년 동안 모았던 종자돈을 자금으로 시작한 양품점이다.

명순이와 계 시모에게 가사와 아이들을 맡기고 미지의 직종에 도전한다는 것이 두렵기도 했다. 경제적으로 얼마나 도움이 될 수 있을까? 주부로서 가사와 아이들 교육, 어떻게 병행해야 하는가를 생각하면 두려움이 가중되었다.

장남인 남편이 짊어진 굴레 때문에 내가 모르는 우주로 내 몰릴 수밖에 없었다. 경제적 도움이 되지 않을까, 고민 끝에 용기를 냈지만 상업이라는 직업이 쉬운 일도 아니고 내 적성에 별반 맞는 직종도 아니었다.

　새벽이면 물건구입을 위해서 남대문 도매시장을 가야했고, 어느 곳에 어떤 상품이 있는지 머릿속에 입력되기가 쉽지 않았다. 물건을 매입하는 과정에서도 소비자 값을 부르는 도매상도 있어 정신을 바짝 차려야 도매 값으로 물건을 구매할 수 있었다. 치수대로 가져가서 빠지는 치수를 다시 채우라는 조언을 받으며 물건을 구매했다. 삶이란 배우면서 사는 것이고 살면서 배우는 것이라 위안을 가졌다.

　처음에는 재미도 쏠쏠했다. 그 많은 상품 중에 내가 골라서 진열했던 옷을 고객이 선택해 주는 즐거움도 있었다. 그러나 날이 갈수록 색감에 대한 선택이 점점 둔해지고 계절에 따라 바뀌는 다양한 옷의 종류를 구색 갖추기가 매우 어려웠다. 옷가게란 쉬운 업종이 아니었다.

　이 옷 저 옷 몇 번을 입어보고 그냥 나가는 일이 허다하다. 그렇다고 화 낼 수 없는 것이 옷 가게였다.

　간을 빼서 안주머니에 집어넣고 손님에겐 친절해야 한다는 것이 저절로 터득이 되었다. 그래야 고객이 다시 찾아 올 수도 있었다. 다시 찾아오게 하는 것, 앞을 내다 볼 수 있는 것이 중요하다. 몇 달이 지나면서 물건을 사고파는 것에 조금씩 익숙해져 갔다.

　조마조마 예상은 했지만 자리도 잡히기 전에 어려움이 다가오고 있었다. 계 시모가 머리를 싸매고 눕는 날이 많아졌다. 여자 마흔 다섯 나이에 재혼할 때는 그만한 무엇을 기대하지 않았을까? 벽에 기대어 편안한 느낌! 그런 벽을 기대하고 재혼을 했는데 거기에 미치지 못 할 때의 번민을 타인이 이해하기란 쉽지 않을까? 계 시모와 시어른의 다툼도 잦았다. 서울로 이사를 오면 무엇이 달라질 것으로 기대하셨겠지? 복닥복닥 많은 식구에 당신의 생활은 별반 변화 없는 생활이 그 분으로 하여금 얼마나 번민했을까? 심리적 갈등은 육신의 병이 되는 것 같다.

　재혼한 계 시모의 마음이야 어디 먹는 것만 해결 된다고 마음이 편안 할까? 용돈도 넉넉하게 쓰고 싶고, 친척에게도 친구에게도 자랑하고 싶기도 하겠지? 재혼 후 시골에서 살다가 서울로 입성(入城)했으니 형제도 만나서 회포도 풀고 싶고, 친구도 만나고 싶은 여인의 마음이었을 것이다.

　서울로 이사 온 후 몇 달간은 화목하게 살았다. 3~4개월이 지나면서 계 시모는 머리를 싸매고 눕는 횟수가 잦아졌다. 머리를 수건으로 질끈 동여매고 눕는 것이 그분의 주특기였다. 근세에 들어 노동자들의 데모하는 모습과 흡사했다. 어느 때는 머리가 아프고, 어느 때는 가슴이 답답하고, 어느 때는 배가 쥐어뜯는 듯이 아프고, 어느 때는 다리가 꼬이듯이 아프고, 머리 위에서 발끝까지 고르게도 아프다 고했다.

　하루는 저녁에 가게 문을 닫고 집에 들어갔더니 계 시모가 데굴데굴 구르며 아이고 나 죽겠네. 아파 죽겠네. 동네가 떠나갈 듯 고함소리가 들렸다.

　언제부터 그렇게 아프셨어요? 어디가 아프세요? 계 시모는 손사래를 치며 오만상을 찡그렸다 폈다 배를 움켜쥐고 신음했다. 명순이는 잘 모르겠다는 듯이 어리벙벙한 표정으로 고개를 저으며 입을 삐죽삐죽 달막달막 알아들을 수 없는 말을 했다. 내가 들어오는 대문소리를 듣고부터 계 시모의 신음소리가 높아졌음이 느껴졌다.

　"편찮으시다고 온 종일 아무것도 안 잡수셨어요." 명순이가 웅얼웅얼 말했다

　"가게로 연락 좀 하지 그랬어?" "잡숫지 않는 것두요?" 명순이는

퉁명스럽게 말하고 돌아섰다. 늦은 시간이었지만 동네 병원에 입원해 드렸다. 이튼 날 셋째 시동생과 병원으로 갔다. 간호사가 대수롭지 않다는 듯이 말했다. 변비였단다. 관장을 하고 잘 주무셨고 의사 선생님께서 퇴원 하셔도 된다고 한다.

퇴원하는 날 저녁 사건은 크게 벌어졌다. 병원에 입원해서 누워 있어도 아무도 문안을 오지 않았다고 고함을 치면서 안방으로 오셨다. 계 시모는 시골 고향 이장에게 한 밤중에 전화를 걸어 "내가 병원에 입원했는데 이집 큰 아들이 들여다 보도 않는데 이럴 수가 있어요? 이장님!" 큰 아들인 내 남편에게 망신을 주자는 심산이었다. 이장은 남편의 어렸을 적 친구였고 우리 집 사정을 잘 알고 있다. 일가친척 몇몇 집에 전화를 걸어 같은 내용을 언성을 높이며 재방송을 했다. 이런 망신살이 또 어디 있는가? 계 시모와 한편으로 언성을 높이는 시부께서 금시 무슨 일을 저지를 것 같은 무서운 밤이었다.

큰 아들인 내 남편이 병원에 문안 오지 않았다는 것을 문제 삼아 난리를 치는 것은 계 시모의 억지이다. 병원에서 3~4일 입원한 것도 아니고, 하루 저녁 잔 것을 병원에 입원했는데 문안오지 않았다고 난리법석인 것은 계 시모만이 할 수 있는 억지를 시부께서도 함께 하셨다

남편은 열한시가 너머 퇴근하는 것이 보통이고, 아침 일곱 시에 출근하던 시절이었다. 지금도 그렇겠지만 그 시대의 공무원은 그렇게 혹사 하면서 일했다.

"출근길에 잠깐 들여다보고 가도 되잖아?" 무슨 힘으로 그렇게 큰 소리가 나올까? 계 시모의 말도 틀린 말은 아니었다.

"그거는 어미 네 잘못이 크다. 그렇게 하라고 말 좀 할 것이지! 두 것들이 똑 같으니까" 내가 말하지 않았다고 생각하시는 시어른! 나에게 역정을 내시며 계시모와 함께 언성을 높이셨다.

시어른의 화살이 나를 겨냥했다. 내가 말을 해도 들은 척도 하지 않고 휭 나가버리는 남편을 낸들 어쩌란 말인가?

당신 아들의 그 심정을 시어른께서는 왜 헤아리지 못 하실까? 남편은 순한 양처럼 불쌍한 존재다. 남편을 안타까워하는 이는 돌아가신 어매(시어머니) 뿐이다. 그리고 그 마음속을 나는 뒤집어 볼 수 있다.

계 시모는 열 살 아래인 큰아들의 관심을 왜 그렇게 목매어 원하는가? 계 시모의 심중이 무엇인가? 그러나 남편의 마음은 꼭 닫혀있다. 그것이 남편만의 잘못도 아니다.

대학생인 시동생과 퇴원수속 밟아서 모셔왔으면 그것으로 이해하면 될 것을. 출퇴근에 얽매인 사람을 꼭 그렇게 물고 늘어지는 이유가 무엇일까? 사사건건꼬투리를 잡아 흔드는 계 시모의 불만과 불평에 집안이 편 할 날이 없다.

친어머니라면 여러 식구의 가장으로 항상 애 먹는 큰아들이 안타까워서 그렇게 질타하지는 않을 것이다.

그런 부분을 잘 다독이면 화목할 수도 있으련만 시어른께서는 여과 없이 계 시모와 합세하여 큰 아들 며느리를 나무라셨다. 당신네 부부다툼에 꼭 우리 내외를 끌어들여 벌집 쑤시듯 하셨다.

가화만사성(家和萬事成)이라 했는데 이런 집안 분위기에서 받는 답답함과 밖에서의 과중한 업무에서 받는 스트레스로 항상 위통을 잘 일으키는 남편이다.

남편만 스트레스를 받는 것은 아니었다. 원래가 흰 피부인 일곱 살짜리 수환이의 속살은 더 희어지고 그 하얀 살결에 나타난 혈관이 파란 물감으로 줄을 그어 놓은 것 같았다. 아이가 놀라면 간열(肝熱)이 생겨서 이렇게 되는 경우가 있단다. 가정불화가 잦은 가정에서 이런 상태의 아이를 종종 보게 된다고 한다. 친정 쪽으로 일가(一家)

여서 잘 아는 한의사는 머리를 갸웃거리며 나를 바라보는 눈빛이 너 이렇게 살고 있냐고 나를 힐책하는 눈치다.

할아버지의 고성(高聲)에 질린 수환이는 외출했다 들어오시는 할아 버지의 기침소리만 들어도, 방으로 재빨리 뛰어 들어가 이불을 뒤집 어쓰고 숨죽이다가 그대로 잠드는 모습을 여러 번 보았다. 어린 것 이 얼마나 할아버지의 큰 소리가 무서웠으면 그랬을까? 어른들은 대 수롭지 않게 웃어 넘겼던 일이 아이에게는 병으로 나타났다.

계 시모의 병은 마음의 병이며 그 원인을 시어른께서 아실 턱이 없 다. 계 시모가 자주 자리에 눕는 원인은 시어른께 있었다. 계 시모의 말에 의하면 복덕방(지금의 부동산 중개소)에서 돈푼이라도 생기면 자기(시부) 주머니에서 다 녹여 없애는 거야. 나에게 한 푼이라도 주 는 법이 절대로 없지. 그 뿐 인줄 알아, 며느리가 주는 용돈으로 모 자라면 아들 사무실에 찾아가서 얻어가지고 자기만 쓴다고, 내가 누 굴 믿고 무엇을 바라며 살 수 있겠냐고 격한 어조로 하소하셨다.

시어른께서는 원래 집안 식구를 거두지 않으셨대요. 옛날 어머님 께서 하신 말인데 새어머니께도 그렇게 하세요? 속상하시겠어요. 내 말이 그분에게 무슨 위로가 되랴. 염장을 지를 뿐이지. 아들 사무실 에 찾아 가신다는 말은 계 시모에게서 처음 듣는 말이었다. 과묵한 남편은 이런 사실을 전혀 말한 적이 없었다.

계 시모는 욕구 충족이 되지 않는 형편을 마음으로 이해는 하면서 도 가슴으로는 이해할 수가 없나보다. 왜냐하면 재혼에 대한 기대 치가 채워지지 않고 공허하기 때문이다. 사람이 아무나 천사가 되 는 것은 아니다. 우리의 형편에 밥 먹고 사는 것만도 감사하게 생각 하고 어머니의 자리를 지키며 화목을 위해서 산다면 그 사람은 천사 다. 계 시모에게서 바랄 수 있는 덕목은 아니다. 무엇이던지 잡히기만 하면 건(件)을 만들어 폭발하고 싶은 것이 계 시모의 마음 같았다. 심지어는 이런 억지 까지 부렸다. 시부모의 용돈을 왜 며느리를 통해서 받아야 하느냐? 아범의 월급날 우리 둘의 용돈을 아범이 직접 달라는 만부당한 요구를 제안하셨다. 그것도 계 시모가 말이다.

쥐뿔도 없이 가난한 집에 시집와서 요모조모 늘려 살만한 내 집에서 시어머니로 군림하고 싶었나 보다. 사람이 누울 자리를 보고 다리를 뻗어야 한다는 옛 말도 모르는 분 이었나?

사람이 외모만 좋다고 선뜻 선택했던 재혼을 얼마나 후회 했을까? 시어른께서는 가장의 의무를 평생 잊고 사신 분이셨다는데, 그런 속 사정을 살피지 않고 재혼하신 것은 자기의 잘 못이 아닌가? 누구를 잡고 늘어져 질타한다는 것은 자기만 손해 보는 것을 깨달을 수 있는 분인데 현명하질 못 하셨다. 그 분 역시 선택의 잘 못을 뒤 늦게 깨닫고 후회하는 모습이었다.

작은 자본과 처음 시작한 옷가게가 마음같이 잘 되지 않았다. 명순(가사 도우미)이와 계 시모께 살림을 맡기고 시작한 가게는 계 시모의 발병으로 눕는 날이면 나에게도 치명적이었다. 초등학교에 입학한 딸애의 학습지도도 말이 아니려니와 여섯 살 네 살인 두 아이가 가게로 나와 온 종일 가게에 있으니, 아이들 돌보는 일과 가게일이 쉽지가 않았다.

하루 이틀이 아니고 일주일씩 열흘씩 연속적으로 자리보전하고 누워 계시면 나 역시 얼마나 심한 번민이 오는지 감당하기 힘들었다. 영화 제목처럼 '누구를 위하여' 이 고생을 하고 사는가? 한참 아이들에게 엄마 손이 필요할 때에 왜 이 고생을 해야 하는가를 번민했다.

전업 주부로 7년 동안 아이들 잘 키웠다는 생각보다 이렇게 힘들 때는 옛날이 그리웠다. 좋았던 직장생활에 왜 종지부를 찍었던가?

처음으로 옛날을 돌이켜 보며 후회를 했다. 정말 나도 이거는 아니다 싶었다.

남편 직장 가까운 다방으로 남편을 불러놓고 다방이 떠나갈 듯이 엉엉 울었다. 부끄럽다는 생각보다 억울해서 소리 내어 울었다. 감당할 수 없는 현실이었다. 옆에 앉아있던 이환이도 따라 울었다.

"나도 심장이 쿵쿵 뛰고 못 살겠으니 우리 여기까지만 살자. 선경이 수환이는 두고 이환이만 데리고 나가겠다. 당신은 천륜이지만 나는 그런 시아버지 뫼시고 살 수 없으니 헤어지자." 살아 봐야 알제라던 시어머니의 말씀을 망각하고 나는 헤어지자는 말을 해버렸다. 참는 것에 대한 한계점에 도달한 심정이었다.

주체할 수 없는 눈물을 닦으며 이환이 손을 잡고 벌떡 일어섰다. 남편이 내손을 잡아 앉혔다.

"당신 지금까지 잘 했잖아. 내 몫까지 당신이 좀 해줘. 내가 살아온 습성 때문에 아버지께 잘해지지를 않아. 나 좀 이해해 주면 좋겠어. 내가 의지되는 사람은 당신뿐이잖아. 어매가 살아 계셨으면 우리가 이렇게 힘들겠니?"

"나한테만 미루지만 말고 집에 들어와서 새엄마 아프다면 문안인사도 좀 하고 새엄마 호칭도 좀 부르고 부드럽게 좀 하면 안 되냐고? 당신 몫, 내 몫 따로 있는 것인데, 당신한테 불만이 있어도 내 잘못이라 덮어씌우고 나를 몰아세우는데 내가 어떻게 다 잘하고 사냐고?" 남편은 손수건을 꺼내어 안경 밑으로 흐르는 눈물을 훔쳐낸다. 그의 표정은 항상 쓸쓸해 보였고 지친 모습이다.

"당신 힘 드는 것 내가 알고 있으니까 집으로 가라고. 나 근무시간이잖아." 버스에 이환이와 나를 밀어 넣고는 담배연기를 후-후 불어내며 허공을 응시하고 서 있는 남편! 그는 무엇을 생각하고 서 있을까? 그의 삶이 안팎으로 얼마나 시달릴까? 항상 별 말이 없는 사나이였다. 타고난 운명을 누구에게도 하소연할 수 없는 그였나?

정말 어디로 탈출해 버렸으면 싶은 심정이나 맴도는 여러 가지의 문제를 생각하면 가볍게 처신할 수 없음이 꼬리를 물었다.

돌아가신 어매를 힘들게 고생시킨 아버지! 남편이 농잠학교(옛날 고교는 6년제였음) 4학년으로 올라갈 때 친척한테서 받은 선물인 시계까지 잡혀서 무엇을 하셨다는 아버지! 갓 스물 어린 나이에 공무원이 되어 지방근무를 할 때 하숙할 수 있는 형편이 아니어서, 직원들의 숙직을 대신해 주고 숙식을 해결하며 고생했다는 남편의 젊은 시절! 그 아들을 찾아와 직장 근처 여관에서 며칠씩 묵으시며 목돈을 요구했다는 아버지! 그 요구를 바로 들어 드리지 못하면 "여관에 돈도 안 내고 며칠씩 묵으면서 내가 아무개 애비 된다고 하면, 너 온전히 직장에 다닐 줄 아느냐?"고 빈번히 찾아와 협박(?) 하셨다는 아버지!

술 좋아하는 남편은 술을 마실 때면 가끔 취중에 자기의 과거 어려웠던 시절을 회상하며 주문 외우듯 나열하던 남편의 말을 잊지 않고, 여기 길게 쓰고 있는 며느리를 용서하여 주십시오. 아버님!

그 아버지에 대한 찌꺼기 때문에 계 시모에게도 새엄마 새어머니란 호칭을 부르지 않는 남편! 40이 가까워도 아버지에 대한 마음이 열리지 않는 남편의 불쌍한 인생을 누가 이해하랴! 옛말에 효자는 부모가 반은 만든다는 말이 있다. 시어른께서는 큰아들 내외를 불효자로 만들고 계시는 것이 아닌가?

인간은 부모에게서 양육 받을 권리가 있지만 그것을 못 받고 자랐다고 해서 자식 된 의무를 소홀히 할 때는 지탄을 받는다. 자식의 도리를 하고 사는 것은 천륜을 부정할 수 없기 때문이며 자기 자식에 대한 교육이다. 착하기 때문에 남편의 속만 썩어 문드러지고 있다. 그는 위 무력증이다 소화가 안 된다는 등으로 결혼 초에도 건강이 좋지 않았다. 그런 연유로 남편은 항상 밥이 질척해야 했다. 누가 그 속사정을 알랴. 참고 사는 것에도 한계가 있다. 옷가게도 잘 되는 것이 아니고 생활비 부족으로 남편과 이야기하다 보면, 우리 부부도 다투는 날이 많아졌다. 돈 이야기를 하다가 합의점을 찾지 못하고 다툼으로 이어졌다. 남편의 큰 소리에 참지 못하고 늦은 밤에 가게로 나왔다.

가게 안에는 한 사람 누울 만큼의 작은 방이 있었고 연탄불을 넣어 난방이 되는 구조였다. 굴뚝이 없는 아궁이에 연탄불을 넣고 셔터를 조금 열어 놓는 것으로 연탄가스 배출이 가능하다. 하지만 날씨 관계로 가스배출이 되지 않을 경우 가스중독이 될 수도 있다.

연탄불을 아궁이에 넣고 좁은 공간에 누우니 거기가 천국이다. 다툼 없이 조용한 공간, 라디오에서는 은은한 음악이 흐르고, 가족과 집안을 생각하고 살았던 7년간의 생활을 더듬어 볼 수 있는 시간이었다.

내가 왜 살고 있는가? 왜 삶이 이렇게 고달프고 힘 드는가? 가스중독으로 이대로 죽을 수도 있다는 생각이 들었지만 마음은 편안해졌다. 죽음도 두렵지 않을 만큼 심신이 지쳤던 모양이다. 세 아이를 떠올려 봐도 아무 생각이 없다. 머릿속이 하얗다. 죽음 아니면 어떻게 살아야 하는가? 심신이 너무 지쳐 희망이 보이지 않는다. 남편만 바라볼 수 없는 현실과 품목을 잘못 선정했다는 뒤늦은 후회가 머릿속을 파도쳤다. 막막한 현실이 두렵기만 했다.

'만약에 내일 내가 가스중독으로 죽어 있다면 화장해 주시오'란 메모를 남겨 놓고 잠에 빠졌다.

이튿날 습관대로 새벽 다섯 시에 죽지않은 채로 잠에서 깨어났다. 죽어질 수도 있다는 생각과는 달리 멀쩡한 채로 살아있었다. 죽을 운명이 아니었다. 어린 자식들을 두고 죽어서는 안 된다는 하느님의 보살핌일까? 다시 하루의 일과가 시작됐다.

남대문 시장으로 갔다. 거기 가면 살아 움직이는 사람들로 활력이 넘쳐난다. 주문받은 옷 몇 가지를 여기저기서 구입했다.

그리고 곧장 이문동으로 갔다. 거긴 둘째 시고모님이 사셨다. 이른 아침이었지만 내가 갈만한 곳이 거기 밖에 없었다.

"이른 아침에 웬일이고?" "안녕하셨어요? 고모님! 너무 이른 시간에 찾아뵈어 죄송합니다. 남대문 시장에 물건 사러 갔다가 곧장 이리로 왔어요. 고모부님께서도 안녕하시지요?"

"그래 출근하셨다. 질부 꼴이 그게 뭐고? 왜 그리 말랐나? 옷가게 한다더니 그리 힘드나?" 사실 그 때 나는 숨 쉬기조차 힘들게 야위어 있었다. 뚱뚱이 아줌마란 별명이 있었는데, 옷 가게를 시작하고 체중이 많이 감량된 내 모습이 내가 봐도 허깨비 같았었다. "고모님 저 말랐어요?" "마르다 말다? 불면 날아가겠다. 시부모 서울로 오락해놓고, 그것도 새 시어매를. 함께 살기가 얼마나 힘드나? 맘고생이 심해서 그리 말랐는가? 매원 댁이 와 그리 일찍 가가지고, 자네 고생이 말이 아닌가보다."는 말씀에 눈물이 솟구쳐 흘렀다.

"그래 이른 아침에 올 때는 무슨 할 말이 있어 왔겠지? 말해 보거라."

"고모님! 저 배 고파요. 밥 좀 주시겠어요?" 시장도 했고 용건을 말씀 드리기가 민망해서였다.

나는 주방으로 안내 되었다. 고모님 댁은 양옥이었다. 밥을 먹으며 또 목이 메었다. 커피 한 잔도 주셨다. 따뜻한 커피 한잔의 맛은 친정엄마의 마음 같았다. 염치 불구하고 용건을 말씀 드리지 않을 수 없었다.

"고모님! 제가 힘들어서요. 고모님 밖에 어디 부탁할 데가 없어요. 삼십만 원만 빌려 주시면 10월 말에 곗돈 타서 갚아 드리겠습니다. 약속 지킬게요."

결혼해서 처음으로 시고모님께 어려운 부탁을 드렸다. 가만히 듣고 계시던 고모님께서 안방으로 가셨다.

"이거 이십만 원 일세. 자네 말 믿기로 하지" 하얀 봉투를 내 앞에 밀어 놓으셨다. 71년도에 이십 만 원이면 큰돈이었다. 나를 믿어 주신 시고모님이 고마웠다. 사람이 사람에게 신뢰를 받는다는 것은 화폐를 지닌 것이나 다름없다는 말이 있다.

"예, 10월 말에 꼭 갚아 드리겠습니다. 고모님 고맙습니다."

생활비가 부족하든가, 시동생들의 등록금을 내야 될 때는 빚을 얻어 충당할 수밖에 없었다. 빚을 얻는 것도 내 몫이요, 알뜰하게 살림을 해야 함도 내 몫이다. 알뜰히 하다보면 식구 모두의 불만도 나에게 쏟아진다.

광에서 인심이 난다 했거늘 광이 넉넉하질 않으니까 내 인심도 모두에게 충족을 줄 수가 없었다. 옷가게가 잘 돼서 생활비에 크게 보탬이 되는 것도 아니지만 가게 문을 열고 물건을 정리하면서 어쨌건 하루를 시작해야 된다. 내가 숨을 쉬고 있는 한 내가 저지른 일이기 때문이다. 심신이 허약해 졌나 심장병의 시초인가? 가슴이 콩닥거리며 숨이 가쁘지만 어쩔 수가 없다. 시부모님의 불화에 휩쓸리면 감당할 수가 없어 이런 병이 생기는 것 같다. 심장병 약을 먹기 시작한 때도 그 시기였다.

어느 날 이른 밤에 막내 시동생이 보이지 않았다. 이 방 저 방 둘러보아도 사람이 없다. 나가서 골목길을 돌아보는데 어느 집 대문 앞에서 막내 시동생이 우두커니 달을 쳐다보고 서 있었다. 그 모습이 어찌나 처량하던지?

"여기서 뭐해? 집에 안 들어오고?" 그의 눈치를 살피며 물었다. 그의 말이 충격적이었다. "맨날 어른들이 왜 다투세요?" 기가 막힌다.

가정불화가 내 탓이라 믿는 듯이 말한다. 게는 가재편이다. 계 시모, 시어른, 시동생 모두가 내게 불만이요, 내 잘못이라고 말한다. 그렇다. 모두가 나를 탓한다. 머리가 흔들린다. 이러다가 내가 옴팡 뒤집어쓰고 병자가 될 것 같다. 이 사람 저 사람의 펀치에 가슴이 답답하고 숨이 차는데 나를 탓하니 내가 살 수가 있는가?

"그게 내 탓이라고 생각해? 왜 맨 날 불화를 일으키며 새엄마와 다투시냐고 아버지께 여쭈어 보라고. 아버지 올라오시기 전에는 우리 이렇게 살지 않았잖아? 나도 죽겠어. 이런 때 일수록 열심히 공부해야지 달밤에 여기서 뭐해? 어서 집에 들어가자고." 그래도 거기 있어서 데리고 들어 올 수 있기 망정이지 상상할 수 없는 일이 벌어졌으면 어찌 했겠는가?

시동생을 데리고 집으로 들어오면서 옷가게를 접을 것을 결심했다. 남편 직장에다 가게가 잘 되는 줄 착각들 하는데, 옷가게가 첫술에 잘 되겠는가 말이다.

집안에 불화가 잦으니 명순이도 가버렸다. 시대의 변천에 따라 버스차장이 많이 수용되던 시대였으니 가사 도우미 구하기도 어려웠다. 가게를 내놓고 물건을 원가로 판매했다. 약속대로 10월 말에 이문동 고모님께 빌려온 돈 이십만 원을 갚아드리고 11월에 가게를 완전히 정리했다.

일 년의 세월을 잃은 것은 손실이었고, 비만이었던 내 체중이 홀쭉이 소리를 들을 만큼 감량될 수 있었음은 득이었다.

　긴 여행에서 오랜만에 돌아 온 듯 집에서의 생활이 편했다. 가정주부가 제자리 잡고 들어앉으니 아이들이 제일 밝고 좋아했다. 새 할머니가 아이들을 예뻐하며 보살펴 주셨음에도 머리띠 매고 누워있을 때, 아이들에게는 싫었던지 엄마를 떠나지 않았다. 스스로 파고 들어간 호랑이 굴속의 일들은 가지가지였다.

산 넘고 물 건너면

하늘이 주신 아홉 식구의 밥줄을 헌신짝 팽개치듯 버린 남편은 구멍가게를 하고 살아도 편하게 살고 싶다고 말했다. 구멍가게를 한다는 게 편할 거라고? 천만의 말씀이다. 만만치도 않고, 돈도 벌리지 않는 업종이다.

그가 원하던 대로 초등학교 정문 쪽에 문구 겸 식품가게를 시작했다. 처음엔 그도 열심히 하는 것처럼 노력하는 기미를 보였다. 그러나 그게 그리 녹록치가 않다. 몸에 배이지 않은 노동일이 쉬울 수가 없다.

담배 상자를 자전거에 싣고 오다가 개천가에 꼴아 박지를 않나, 소주 박스를 자전거에 싣다가 와르르 쏟아 내리지를 않나, 육신의 노동에 서툰 실수연발이다. 20년 가까이 펜대만 놀리던 사람, 솔잎 먹던 송충이가 막일을 쉽게 할 수 있는 게 아니었다.

게다가 환절기만 되면 어김없이 재발하는 복통, 의사 왕진시키는 일이 잦았다. 그가 직장을 버린 이유는 위 십이지장궤양 때문이었다. 평시에도 소화불량증이 있던 그가 시부 계시모와 합가 후 위 무력증이 궤양으로 발병, 반년 쯤 치료 중 직장을 버렸었다.

통증을 잊기 위해서라며 복덕방엘 드나들더니, 재미가 들렸는지 아이들 등교시간에 가게 보는 일이 지나면 슬그머니 없어지거나 "나 잠시 나갔다 올게." 나가면 온 종일 함흥차사다.

복덕방을 드나들며 무엇을 할까? 자욱한 담배연기 속에 신경 쓰며 그림공부에 빠지는 남편을 방관하지 못하고 잔소리가 갈등으로 이어졌다.

밤 열한시에 가게 문을 닫고 방문을 여는 순간 독한 연탄가스가 코를 찔렀다. 남편은 죽은 듯이 누워있고 그의 옆엔 벌건 연탄불이 이글거렸다.

남편의 그런 행동은 어떤 의미인가? 죽음을 각오하고 그런 행동을 하는 것인가? 아니면 자기의 어떤 행동에도 간섭하지 말라는 무언의 협박성 시위인가? 기(氣)막히는 상황이다. 연탄불을 내다가 바닥에 동댕이쳤다. 연탄불은 산산이 조각나 바닥으로 흩어졌다.

분을 참기 힘들지만 오밤중에 큰 소리를 낸들 얻어지는 것은 없다. 큰 소리를 낸다고 무엇이 달라진다는 확실성도 없다. 그런 중에도 화제가 염려되어 흩어진 불덩이를 쓸어 모았으니 그 속은 어떠랴?

혹사시킨 육신은 냉방에서도 잠에 푹 빠졌다. 하룻밤의 휴식에 다시 움직일 수 있는 힘을 충전시켰다. 명약 중 명약은 수면이다.

살자니 어렵고 어디로 도망이라도 칠까? 생각해도 답은 없다. 다람쥐 쳇바퀴 돌 듯 그날이 그날이었다.

저녁시간이면 목이 빠지게 기다려도 들어오지 않는 남편이다. 기다리기보다는 재수하는 시동생을 불러 낼 수밖에 없었다. 저녁 준비하게 가게 좀 봐달라고 부탁하면 시동생은 볼멘소리로 내 뱉는다

"형님 좀 안 나가게 왜 못 하세요?"

몇 달이나 지났을까? 연탄불 사건은 또 있었다. 그날은 무슨 이유였는지 기억은 없다. 가게 일을 마치고 방문을 열었을 때, 매캐한 연탄가스 냄새가 가득했고 연탄불이 좁은 방 공간에 벌건 불꽃을 피우고 있었다. 정말로 이렇게는 살 수가 없다는 생각이었다.

"그래 죽는 것이 소원이라면 같이 죽자구. 내가 아무리 살겠다고 발버둥 쳐봐야 당신이 협조하지 않으면 어쩔 수 없지. 온종일 복덕방에 있다가 이게 뭔 짓이야? 아이고 참, 별 꼴이야. 나를 협박하는 거야 뭐야? 내가 얼마나 더 참기를 바라는 건데. 나도 사람이야. 더 이상 어떻게 참아? 아이들 팽개치고 같이 죽자구." 유리컵이 이렇게 깨지는가 생각하면서 이불 속으로 몸을 눕혔다.

결혼생활 10년간 험한 일 다 겪고 참으며 여기까지 왔는데 어쩌자고 나를 불로 협박하는가? 남편의 의중을 알 수가 없다. 편하게 살고 싶다고 직장을 헌신짝 버리듯 버린 가장(家長)이 그것도 못 참고 두 번이나 연탄불로 마누라를 위협하냐고? 언성도 높이지 않은 채 중얼중얼 염불하는 여자의 속마음이 뒤집어진다.

매캐한 연탄 냄새에 숨 쉬기가 어렵다. 캄캄한 터널 속으로 빨려 들어가는 느낌이었다. 아이들이 어떻게 살까? 자식을 가진 어미일지라도 극한 상황에서는 아무런 생각이 없다. 머릿속이 하ー예졌다. 잠이 스르륵 밀려오는 순간이었다. 남편이 부스럭 부스럭 무엇인가를 찾아가지고 방문을 드르륵 열고 나갔다. 옆방의 문이 열리고 닫는 소리가 들렸다. 그 방에다가 무엇을 갖다 놓고 왔을까? 남편이 들어와 자리에 누웠다. 옆방에는 수희가 잠자는 방이다.

수희가 이층 계단으로 통통 통 올라가는 소리, 다시 통통 통 내려오는 소리가 들렸다. 정신이 가물가물 혼미해지며 죽음이란 이런 거로구나. 이렇게 죽으려고 태어 났는가? 그런 느낌일 때 방문이 열렸다.

"왜들 이러세요." 막내 시동생이었다. 열두 살 초등학교 5학년 초에 상경, 함께 사는 시동생이다. 그가 얼마나 황당했을까? 시동생은 연탄불을 들고 밖으로 나가 아궁이에 넣고 이층으로 올라갔다. 고등학교를 졸업한 그가 이런 상황에 대한 판단이 어땠을까? 핏줄은 진한 법이어서 그는 형수인 나를 또 원망하며 나무라겠지? 죽음이 우리를 비켜갔다.

수희가 무심 했더라면 우리 부부는 연탄가스에 질식 사망했을까? 아니 수희 까지도 위험했을 수 있었다. 옆방이었으니까. 산 넘으면 들판은 잠깐이었고 계속 산을 오르는 기분이었다. 그것도 사뭇 험준한 악산(惡山)이었다. 삶의 여정이 이런 것인가? 이렇게 험악한 인생의 여정이 내가 타고난 운명인가. 내가 지혜롭지 못함에서 오는 결과인가? 어떤 예지가 필요한가? 사는 것이 번민의 연속이다. 역지사지 그도 얼마나 막막할까? 광에서 빛난다는 옛말이 있다. 자기가 바꾸어 놓은 환경, 노력 없이는 개선도 없고, 파멸을 가져 올 뿐이다.

남편을 포기하고 살자. 그에 대한 기대를 버리고 마음을 비우자. 남편에게 아무것도 바라지 말자. 복덕방에 가서 그림을 그리던 그림 공부를 하던 무관심하자. 나가던 들어오던 참견을 말자. 잔소리도 하지 말자.

상대가 변화되기를 바라지 말자. 결국 내가 변해야 살수 있다는 생각이다. 오직 세 아이를 위해서 살자고 다짐했다.

버리고 비우니 마음이 편해졌다. 다툴 필요가 없어졌다. 그러나 내

의무는 이행하며 살자. 사람의 종자로 살자. 해줄 것은 제대로 해 주자. 그리고 이다음에 늙어서 보자고 마음을 다졌다. 말발굽에 밟히는 땅이 더욱 굳어지듯이 마음을 굳히고 살면 남는 것이 있지 않겠나? 현재를 극복하고 미래를 위한 희망을 갖자. 아이들이 희망이니까.

겨울바람이 가게 창문을 세차게 두드리며 덜컹거리는 소리가 마치 어머니 영혼이 나를 나무라시는 것 같다.

애, 막내야! 마음 다잡고 살아라. 네가 선택한 인생인데 책임져야지. 참는 것이 이기는 것이란다. 참고 살다보면 네가 말할 수 있을 때가 올 것이다. 때가 될 때까지 참고 살거라. 귀여운 것들 잘 키워야지!. 어린것들 잘 키우라고! 환청으로 들리는 어머니 음성이 귓가에서 맴돈다. 책임지는 사람의 종자로 산 넘고 물 건너면 들판이 나오리라.

정릉천(川)과 내부순환고가도로

1963년 여름이 짙을 때 보문동에서 무작정 1번 버스를 탔다. 그 한 많은 미아리 고개를 넘자 버스는 좌회전, 좁은 정릉천 둑길을 서행했다. 한 쪽 버스가 비켜 서있어야 맞은편에서 오는 버스가 지나가는 상황이었다.

그 때만 해도 정릉천에서 빨래하는 모습을 볼 수 있었고 염색 공장도 있었다. 개천 양쪽 둑에는 호박 넝쿨이 탐스런 꽃을 피웠고, 키 큰 아주까리도 듬성듬성 자리 잡아 있었다. 물속을 첨벙이며 잠자리를 잡는 아이들이 뛰어놀았다.

북한산 청수장 계곡은 정릉천의 발원지다. 계곡에서 흘러내리는 물과 국민대학 쪽의 작은 개울물 등이 합쳐 흐르는 정릉천! 정릉천은 한강의 제3지류로서 그 길이가 약 10.3km나 된다고 한다.

어느 해 여름 장마철에는 둑이 터질 듯이 흐르는 황톳물 위에 온갖 쓰레기가 떠내려가는 모습을 본 것도 정릉천에 대한 추억이다.

지금의 서경로와 정릉교회 앞을 잇는 숭덕교(橋)가 있었다. 당시 숭덕교의 넓이는 인도도 없고 차선도 없이 승용차가 겨우 비켜 오갈 수 있는 좁은 다리였다.

숭덕교(橋) 한 쪽의 난간을 부수고 양쪽으로 인도가 있는 정도의 넓이로 확장 공사를 했다. 탕탕 탕, 꽉꽉 꽉! 포크레인을 움직이는 공사는 주위 사람들이야 그 소음으로 정신적 고통을 받거나 말거나 알 바 아니고, 알림판 하나 세워놓고 연일 공사를 하는 것이 보통이었다.

숭덕다리 확장공사가 끝나는가 싶더니 정릉천이 복개된다는 뉴스와 더불어 공사가 다시 시작 되었다.

우리가 74년 3월 정릉 1동 서경로 입구에 코끼리 문구를 개점한 이후 숭덕다리 확장공사, 정릉천 복개공사, 숭덕초등학교 앞 육교 설치공사가 연일 계속되었다.

어느 날 아침 창문 밖을 내다보니 철 구조물인 긴 육교가 밤사이 설치되어 놀랍고 신기했던 기억이 있다.

폭이 넓은 정릉천이기에 육교 상판이 너무 길어서 처음엔 출렁출렁 어지러웠다. 그런 점을 보완, 중앙에 교각이 하나 받혀진 지금은 괜찮다.

복개된 정릉천 시멘트 상판을 파괴하여 걷어내고, 하천 저 밑바닥에 교각을 세우는 공사를 끊이지 않고 계속했다.

정릉천을 따라 내부순환고가도로를 건설할 계획이었다면 하천복개를 하기 전에 교각을 세울 일이 아니던가? 하천을 전부 복개해 놓고 다시 내부순환도로를 건설하기 위해 복개 되어있는 시멘트 상판을 포크레인으로 쪼아대다니? 그 소음은 주위의 사람들에게는 여간 곤혹스러운 일이 아니었다.

완공했다가 부수어 다시 공사하고 또 부수고 공사하는 과정에서의 소음! 포크레인의 기계음으로 인한 먼지와 소음! 서울시의 교통난을 완화하기 위한 공사이기에 개인은 무조건 참고 견디어야 했는지? 코 앞에서의 소음으로 여러 해 동안 청각에 상처받은 후 시끄러운 환경이 너무 싫어졌다.

내부순환고가도로가 건설되어 차량은 위(내부순환고가도로)로 아래(정릉천이 복개된 북악로)로 체증 없이 잘 소통되지만, 졸졸 졸 흐르는 물이나 우기에 넘실대는 정릉천은 볼 수 없게 되었다.

교통량의 소통은 원활하겠지만 도시내부순환고가도로와 가까운 주택들은 장독 뚜껑도 열어 놓을 수가 없다. 시커먼 배기가스 가루가 옥상 이곳저곳을 뭉치어 날아다닌다. 빨랫줄에 말리는 옷에도 까만 가루가 군데군데 묻어 있다. 내가 사는 정릉동만 그렇겠는가? 차량 소통은 좋아졌겠으나 환경은 너무 나빠졌다.

어려서부터 기관지가 좋지 않았던 남편은 환경 탓이었을까? 먼지 많은 길가 집에서 15여 년을 살다가 90년부터 천식이 발병되었다. 오랜 세월 병원치료를 받고 있으나 별 효과를 못 본 채로 고생하고 있다.

그 뿐인가? 햇볕을 막는 내부순환고가도로로 인하여 겨울철 길을 걸을 때면 햇볕을 전혀 받을 수 없는 시간대가 많다. 햇볕을 받지 못하니 인체의 비타민D 생성에도 문제가 있을 것이다. 주민 건강에는 마이너스다.

청계천 위에 건설 되었던 청계고가도로가 철거되어 청계천이 원상 복구됨에 시원해서도 좋고 훤히 뚫려서도 좋다. 청계천 복원을 기점으로 복개되어 있던 여러 작은 지천(支川)이 복원되었지만, 내부순환고가도로가 철거될 가망은 요원하지 않겠는가?

50년 넘게 살고 있어 제2고향인 정릉동! 국립공원 북한산이 있어 공기 좋았던 정릉동이었다. 그러나 내부순환고가도로가 건설되면서 먼지 많은 동네로 전락되었다.

내부순환도시고가도로는 보기 흉한 흉물이다. 창문을 열고 밖을
내다보면 그 흉물이 가슴을 답답하게 시야를 가로막고 있다.

멍석을 걷고

　　　　　　　　내가 가게를 운영할 때 한 노인이 앉아 우유를 마시면서 "둔(돈) 벌 때가 좋은 거여, 애 키우지 말고 그냥 계속 둔 버셔! 일없는 이런 노인도 가끔 와서 이야기하기 좋은 장소인데… 우리 같은 늙은이는 어디 갈 데가 있어야지?" 70이 넘은 노인의 푸념이었다. 그렇다. 30~40년 전만해도 노인들이 모여 담소라도 나누며 시간 보낼 공간이 마뜩치 않았다.

　옛날에는 동네에 있는 작은 가게나 미장원은 노인이나 동네 부녀자들이 가끔 와서 이런저런 사는 이야기, 자식에 관한 고민 등을 서로 나누는 사랑방이었다. 동네 입구에 자리한 내 가게도 그랬다. 그 할머니도 가끔 나오시면 앉아서 이런저런 이야기를 하시곤 했다.

　80년대 초 사회적 변화가 많던 시대, 할인 소형마트가 생기는 시기였다. 골목 작은 가게들은 하나씩 문을 닫기 시작했다. 처음 가게를 시작할 때 7점포였던 문구점이 90년대 초엔 2점포만 남았었다.

　2천년도 초엔 그마저 문구점 모두가 사라졌다. 문구점도 철물점도 모두 없어져 발품이 필요할 때가 있다.

　그런 흐름을 타고 20년 세월이 고이 흘렀다. 지겹기도 하고 결혼한

딸의 애를 봐줘야 할 시기여서 가게를 접기로 할 즈음, 할머니와의 대화에서 애를 키우느니 돈을 벌라는 권유의 말이었나 보다.

지방자치제도가 실시되면서 동네마다 노인정, 공원 붐이 일었다. 노인은 노인정을 이용하고 어린이들은 소공원 놀이터에 모여 재잘재잘 보기 좋고 쉴만해서 좋다. 개선 발전하는 사회현상의 흐름이다.

서른다섯 예쁜 나이에 가게를 시작해서 만 20년 세월을 하루 같이 자리를 지켰다. 눈 쌓이는 겨울이나 우산살이 휘어지도록 비바람이 몰아치는 날이면 여러 일을 생각했다. 애초에 올망졸망한 아이들을 키우기 위함이었으니까 후회는 없다.

입학식이나 졸업식에 참석하지 못할 때는 아이들에게 아주 미안했다. 그래도 불평 없이 잘 커 준 삼남매에게 대단히 고맙고 감사한 일이다. 그들 모두 대학을 졸업하고 직업을 가졌으니 심지를 태운 20년 세월이 헛되지 않았다.

세 시동생들도 결혼해서 가정을 꾸렸으니 나머지는 각자의 몫이다. 식구 모두가 자기들 시간을 할애하여 도와주었기에 20년을 버틸 수 있었다. 가족 모두에게 감사하며 은혜로운 세월이었다고 지금에서야 말할 수 있다.

한 몫을 더해 준 것은 내 건강이다. 20년 세월 동안 앓아누워 본적이 없다. 혹간 몸살이나 감기에 걸렸을 때도 약을 복용한 후 어질어질 꼭 배(船)를 탄 기분으로 가게를 지켜냈다. 긴장감으로 그날 그날을 버텨 올 수 있었다. 삼남매란 보물이 버팀목이었고 나를 지탱해 줬다.

돈이라는 요물은 눈이 밝아서 사람을 가려서 달라붙는 모양이다. 돈을 벌지는 못 하는 업종이었지만 먹고는 살지 않았는가? 20년 근속이면 연금이 두둑할 테지만 자영업은 망하지 않는 것만으로 다행이다. 막내가 대학을 졸업하면서 그만 멍석을 거두었다.

'신덕황후가 잠들어 있는 정릉 골'에 둥지 틀어 50여년! 뇌화부동하지 못해 정릉 골에 눌러앉아 붙박이로 살고 있으니 정릉동은 우리 삼남매가 태어나고 자란 그들의 본향이고 본적지이며 나에게는 제2의 고향이다.

멍석을 걷은 후 나를 필요로 하는 곳이 있으면 마다하지 않았다. 교직에 있는 딸의 애를 돌보며 내 여생을 위해 무엇인가를 찾아야 했다.

이제는 내 영혼을 위해 자신의 내면을 채우기 위한 여행을 떠나자. 노년에 무료하지 않는 취미를 찾는 것이 중요했다. 인간은 항상 무엇인가를 꿈꾸며 마음의 충족을 얻을 수 있는 존재이기 때문인가 보다. 꿈꾸는 인간으로 살아야겠다.

발 지압, 수지침을 배웠지만 생활에 접목시키지 못하고 중도에 접었다. 시립복지관에서 컴퓨터를 배워 컴맹을 면했고, 한문서예, 사군자에 푹 빠졌었다. 하지만 인생사는 변화무쌍하다. 고령으로 접어든 남편의 지병이 나를 필요로 하면 거기에 또 헌신해야 했다. 늙어서 보자 했지만, 오랜 멍에 시달리는 그를 보면 오히려 일편단심 연민을 느끼게 했다. 내 건강이 허락하는 한 끝까지 지켜주겠다는 말로 멍든 그를 위로하기도 했다.

뒤 늦게 태어난 소중한 외손을 위해 뒷바라지가 필요하면 다시 주저앉아 힘을 보태주었다. 그 세월도 적잖이 10년이 흘렀다.

저승과 이승

　　　　　　　　라일락 향기 은은히 풍기던 97년 5월이었
다. 인사동 거리엔 밀물 썰물이 물결치는 인해(人海)다. 필방에서 붓
을 사고, 물결에 섞이어 종로 3가로 나가 정릉 행 버스를 탔다.

　어린이 집에서 다은(외손녀)이를 데려왔다. 퇴근해서 돌아온 딸이
다은이를 데려갔다. 거기까지는 기억에 남아있다. 그 뒤의 기억이
없다. 남편이 물었단다.

　"다은이 안 데려 왔어?"

　"다은이가 누군데?"

　"어허 이 사람이, 당신 정신 어떻게 됐어? 다은이가 누구냐니?"
초점 없는 시선으로 남편을 쳐다보면서

　"내가 정신이 어떻게 됐다고? 어떻게 되었는데?"
남편이 급히 어린이 집에 가서 다은이를 찾으니까

　좀 전에 할머니가 데려 가셨다는 어린이집 교사 말을 듣고 집으로
급히 온 남편은 딸에게 전화를 걸어단다.

　"다은이 데려갔니?"

　"예, 아버지! 조금 전에요, 엄마 집에 안 계셔요?"

"야 에미야! 네 엄마가 정신이 이상하다. 좀 내려와 봐"

딸과 다은이가 내려 왔단다. 나는 딸도 다은이도 "모른다"고 절레절레 머리를 흔들었단다. 저녁도 굶은 채로 깊은 잠에 빠져들더란다.

다음 날 새벽 네 시쯤에 화장실에 다녀왔는데 건넌방에서 큰아들이 나오며 물었다. 희미한 기억이다.

"어머니 어떠세요? 저 알아보시겠어요?" 목동에 사는 큰아들에게 연락해서 밤에 왔단다. 밤에 큰아들을 본 기억은 없다.

"너 언제 왔어? 무슨 일 있어. 구미에서 왜 왔어?"

큰아들은 구미에서 살다가 6개월 전에 목동으로 이사를 왔으니까 '구미에서'라는 말은 온전한 기억이 아니었다. 그러나 아들은 기억을 했다. 정신이 몽롱하고 머릿속이 안개 낀 것처럼 희뿌연 느낌이었다.

"더 주무세요, 어머니!"

아들은 내 손을 잡아 잠자리로 안내해 줬다. 금시 잠이 들었다.

검은 도포를 입은 세 사람이 창문으로 한 사람씩 후다닥 뛰어 넘어 왔다.

"도둑이다 도두-욱 들어오지 마-, 들어오면 안 돼, 나가! 빨리 나가라고"

소리소리 질러도 말이 되어 나오지 않고 허우적일 때

"당신 왜 그래 응?"

남편이 흔들어 깨웠다. 아! 몹쓸 꿈이었다. 땀으로 흠뻑 젖었다. 그들은 저승사자일까? 저승사자가 나를 데리러 왔었나? 그들이 가져온 자루에 나를 넣어 갔으면 내가 어떻게 되었을까? 몸의 허약 증세로 나타난 꿈일까? 죽음으로 가는 과정이었나? 다시 잠의 늪으로 빨려 들어갔다. 흔들어 깨우는 바람에 깨진 꿈이 이어졌다.

검은 도포의 저승사자들은 보이지 않았다.

마치 잔디를 융단처럼 깔아놓은 듯 푸른 초원의 구릉, 순하게 보이는 수사자 한 마리가 나를 돌아보고 서 있었다. 갈기가 멋있었다. 바다 물범 두 마리가 나를 향해 출렁출렁 다가오고 있었다. 내가 앉은 자리는 꽃밭 속 바위 위였다. 나무에서는 새들의 지저골지저골 날고. 거기는 어디였을까? 거기가 천국일까?

열 두 시간 동안의 기억은 흔적이 없고, 두 시간의 꿈속에서 저승사자와 꽃동산에서 조용한 동물과의 만남은 추억으로 생생하다. 저승과 이승을 넘나든 밤이었다.

창문이 하얗게 날이 밝아오는 신호를 보내왔다. 여섯 시였다. 여섯 시에 일어나는 것은 내 육신의 생활리듬이다. 아침 준비를 하고 있는데 큰 아들이 건넌방에서 나오며 물었다.

"어머니 괜찮으세요?" "내가 어때서?"

아들을 보는 표정이 표정을 잃은 싸늘했던 기억이다. 아들은 불안한 듯 나를 내려다본다. 지금 생각하면 TV에서 보는 치매환자의 영락없는 무표정이었다.

반찬은 한 가지도 만들지 않고 쌀만 씻어서 풍년압력솥에 밥을 지었다. 밥이 까맣게 탔다. 아주 새까맣다. 시간 개념이 없어졌다.

"내가 왜 이렇게 됐냐?"면서 통곡했다. 그때서야 내 자신이 이상해져 있음을 어렴풋이나마 감지되었다. 여전히 머릿속은 희뿌연 안개가 자욱하다. 전날 딸과 손녀가 다녀간 사실도 기억에 없다. 아들이 언제 왔는지도 모른다. 반나절의 시간은 기억에서 영원한 공백이다.

동네 작은 병원에 입원하기로 했다. 남편의 뜻이었다. 병원에 입원하러 가려는 나에게 남편이 "점심 술상 차려 놓고 가지"였다.

남편은 결혼해서 이날까지 위통으로 고통이 심할 때를 제외하고는 하루도 빠지지 않고 술을 마셨다. 애주가다.

아무리 애주가이고 술이 좋다 하기로서 사람을 알아보지 못하는 마누라가 병원에 가는데 술상을 차려놓고 가라니! 그가 석인(石人)인가, 목인(木人)인가? 술이 그렇게 좋을까? 하룻밤을 집에서 재운 것도 무심한 처사였다.

병원에 입원 MRI를 찍고 여러 가지 검사를 했다. X-Ray필름을 보고 의사가 뒷목 부위를 가리키며 설명을 했다.

"이 부위가 막혔다가 약간 뚫린 상태이고 병명은 뇌병변에서 오는 뇌경색입니다." 막혔던 혈관이 약간이라도 뚫렸다니 무심한 남편대신 하느님이 도우셨다.

병실을 찾아 온 남편이 내 손을 잡고 울고 있다.

"왜 울어요?" "그냥 눈물이 나서, 자꾸 눈물이 나네."

"나 죽으면 술상 차려줄 사람 없어서 울어요? 나 안 죽어!"

아들이 병원에 가자고 재촉하는데도 술상을 차려놓고 가라던 남편의 말이 그 정신에도 가슴에 맺혀 있었나보다.

하늘이 보우하사

　　　　잠 덜 자고 깨어난 듯 머릿속이 희미하고 모든 것이 까마득한 기분이었다. 무슨 말을 들어도 금시 잊어버렸다. 머릿속에 인지되지 않음이 느껴진다. 퇴원해서 병원 약을 먹으며, 침(針)을 맞고, 물리치료를 받아도 뇌 상태는 호전되는 기미가 없었다. 사지는 멀쩡해서 다행이었다.

　그런 일이 있은 후 아침 식사를 하고 계속 잠을 자는 습성이 생겼다. 낮이건 밤이건 잠자는 것이 편했다. 죽음을 기다리 듯, 보름 이상을 그렇게 보냈다. 병명에서 오는 마음의 쇼크였다.

　몇 년 전에는 대동맥경화증이라더니 이번에는 뇌 병변에서 오는 뇌경색이라 했다. 술 담배를 전혀 모르고 기름진 고기음식도 좋아하지 않는 나에게 왜 그런 병이 오는가? 우울증이 되기 십상이고 폐인이 될 것 같았다. 그런 중에도 이래서는 안 되겠다는 생각이 들었다. 죽을 때 죽더라도 살아있는 사람으로 움직이며 살자는 의식이 돌아오는 것일까?

　거리를 돌아다녔다. 길음시장, 경동시장! 거기는 사람 사는 모습으로 가득 차 있다. 길가에 채소를 놓고 앉아있는 할머니 옆에서 오가는 사람을 바라보며 서 있기도 했었다. 종로나 청계천에서 거리구경을 했다. 방향 감각이 없어 반대 방향으로 무한 갈 때도 있다. 여기가 아닌데~라는 생각이 어렴풋이 들면, 사람들에게 물어 다시 집을 찾아오곤 했다.

정신이상인 사람처럼 여기저기를 돌아다녔나? 왜 거리를 헤매었을까?

방향감각에 문제가 있음을 스스로 느끼자 집에서 가까운 정릉 산길을 걷기로 했다. 정상에 앉아서 건너 산줄기를 보면 4~5년 전에 남편과 가끔 다녔던 등산길이 훤히 보였다.

청수장 골짜기 위로 보국 문, 좌측의 형제봉, 그 밑에 자리한 일선사, 우측 칼바위 능선을 보고 있노라면 두부 집 욕쟁이 할머니 모습이 생각났다. 내 돈 주고 사먹는 등산객이 조금이라도 재촉을 하면 예 예 대신에 욕을 하던 노파였다.

산을 즐기는 등산객은 인자해서일까? 욕을 해도 등산객은 화 대신 껄껄 웃어 넘겼다. 어질고 넉넉한 사람들의 모습이었다. 그 풍광들이 떠올라 저절로 미소 짓는다. 지난 일을 끄집어 회상하는 것도 하나의 치료적인 훈련이었나?

친구와 같이 갈 때도 있었고, 시간이 맞지 않으면 혼자 가기도 했다. 반 년이 지나는 어느 날 정신이 조금 맑아지는 느낌이 왔다. 부연 안개가 걷히는 듯 했다.

심신을 치료한다는 숲속의 좋은 공기 효과일가?

편백나무, 삼나무, 소나무, 잣나무 활엽수는 강한 피톤치드를 발산한다고 한다. 피톤치드가 인간의 감각 기능을 자극하여 좋은 작용을 일으키게 하는 효과일 수도 있다. 정릉(貞陵) 숲속을 다닌 효과다.

"그래 바로 이거야! 이제 내 정신으로 반은 돌아왔어. 정신이 약간 맑아졌잖아, 오! 하느님 감사합니다."

상쾌함이 느껴지는 감격의 순간이었다. 보이지 않는 당신의 보살핌이 온전한 정신을 갖도록 힘을 주시기 시작했다.

그 때 나이 58세였다. 과거를 잊고 산다면? 시간 개념 없이 산다면? 신체적 장애로 어디가 불구였다면? 생각만 해도 얼마나 아찔한가?

하느님이 보우하사 신체, 정신, 언어에도 아무 이상 없이 회복되어 희수(稀壽)령을 넘고 있다. 개똥밭에 머리를 처박고 살아도 이승이 좋다하지 않던가? 저승에서 쫓겨 와서 이승의 삶을 즐기며 살고 있으니 무한 감사할 뿐이다.

행복한 하루
– 신사임당 기념 전국경연대회 참가기

꽃가게를 운영하는 젊은 친구가 신사임당 기념 전국경연대회에 참가해 보자는 제안을 해왔다.

신사임당의 날 전국기념행사는 조선 중기의 여류 서화가이며 효성이 지극하고 현모현처로서 당시나 지금의 사회적 귀감이 되는 신사임당(1504~1551)의 덕과 얼을 기리기 위한 대한주부클럽연합회의 연중행사다.

이른 시간임에도 남산한옥마을 입구부터 고운 한복차림의 봉사자들이 안내하고 있었다. 한옥마을에는 주최 측의 안내원들과 참가자들로 붐볐다.

넓은 마당에 차일을 치고 바닥은 은박지 자리를 깔았다. TV 화면에서 보던 옛날 과거시험장을 방불케 했다. 한문서예, 한글서예, 문인 화, 백일장등 여러 부문이 많았다. 젊은 친구는 한글서예 부문이었고 나는 문인 화였다. 둘이는 각자 해당 장소에 자리 잡았다.

대회가 시작되었다. 5월의 날씨답지 않게 안개가 자욱했다. 한문, 한글서예 참가자들은 작은 상을 놓고 앉아서 쓰는 것에 몰두하는 자세가 사뭇 진지해 보였다. 문인 화를 치는 참가자들은 담요를 펴고 그 위에 화선지를 펴놓고 앉아서 난(蘭) 한 잎을 쳐 올리는 팔과 손놀림은 영락없는 춤사위다.

국화를 친 작품을 길게 펴놓고 내려다보니 날씨 탓인지 물기가 많아 농담이 흡족하지 않았다. 지정된 두 시간은 반이 훌쩍 넘었다. 사십 여분의 남은 시간과 한 장의 화선지뿐이다.

다시 란의 구도를 잡았다. 한 잎을 쳐 올리고 정성스레 또 한 잎이 올라가다가 늘어지는 잎을 쳤다. 수줍게 터뜨리려는 꽃봉오리 하나, 만개한 꽃송이를 치고 작은 한 촉을 더 쳐서 대소를 이루고 여백을 남겼다. 무슨 꽃이든 꽃 향을 음미할 때면 잠시라도 우리 마음이 순화되는 느낌이어서 청향세심(淸香洗心)이란 화제를 썼다. 정해진 시간이 되기 전 완성된 작품은 관계자들이 수거해 갔다.

노천명 시인은 5월을 계절의 여왕이라 했다. 5월의 보드라운 새순들이 나무껍질 헤집고 톡톡 튀어나와 연둣빛의 연가가 가득한 남산골의 풍치는 아르다움 자체다.

상쾌한 자연 속에 둘러싸인 한옥마을에서 곱디고운 한복으로 단장한 여인들의 물결을 이룬 꽃밭! 차일 아래서 혼신을 다해 붓글씨를 쓰고, 묵화를 치는 모습은 참으로 아름답다.

관광객들은 물 흐르듯 걸어가면서 보는가 하면 지켜서서 한 필 한 획의 움직임을 주시하는 사람, 사진을 찍는 사람도 있었다.

참가자들은 결과야 어찌 되든 간에 홀가분한 마음으로 한옥마을의 여기저기를 거닐며 5월의 아름다움을 카메라에 담는 모습이 여유로워 보였다. 서울에서 50년 가까이 살았어도 남산한옥마을을 처음 와본지라 연푸름에 도취되어 황홀했다.

순두부 시식 코너도 있다. 안개 서린 마당에 서서 먹는 따끈한 순두부 맛은 더욱 구수했다. 꽃집 젊은 친구와 김이 모락모락 피어나는 순두부를 먹으며 고맙다는 인사를 했다. 정보제공을 해 주어 함께 누릴 수 있는 기회여서 진심으로 그녀에게 고마웠다. 그녀도 그 특유의 눈웃음을 활짝 피우며 동행해 주어서 고맙단다. 그녀와 팔짱을 끼고 여기저기를 거닐었다. 순두부를 먹으면서도, 깨끗이 닦아 반짝이는 장독대 옆에서도 머물러 사진을 찍었다.

두어 시간이 지나자 입상자의 방이 담 벽에 붙었다. 각 부문마다 장원, 차상, 차하 상, 장려상, 격려 상, 입선의 순으로 이름이 붙어 있었다. 혹시나 하며 명단을 살펴보았다.

친구가 문인화 입선자 명단에 내 이름이 있다고 말해 주었다. 전국대회여서 생각지도 않았는데 거기라도 끼어 있으니 다행이었다. 경연대회장의 작품은 시간에 쫓기며 한정된 종이와 시선이 부담되어 작품이 잘 나오지 않는 어려움이 있었다.

경연대회의 정점은 선정된 사임당 추대 대관식이다.

화려한 족두리를 머리에 쓰고 곱게 차려입은 역대 사임당으로 추대되었던 분들은 길게 깔린 주단 위를 우아하게 걸어 행사장 안으로 들어간다. 전 년도 경연대회에서의 각 부문입상자들 또한 고운 한복을 입고 긴 행렬로 그 뒤를 따르고 있다. 마지막으로 당년(當年)에 추대된 사임당이 화려한 복식과 머리에 쓴 관과 장식떨잠이 흔들리면서 우아하게 발걸음을 옮기며 입장하는 순서였다.

울긋불긋 고운 한복을 입은 여인들의 꽃물결이 일렁이는 넓은 꽃밭이었다. 관광객 중에는 외국인도 많으면서 넋을 놓고 그 광경에 눈을 떼지 못하는 풍경이 자랑스러웠다. 푸른 숲으로 둘러쳐진 남산 골짜기에서 아름다운 장관을 목도(目睹)할 수 있는 좋은 기회였다.

여류명사 중에서 엄선하여 사임당으로 추대되는 인사는 가문의 영광이고 개인의 성공된 삶의 표상이다. 좋은 가문에서 태어나 자아를 실현하면서 모범적 가정을 이루어 자식도 올바르게 잘 키워 성공시킨 여성, 사회봉사와 기부를 많이 해서 적선을 한 훌륭한 여성이 추대되는 것임을 대관식을 지켜보면서 느꼈다.

　'효성이 지극했고 현모 현처이셨던 신사임당! 영원히 살아 계신 사임당! 세세연연 추앙 받으소서'

　의외로 상도 받고 한옥마을 구경을 잘 했다. 참가기념품과 짭짤한 상품(생활필수품)에 눈길을 보내며 파안대소하는 남편이 즐거워 보였다. 전국여성들이 모인 큰 축제 한 마당에 동참할 수 있는 가을인생의 하루가 마냥 행복했다.

고희(古稀)라 고희

　　　　　　　늙어가는 내 육신에 햇수만 담지 말고 내 면을 채우자. 더운 여름 선풍기도 틀지 않은 채 붓글씨를 쓰고 구겨 버리고 또 쓰고 구기고, 글씨가 영 마음에 들지 않는다. 얼마나 글씨를 썼다고 고집이 생기는가. 도자기를 굽는 도공이 멀쩡한 도자기를 망치로 깨버리는 고집을 알 것 같다. 여름 내내 땀 뻘뻘 흘리며 한문 글씨를 썼다. 글씨 쓰는 것에 정신을 몰입하다 보면 아무런 잡념이 없다. 한 획 한 자를 숨죽이며 붓 놀리는 순간이 무아지경이다. 여섯 폭의 글씨와 여덟 폭의 사군자를 치며, 서도(書道)와 사군자에 푹 빠져 여름 가을 겨울을 보냈다.

　지루하면 부채에 난을 치고 국화를 쳤다. 부채에 서툰 그림을 그려서 친구에게 선물하는 재미도 쏠쏠하다. 받는 기쁨보다 주는 기쁨이 더 크다. 나는 와인 북(wine book)이 되어 버렸다. 세련되게 그리지도 못한 것을 남에게 주면서 좋아하는 주책(酒册) 말이다.

　결혼해서 지금까지 시어머님을 모시는 친구에게 커다란 부채를 선물한 적이 있다. 여름에 그 친구를 만날 때 마다

"요즘도 사군자 많이 치니? 우리 어머니는 여름이면 너가 준 부채를 잘 쓰고 계셔. 집에서 뿐 아니고 양산대용으로 부채를 가지고 다니신단다. 햇볕도 가리고 바람도 일으키고 부채를 아주 좋아하셔."

그 말에 접는 부채 하나를 더 선물했다. 올 여름에도 잘 이용하시고 무병하심을 기원하는 마음도 넣어 드렸다.

예쁜 도자기 항아리에 내가 선물한 접부채를 꽂아 놓은 한 친구의 심미감에 감탄한 적도 있었다. 에어컨 바람은 그 바람이고 또 선풍기 바람도 좋지만 간간이 부채바람이 필요할 때가 있다. 부채바람은 마음의 평안을 가져오며 고요에 잠길 때도 있다.

어린 시절 여름에 어머니가 부쳐주시던 부채 바람을 잊을 수 없다. 초저녁 달 휘영청 달 밝은 밤, 마당 가운데 피워놓은 모깃불 연기가 매워 눈을 비비며 콜록댈 때면 어머니가 부채를 살살 부쳐 주셨다. 부채 바람에 더위와 연기는 흩어져 사라지고 스르르 잠들던 시절. 초저녁 밝은 달, 모깃불 연기, 언니와 장난치며 뒹굴던 평상, 하늘에 무수히 반짝이는 별을 보며 재잘대다 잠들던 어린 시절의 그리움. 어머니와 부채 바람의 추억 때문에 어머니의 사랑을 그리워하면서 부채를 좋아하는지도 모르겠다.

예쁘던 그 세월 어디 가고 고희(古稀)라니! 2010년 7월 표구사에서 배달 된 여덟 폭의 병풍을 펴놓고 살피는 마음이 흡족했다. 고희 생일에 맞추어 배달된 병풍이다. 방 한 쪽에 펼쳐있는 병풍 앞에 모인 손녀 손자들에게

"얘들아! 이 병풍! 할머니 작품이야. 할머니가 했어!" 남편이 설명을 하자

"와− 정말요? 글씨랑 그림이랑 할머니가 다 했어요?" 아이들은 놀랍다는 듯이 눈을 크게 뜨며 묻는다.

"그래- 할머니가 했지! 어때. 잘 그린 것 같니?"

"우리 할머니 그림 잘 그린다."

"어머니! 참 멋지셔요."

며느리와 딸, 아들이 흐뭇해하는 모습이다.

"우리 장모님! 솜씨 좋으십니다."사위가 카메라 셔터를 눌러댄다. 그동안 배운 것을 작품화했음이 흡족하다. 몰입하는 순간이 이어져 생활이 평온하고 즐겁다.

가을 인생의 멋을 한질 병풍으로 장식하며 고희를 조용히 맞았다. 내 혼과 열성이 담긴 병풍을 쳐놓고 남편과 자손들과 사진을 찍고 음식을 먹으며 고희의 생일을 보냈다. 외출 외식이 불편한 남편을 위해 집에서 치른 고희의 축제가 좋았다.

병풍의 앞과 뒤를, 한복을 입고 앉아있는 내 모습을, 손녀 손자들을 앉혀놓고 찍은 사진을 복지관 사군자 선생님과 동료들에게 보이며 자랑하는 칠순의 팔푼이는 그냥 행복했다. 팔푼이면 어떻고 와인북이면 어떠랴! 인생은 제 잘난 맛에 산다고 했는데.

누렇게 익어 고개 숙인 벼 이삭 사이를 요리조리 숨어있는 메뚜기 잡던 시절이 그립다. 황금물결 일렁이는 들판을 걷고 싶다. 허수아비 두 팔 벌린 들판을 걷던 어린 시절 아이처럼 편안한 마음이다. 자손들만 건강해 주면 그 이상의 바람은 없다. 늙은이답게 마음 편히 살자. 어느 책에서 읽은 구절을 간직하면서 살자. '지자불언(智者不言)이요 언자부지(言者不智)라. 무언(無言)은 평화(平和)다'. 하고 싶은 말을 어찌 다 하고 살랴. 살포시 웃는 얼굴로 말은 아끼고 살자. 무엇이든지 배우면서 어느 축제 던지 다니며 즐기자. 남은 인생을 축제로 만들며 살자.

신정일 수필집

하늘공원에 서다

제3부

시인(詩人)의 마음

글을 쓴다는 것,
시(詩)를 쓴다는 것은
그녀의 말대로 멋있는 일인가?
한 편의 시를 써 놓고 시어를 다듬어
고치고 읽고 또 고친다.

잃어버린 양산(洋傘)

충무로에서 4호선으로 환승하려는 순간 손에 쥐어 있어야 할 양산이 없다. 가방 안을 이리저리 살펴봐도 없다. 어디에 놓고 왔을까?

인사동에서 부채전시회를 관람하고 한국화 물감 몇 개를 사고서 지하철을 탔다. 되돌아가야 하는가? 망설이다가 그대로 4호선에 환승했다. 오래도록 사용했거니와 내심으로는 며칠 후면 양산 하나가 생길 일이 있으니까 라는 생각에서였다.

우리 동네에 OO 마트가 입주해서 개업한 지가 꽤 되었다. 그 앞에서 카드 신청을 받는 한 젊은 엄마가 다가와 "아주머니 카드 하나 하세요." 카드가 있다면서 발걸음을 옮기려는데 앞을 막아서면서 설명이 길다.

하나 해 주시면 저도 애들하고 사는데 도움이 되지요. 선물도 있어요. 도움과 선물이라는 용어에 솔깃했다. 그녀에게 도움이 된다면… 생각을 하면서 선물이 무엇이냐고 묻자 여인은 내 손에 쥐어진 양산에 눈을 주며 오래 사용한 것 같으니 양산을 바꾸어 보란다. 선물 중에 아주 예쁜 양산이 있다면서 현품을 보면 마음에 들것이라고 말한다. 카드를 신청해 놓고 양산을 기다리는 중이었다.

거의 십년간 사용해서 손때가 묻었고, 햇볕으로부터 나를 보호해 주던 양산에 애정을 지울 수가 없다. 더구나 환갑기념으로 선물 받은 것이다. 며칠 동안 계속 머릿속에선 양산을 어디에 두고 왔을까? 되뇌어진다.

며칠이 지난 후 인사동에서 볼일을 마치고 지난번 물감을 매입했던 화방 안으로 들어섰다.

먼저 인사를 하고 며칠 전에 여기서 한국화 물감을 구입한적 있는데 혹시 양산 하나 떨어진 것 없더냐고 물었다.

화방 주인은 아 이거로군요. 설합에서 양산을 꺼내주며 말을 잇는다.

"요즈음은요 물건을 잃어버려도 찾는 사람이 드물어요. 잘 오셨습니다. 아주 알뜰하신 분이시네요. 며칠 전엔 누가 카메라를 놓고 갔는데 찾으러 오질 않아요."

화방 주인이 내어주는 양산을 받으며 마음속으론 조금 창피했다. 칠칠맞게 물건을 놓고 다닌다고 흉볼 것 아니겠는가? 공연히 얼굴이 화끈거렸으나 잠시 잃어버린 아이를 찾기나 한 듯 반갑게 받아 가방에 넣었다. 이 나이에 여기에 들려서 잃었던 물건을 찾아가는 것만도 어디냐? 스스로 위로하며 맑은 하늘을 올려다보는 얼굴에 기쁜 웃음이 번졌다.

찾아온 양산을 비눗물에 빨아 말려서 나풀거리는 실오라기를 라이터 불로 지져 마무리하니 몇 년은 더 사용할 수 있겠다. 양산 살은 멀쩡하니까. 천을 갈면 더 오래 쓸 수 있으련만 천 갈이 하는 곳이 없다. 천이 명을 다할 때까지 다른 양산과 번갈아 가면서 쓰자.

우리나라의 양우(陽雨)산 제조 산업이 명멸하고 전량 수입한다는 신문기사를 읽은 적이 있다. 값이 비싸지 않은 반면 고장 잘나고 고장 나면 그냥 버릴 수밖에 없다. 고장 난 양우산을 수선하는 곳이나 천갈이 하는 곳이 없다. 물론 버려지는 양우산은 고물로 재활용 되겠지만 양우산 자체로는 일회용이다.

단독에 살다가 아파트로 이사한 친구의 남편이 우리나라가 이대로 유지되면서 잘살고 있는 것이 참 이상하다고 말했단다. 왜냐고 물었더니 아파트로 이사 와서 쓸 만한 가구를 죄다 버리는 것을 보고 한 말이라고 했다. 버리는 것도 많고 잃어버린 물건을 찾지 않는 요즈음 세태다.

풍요로우면서도 나라 외채가 많고 자원수입이 많은 우리나라의 현실 아니던가? 아껴 쓰고 적게 버리는 습성이 나라 사랑, 후손 사랑, 지구 사랑 실천이 아닐까? 쉽게 버리고 다시 장만하는 것이 산업발달과 일자리 창출에 일조하는 것일까? 달걀이 먼저인가? 닭이 먼저인가? 이것 아니면 저것이요, 저것 아니면 이것이니 참 인간사 새옹지마라 하겠다.

어느 노파의 따뜻한 동거(同居)

　　　　　　　　길을 걷다가도 집안일을 하다가도 문득 그 할머니를 생각한다. 복지관에는 잘 다니시는지 복지관 생활이 즐거우신지 궁금해진다. 한 번 전화라도 해보고 싶어질 때가 있지만 전화 한 번 못하고 친정어머니 생각나듯 가슴 안에서 뱅뱅 돈다.

　어느 날 복지관 상담실 자원봉사자로서 책상을 지키고 앉아 있기가 무료한 오전 시간에 할머니 두 분이 들어오셨다. 의자를 권하며 어떻게 오셨느냐고 인사를 했다. 한 분이 옆집 친구라면서 신규 회원등록 신청을 부탁한다며 자기는 수업이 있다고 나가셨다.

　회원등록신청서와 볼펜을 노인 앞에 내놓으면서 쓰실 것을 부탁드렸다. 노인께서는 자기는 무학이어서 쓸 수가 없다고 대신 써 달랜다. 양식대로 주-욱 적다가 긴급 상황 시에 연락처를 가까운 자녀 중 누구로 하시겠느냐고 물었다. 노인은 자녀가 없다면서 고개를 떨구셨다. 그럼 혼자 사시냐고 물었다. 여동생네 식구와 함께 살고 있다는 이야기부터 살아오신 이야기를 시작하신다.

결혼을 했는데 몇 년이 지나도 애기가 없는 거야. 어느 날 남편이 여자를 데리고 들어오더니 한 집에서 살아야 한다는 거야. 얼마를 살다보니 눈꼴사나워 살 수가 없더라구. 이게 아니다싶어 마음을 정리하고 나왔지. 그래 혼자 살고 있는데 여동생이 서로 의지하면서 함께 살자고 권해서 오가다 보니 같이 살게 되었다우. 여동생도 젊은 나이에 남매를 데리고 혼자 살고 있었어. 제부가 일찍 세상을 떴었지. 그렇게 조카아이들 크는 재미로 살았지.

아이들이 성장하여 남매를 결혼시키자 자기는 혼자 살기로 마음을 가졌단다. 할머니는 옛 이야기를 계속하셨다. 할머니의 이야기를 들으며 남의 슬픔에 가슴이 아려왔다.

그런데 우리 질부가 어머니와 의지해서 지금까지 사셨는데 어떻게 혼자 사시냐고 절대로 안 된다고 반대를 하는 거야. 그래서 지금까지 살고 있노라고 노인의 얼굴에 살짝 웃음기를 보이셨다. 질부가 천사라며 그런 사람이 요즈음 어디 있느냐고 나도 칭찬을 아끼지 않았다.

할머니는 계속 질부의 칭찬을 하신다. 우리 질부가 내리 딸 셋을 낳았지. 네 번째 아이를 갔더니만 사내아이를 턱 낳았어. 대를 이었다고 동생이 얼마나 좋아 하는지 몰라. 그 아이가 초등학교 5학년이라면서 크게 웃으셧다.

시부모도 모시지 않으려는 요즈음 시이모까지 모시고 사는 질부의 마음이 착해서 큰 복을 받으셨다고 그 애가 복덩이라고 나도 할머니의 질부를 칭찬했다.

혹여 긴급 상황 시 연락 받으실 보호자를 동생이나 질부로 하면 되겠다며 핸드폰 번호를 물었다. 노인께서는 핸드폰 번호를 기억할 수 없으니 집에 전화를 걸어 보란다. 다행히 집 전화번호는 기억하시며 불러 주셨다.

전화를 걸어서 통화를 할 수 있었다. S할머니께서 복지관 회원등록 차 오셨는데 혹시라도 긴급 상황발생 시 보호자의 연락처를 알기 위해서 전화를 드렸다고 설명했다. 여인은 질부라며 자기와 시어머니 핸드폰 번호를 말해 주었다.

할머니께서 우리 질부는 천사라고 칭찬을 어찌나 하시는지 감동했노라고 우찌 마음이 그리 곱냐고 물었다.

당연한 일이라며 겸손히 말하는 여인의 목소리가 차분하고 곱게 들린다. 겸손함도 천사의 심성에서 표출된다. 이모님께서 마음이 조용하시고 고우셔서 모시는데 불편함이 없었노라고 질부는 덧달아 말하지만 어른 모시기가 어디 그리 쉬운 일이던가?

자식이 있어도 홀로 사는 독거노인, 1인 가구 수가 날로 늘어난다. 핵가족으로 변이되는 요즈음 사회에서 이들 자매의 돈독한 삶, 동생네 가족과 따뜻한 동거는 정 그리고 도리와 윤리가 메말라가는 현실에서 보기 드문 아름다운 귀감이고 모범적이다.

S 할머니께서는 신입회원등록을 마치고 회원증을 받으셨다. 노인은 회원증을 들여다보시면서 친구들과 차도 마시고 노래도 배우고 싶다고 하셨다. 못했던 공부도 할 수 있느냐고 물으신다.

노인은 우리 나이로 80세의 아담하신 체구셨다. 어깨도 허리도 굽지 않은 체형이다. 100세 시대의 외향적 건강을 가지신 분이다. 끈기 있는 노력으로 복지관 생활에 잘 적응하시기를 기대한다. 그분께서 자랑하시는 질부 네와의 따뜻한 동거가 복(福)으로 충만하고 모든 것이 잘 풀리는 가정이기를 마음으로 기원한다.

밀양 얼음골 사과

낮에 옆집의 택배를 받아 놓았기 때문에 현관문 여닫는 소리가 난 후 한참 지나서 초인종을 눌렀다. 그 댁에 택배가 자주 오는데 집이 비울 때면 택배 직원은 우리 집에 물건을 맡기며 고맙다 하고, 옆집에서는 찾아가면서 고맙다는 인사를 한다. 옆집엔 50대 중반 부부와 아들, 세 식구가 사는데 낮에는 집을 비우는 경우가 많다.

번번이 신세 진다면서 사과 상자 테-프를 부-욱 뜯는다. 그녀 형부가 보낸 사과라며 꺼내놓기에 그냥 가져가도 된다고 사양을 해도 막무가내며 그녀 주먹보다 더 큰 사과를 열 개나 내놓았다.

밀양얼음골에서 생산한 사과는 맛이 다르고 향이 너무 좋고 육질이 끝내준다는 설명이다. 사과 한 상자에서 열 개나 내놓다니! 고마움보다 괜히 미안한 생각이 든다.

옛말에 마누라가 예쁘면 처가 마당에 박혀있는 말뚝에다 대고 절을 한다는 속담이 떠올랐다. 그녀 형부는 마누라가 얼마나 예쁘면 이렇게 크고 빛 고운 사과를 해마다 처제에게 택배로 보낼까? 바구니에 사과를 옮겨 담았다.

사과를 씻어 호족소반에 놓고 남편과 마주 앉았다. 옆집 부인 말대로 아삭한 식감, 상큼한 사과 향을 음미하며 마음이야 밀양얼음골 어느 집 농원을 서성인다. 사과를 재배하는 사람들과 빨간 사과가 주렁주렁 달린 과수원을, 밀양의 파란 하늘과 바람, 맑은 공기를 마시며 챙 넓은 모자를 푹 눌러쓰고 농원에서 일하는 부부를 상상한다.

살아 존재하며 먹는 즐거움에 행복감이 넉넉해진다. 입맛이 까다로운 남편이 사과 맛이 아주 좋다면서 청송사과에 대한 설명을 한다. 두루 박식(博識)함에 한 때 그의 동료들이 붙여준 宋 박사라는 닉네임을 과시하기 시작이다.

며칠 후 외출했다가 들어오니 사과 한 상자가 배달되어 거실 한쪽에 놓여있다. 웬 사과 상자냐고 남편에게 물었다.

당신이 청송사과를 아주 맛있게 먹는걸 보니까 사주고 싶어서 한 상자 배달 시켰다고 한다. 미식을 좋아하는 남편이 나를 생각해 주는 척 하면서 주문한 것을 알지만, 고맙다며 값이 얼마냐고 물었다가 기절초풍 직전이었다. 한 상자에 칠만 원이라니! 그렇게 비쌀 줄 모르고 주문했다며 남편이 껄껄 웃는다.

정신 나갔나 봐. 그렇게 비싼 사과를 주문하다니! 속으로만 중얼거리며 잘 했다고 칭찬했다. 이왕에 저질러진 일, 돈 들지 않는 칭찬도 못하랴! 사과 값이 금값이었다. 한 상자라고 해봐야 23개였다. 밀양 얼음골 사과야 말로 환상적인 맛의 상품이니까 그렇게 고가(高價)일 만도 하다는 생각이 들었다.

가끔은 분수를 넘어가는 남편 덕분에 금값의 사과 맛을 즐기며 생산자 분들에게도 감사한 마음이었다.

사람은 말이야 가끔 그렇게 눈 딱 감고 일을 저질러야 맛있는 것도 먹을 수 있고, 값비싼 옷도 더러 사 입을 수 있는데, 성격도 건강도 엇비뚜름하게 짝을 지어주신 하느님은 참으로 공평하다는 생각을 했다.

옆집 부인은 가끔 시골에서 떡이며 쌀이며 농산물이 올 때면 나누어 주기를 좋아한다. 그 덕분에 잘 받아먹는다. 그렇다고 받기만 하는 것은 아니다. 우리 집에서도 며느리나 딸이 먹거리를 상자로 보내올 때면 나누어 준다. 그럴 때는 함박웃음에 양팔로 품어 받아가는 모습이 보기 좋고 사랑스럽다. 이웃의 작은 배려, 주고받는 정이 푸근하여 이웃사촌이란 옛말이 있었나 보다. 사람 사는 정경, 사람 사는 향기, 그것이 참 좋다.

작은 행복

　　　　　　　　뉴스 시간마다 55년만의 2월 한파라고 요란하게 설명이 길지만 옛날 우리 어릴 적이나 젊었을 때는 이보다 훨씬 더 춥던 기후였다. 물 묻은 손으로 쇠 문고리를 잡으면 쩍쩍 달라붙던 영하 17~18도 추위를 살아온 시절을 어찌 잊으랴.

　"이 추운 날 어디 나가?" 끝 자를 한 옥타브 올리는 남편의 퉁명스런 말을 뒤로하고 현관을 나섰다. 파란 하늘 색깔이 깨끗해 보였다. 공기는 차갑지만 노랑 병아리 보드라운 털색 같은 햇볕은 따스한 느낌이다.

　옛날에 출판된 책이 필요할 때가 있다. 우선 헌책방에 들러서 있으면 기분이 좋다. 아주 저렴한 가격으로 구입할 수 있기 때문이다. 일단 한 번 들러보고 없으면 서울역 '철도서점'으로 가는 수밖에 없다. 찾아가기가 편하니까. 이태준의 '달밤'이란 책을 구하기 위해서였다.

　내가 찾는 책을 안내인에게 요청하니 그는 아주 친절하게 인터넷으로 책의 유무와 장소까지 찾아서 건네주었다. 얼마나 편리한가! 놀라웠다. 어디서든지 친절함을 받는 것은 최고의 선물이어서 매우 기분이 좋다.

찾고자 하는 책도 구입 했겠다 기분 좋게 길을 걷다가 가게 물품진 열대에 눈길이 머무는 색깔이 있었다. 얇지도 두껍지도 않은 목도리 하나와 목의 추위를 감쌀 수 있는 도톰한 목도리 하나, 두 개를 들고 서 가격을 물었다. 꽁지를 빼 줄 수 있겠느냐고 물었더니 마음 좋게 도 그는 머리를 끄덕였다. 이런 경우에 말은 해야 맛인가 보다. 꽁지를 빼달라고 하지 않았으면 빼주었겠는가?

비싼 것도 아닌데 값을 깎으면서 한편 미안한 생각도 들었다. 이렇게 싼 물건을 쓸 수 있는 것도 중국의 저렴한 인건비 덕분이야. 목도리가 많이 있는데도 왜 또 샀니? 쓰던 물건 정리한다면서 또 사구, 변덕이 심한건가? 아니야, 값이 싸니까 산거지 뭐. 돈은 돌고 돌아야 돈이지. 이러쿵저러쿵 혼자서 중얼중얼 자책과 답을 하면서 무임 승차를 했다. 지하철이니까. 구하고자 한 책과, 빛깔 고운 목도리도 두 개나 샀고 또 무임승차라니! 추운 날 무엇 하러 나가느냐는 남편의 힐책을 받았지만 이 화려한 외출에 흐뭇한 미소가 피어난다.

지공선사가 되어 작은 것에 감동하고 작은 것에 감사한 마음 잔잔히 흐르는데, 내 옆에 서있는 세 여자의 사는 이야기가 귀 쫑긋 흥미를 돋운다. 그녀들은 사십대 초반쯤으로 보였다.

"나는 꽃소금이라는 것을 한 번도 사 먹지 않았어, 천일염을 씻어 말려서 볶아서 믹서에 가니까 아주 곱게 갈아지더라구!" 한 여자의 이야기였다. 나와 같은 생활습관이어서 머리가 저절로 끄덕여 졌다. 다른 이가 거기에 찬성을 했다. 그렇다. 누구나 살림의 노하우가 있어 현명하고 지혜롭게 삶을 사는 한국의 여인들이다.

그날 밤 누워서 눈을 껌벅거리며 낮에 있었던 일을 생각하다가 일어나 불을 켰다. 긴 오바 짧은 코-트를 번갈아 입고는 목도리 이것 저것을 목에 두르고 거울에 앞뒤를 비추어 보고 있었다. 코를 드렁 드렁 골며 잠자던 그가 실눈을 뜨고 쳐다보다가 또 물었다. "이 밤중 에 어디 나가려고?" 돌아누우며 쯧쯧 혀를 찬다. 아주 어릴 적에 아 버지께서 사주신 검정 고무신을 머리맡에 놓고 잠들던 생각이 난다.

연중행사 김장

큰 며느리에게 전화를 했다.

"어미야! 너의 김치냉장고에 김치 통 몇 개나 들어갈 수 있니?"

"예! 어머니, 김장하시게요. 언제쯤 하실 거에요? 날 잡아서 말씀해 주시면 제가 가서 거들어 드릴게요."

"생각 내킬 때 해서 택배로 보내마. 요즈음 아범이 바쁘다면서."
사실 큰손녀가 고등학교에 입학하면서 며느리가 와서 김장을 함께한다는 것이 어렵다는 것을 알고 있다. 아이들 시간대를 맞춰야 하기 때문이다.

배추 40포기를 다듬어 소금물에 절이고 있는데 혼자 김장을 하느냐? 재원 어미는 언제 오느냐? 남편은 며느리가 오기를 바라는 듯 묻는다.

옛날에는 백 팔십 포기도 했었는데. 배추 40포기야 뭐 혼자 해도 된다고 말하자, 옛날에야 여럿이 했지 혼자 했느냐? 그의 물음에 배추를 소금물에 절이면서 옛날 젊었을 때 김장하던 시절이 떠오른다.

그 때는 열 두식구가 살면서 명순이도 있었고 계 시모도 함께 살았다. 배추 백 팔십 포기를 김장할 때가 몇 번 있었다. 두 세 명이서 해도 백 팔십 포기를 반으로 갈라 소금물에 절이자면 허리가 끊어질 듯 아팠다. 무와 부속 재료를 씻어 늦은 밤까지 속을 준비했다. 커ㅡ다란 다라이 세 네 개에 무채를 썰어놓고 고춧가루로 속 버무리자면 팔은 또 얼마나 아프던가?

김장을 하는 날이면 배춧국을 끓이고 돼지고기도 삶아 제육을 만들어 놓고, 옆집도 앞집도 불러 모인다. 배추를 씻어 놓고 물이 빠지는 동안 배춧국, 절인 배추에 제육을 싸서 푸짐한 점심을 먹으며 웃음꽃을 피웠다.

따끈한 커피도 한 잔씩 나눈 후 배추에 속을 넣기 시작한다. 김치를 항아리에 넣는 것은 주부 몫이다. 차곡차곡 항아리에 넣는 것도, 세전과 세후에 먹을 항아리 구분도 있어야 하기 때문이다. 배추포기지, 깍두기, 총각김치, 백김치, 동치미, 등을 담아 지하실에 김치항아리가 그득했다. 겨울철의 반양식이라던 그 시절의 김장! 김치 속 넣기가 끝나면 수고한 이들에게 김치와 쌈을 싸주면서 정을 나누던 정경도 이제는 옛 추억이 되어 버렸다.

세월이 가면서 우리 집 김장도 백 팔십 포기의 절정에서, 그 량이 점점 줄어 이제는 4~50포기를 해도 두 세집의 김장이 된다. 배추김치는 김치냉장고에 보관할 수 있는 만큼 담아야 직성이 풀린다. 묵은지의 칼칼한 맛 때문이다. 동치미도 조금, 깍두기는 아주 조금 담글 때도 있고 담지 않을 때가 더 많다. 요즘 시대야 김치 냉장고 덕분에 김치가 떨어지면 시나브로 담그지만 그래도 김장철은 요즈음이다.

택배로 김치를 보내마 했는데 김치 택배가 보통문제가 아니었다. 포장에 있어 조금은 까다롭다. 결국은 아들 내외가 왔다. 승용차에 김치BOX를 실으면서 며늘애가 말했다.

"어머니! 맛있게 잘 먹겠습니다. 내년부터는 제가 김치를 담아 보겠어요. 김치를 담아 보려고 절임배추를 주문해서 내일 택배로 올거에요."

"혼자 할 수 있겠어? 내가 가서 도와주랴?"

"아니요. 제가 해 보겠어요. 아범이랑 재원이 재은이가 도와주겠죠 뭐! 같이 하면 재미있을 거에요."

며늘애는 앞머리를 쓸어 올리면서 깔깔 웃는다. 재미를 느끼며 아이들과 김치를 담그겠다는 며느리. 그것은 아이들에 대한 교육이기도하고 서로가 돕고 사는 가족 간의 화목한 평화다. 사먹겠다는 것이 아니고 담아 보겠다는 며늘애가 기특하고 흐뭇했다. 자식들에게 김장을 해주는 것이 올해로 끝임을 잠정적으로 생각하며 일에서 손을 놓을 때가 되었음이 느껴졌다. 그 만큼 세월이 흘렀다.

흐뭇해하면서 김치BOX와 어미의 정을 싣고 가는 아들내외의 모습이 보기 좋았다.

김치와 쌈을 조금 전해 받은 가게 김 사장의 말 한 소절이 기억에 남는다.

"아-맛있겠다. 저요 김치 사뭇 사 먹거든요. 눈물 나게 고맙네! 집에서 담은 김치를 먹게 되다니. 흠흠흠." 그는 몇 번이나 김치 통에 코를 벌름거리며 잘 먹겠다는 인사를 했다. 그 표정! 김장김치 냄새를 맡으며 돌아가신 그의 어머니를 잠시 아슴푸레 떠 올리는 그늘을 읽을 수 있었다.

며칠 후 노-크 소리에 현관문을 열었다. 김 사장이 빈 그릇과 귤 봉지를 손에 쥐여주면서 그냥 먹는 것 아니라고 동생이 갖다 드리래서 왔단다. 이럴까 봐 그릇 돌려주지 않아도 된다고 했는데, 이래서 요즘엔 누구 뭐 좀 주기도 어렵다니까. 부담을 준 것 같아서 잠시 불편한 마음이 스쳤다.

김치 맛있게 아주 잘 먹고 있다는 말을 남기고, 사뿐사뿐 계단을 내려가는 청년의 뒷모습을 물끄러미 바라보며 기원했다. 올곧은 배필 만나 둥지 틀어 잘 살기를.

응급실 소감(所感)

　　　　　남편은 몇 달 전부터 식욕이 없다며 자주 끼니를 건넌다. 한두 번이 아니지만 그럴 때마다 병원에 입원해서 정밀검사를 받아 보자거나 응급실로 가자고 하면 손사래를 치던 그였다.

　진즉에 당신 말을 들을 걸 그랬다며 화장실 앞에서 풀썩 주저앉았다. 병을 키워서 진이 빠져야 꺾이는 고집이다.

　119 구급차를 요청했고 구급차는 금시 왔다. S 대학병원응급실로 갔다. 전국에서 모여드는 환자가 어찌나 많은지 침대나 의자 하나를 받을 수 없이 곳곳이 환자다.

　복도 여기저기가 온통 환자로 가득하여 신음소리가 사람들의 마음을 무겁게 했다.

　채혈, 심전도, X-ray, 등 검사를 받고, 작은 휠체어에 앉아서 링거액을 매단 채로 위 내시경을 받기 위해 오후 3시까지 기다려야 했다.

　생각보다는 나이 든 환자가 잘 참고 있는 듯 했으나 그가 주먹으로 눈물을 닦는 모습이 보였다. 그의 옆으로　다가가서 왜 그러냐고 물었더니 억울해서 눈물이 자꾸 난다며 훌쩍였다.

온 종일 링거바늘을 꽂은 채로 휠체어에 웅크리고 앉아 있는 상황이었다. 희수(稀壽)의 삶을 돌이켜 보는 영사실의 필름은 그에게 눈물을 흘리게 했다.

무엇이 억울하냐고 물으니까 그냥 억울하단다. 하기야 억울하기도 할 것이다. 육남매의 맏이로 태어난 그가 가난을 극복하기 위해서 꿈을 접고, 어린나이 때부터 가장 노릇을 하고 살아온 그였다.

멀쩡한 아버지가 계심에도 가장 노릇은 그의 몫이었다. 가난 때문에 꿈을 접은 것도 억울할 것이고, 병약한 몸으로 평생을 골골하면서 마누라에게 구박깨나 받는 것도 억울할 것이다. 그 뿐이랴! 긴 세월 건강이 좋지 않아 가고 싶은 곳 마음 내킬 때 훌쩍 떠날 수 없는 인생의 끝자락! 그 서러운 외로움이 뼛속까지 스밀 것이다.

나이 들면 오는 현상임을 어쩌겠냐고, 잘 참아오지 않았냐고, 내가 대신 아파주면 좋겠다고, 말해 주지만 어떤 말인들 그에게 위로가 되겠는가? 묵묵히 그를 지킬 수밖에 없다.

"나 이 바늘 빼고 갈란다." 어떤 노파는 빨리 처치해 주지 않는다고 어리광을 부린다. 불의라면 참지 못하는 어떤 괄괄녀가 환자가 할머니 뿐 이냐고, 기다리면 순서대로 해 줄 것을, 할머니 나이는 어디로 잡수셨냐고? 제지하는 바람에 수그러드는 노인도 있었다.

오후 3시 넘어서 내시경을 찍고 결과를 알기 위해 한 시간을 기다렸다. 늦게 담당 의사가 대기실에 나와서 내시경 결과를 친절하게 설명해 주었다. 위궤양은 아니고 식도에 곰팡이 비슷한 것이 있는데 약을 잘 복용하면 금시 좋아질 것이란 설명이다. 일주일 분의 약과 다음 주 예약 일을 잡고 운 좋게도 당일 저녁때 딸이 퇴근하고 와서 사위의 차로 퇴원했다.

딸이 제 아버지 팔을 끼고 오다가 성헌이(10세 아이) 팔뚝보다도 가늘다며 성헌이 팔뚝이야 포동 포동이나 하지! 아버지 팔뚝은 말랑한 껍질만 남았다고 쓰게 웃었다.

먼 곳에서 살고 있는 큰 며느리, 작은 며느리가 다녀갔고, 큰아들, 작은 아들이 전화를 주었다. 아버지를 아껴 주는 자식들의 정이 고맙다.

의사의 자세한 설명에 안도의 느낌을 받은 환자는 큰 병이 아니라는 판단으로 기분이 좋아졌다.

몇 달을 입맛이 없다고 나를 힘들게 하던 그가 저녁식사를 달게 했다. 어떻게 구미가 금시 당기는지 신기했다. 그것이 바로 플라세보 효과라고 하나보다. 긍정적인 의사의 말은 환자에게 전능한 신의 말씀과도 같음을 느꼈다.

긴장이 풀리면서 그곳에서의 일사불란하게 움직이는 의사, 간호사, 환자와 어깨 축 늘어진 보호자의 모습들이 눈에 선하다.

남편은 올해만도 세 번이나 응급실을 찾았다. 우리나라 제일 큰 병원이라는 이름답게 S 대학병원응급실의 의료시스템은 진행이 잘된다. 구급차에서 내리자마자 분주하게 움직이며 척척 진행된다.

그러나 응급환자들이 불편함 없이 수용될 수 있는 침대도 여유롭고, 보호자가 좀 앉아서 환자로 인한 피로를 풀 수 있는 의자도 넉넉하면 참 좋겠다.

그가 편한 마음이도록 인내하며 살자고 마음을 다지지만, 무의식에 조금이라도 그에게 상처 주는 일은 없는지 돌이켜 본다. 깊은 밤 천정은 별빛으로 가득하다. 긴 세월 환자를 지키기 위해서는 별들에게서 너그러움을 배워야 겠다.

시인(詩人)의 마음

　　　　　　　　어느 날 해 질 녘에 전화벨이 요란하게 울렸다. 한반도 신뢰프로세스에 대한 여론조사 요원이라며 응답해 줄 것을 요청하는 전화였다.

　나이가 몇이냐는 질문으로 시작되었다. 내 나이를 말했더니 목소리가 아주 젊다며 호들갑을 떠는 그녀가 밉지 않았다. 질문에 대해 내 생각대로 성실하게 응답해 주었다. 끝까지 응답해 주어서 고맙다며 끝 질문에 하는 일이 무엇이냐고 묻는다. 가정주부이면서 글을 쓰는 무명 시인(詩人)이라고 넉살 좋게 대답했다. 참 멋있게 산다며 건강하시라는 그녀의 인사말을 받고 통화를 끝냈다. 나이 들수록 넉살이 좋아지는 이유는 무엇인가?

　글을 쓴다는 것, 시(詩)를 쓴다는 것은 그녀의 말대로 멋있는 일인가? 한 편의 시를 써 놓고 시어를 다듬어 고치고 읽고 또 고친다. 시를 읽으며 다듬어 씻고 딴에는 마음도 정화시키고 행복해하는 그것이 아름다운 것일까?

　행복과 맑은 꿈을 안고 잘생긴 남자와 그의 십자가까지도 함께 나누자며 결혼을 했다. 훤칠한 키에 적당한 체격, 이마와 귀가 잘 생긴 미남이었다.

그러나 서른아홉 젊은 나이에 그는 건강을 이유로 요즘 말로 신이 내린 직장을 헌신짝 버리듯 내던졌다. 그리고 고달픈 나의 삶이 이어졌다. 게다가 지천명 중반의 나이에 약하던 기관지가 기관지천식으로 발전했다. 나이 들면서 지병이 하나 둘 늘어나고 그의 고통은 심해졌다.

건강관리에 소홀 하거나 병약한 운명을 타고 난 사람은 불청객이 일찍 따라붙어 노환으로 고생하게 됨은 어쩔 수 없다.

이순(耳順)의 중반에는 폐렴과 폐결핵이 함께 오면서 아주 위급한 상황이어서 병원응급실을 자주 드나들 때도 있었다. 천식이란 병은 병원을 다니며 관리하고 약을 복용해도 상태가 약간 호전될 뿐, 남편의 경우에 완치는 불가능한가? 나이 많아질수록 호흡은 가빠지고 기침은 심하여 찬 기온에 아주 민감하다.

당뇨, 고혈압 게다가 전립선도, 치아도 그를 괴롭히며 그와의 동거를 요구한다. 자연적으로 그는 두문불출하는 날이 계속되었다. 4반 세기의 짧지 않은 세월을 보내면서 필요이상의 외출은 절대로 없다.

지병을 가진 남편과 옆에서 지켜보는 삶, 숨 막히는 환경에서 얻어진 것은 마음을 닦는 그도 나도 구도자(求道者)가 되었다. 이런 상황에서 시작(詩作)은 평화의 마을로 나를 인도했다. 결국 나에게 시심(詩心)을 갖게 해준 남편이라고 말하고 싶다.

어느 유명한 여류시인은 불혹의 문턱에서 피붙이 하나를 남겨놓고 그녀의 살붙이는 세상을 떴다. 그녀의 못 다한 사랑을, 애절한 사랑 이야기로 하늘의 별, 바다에 뜨는 별, 가슴에 품은 별, 뜨거웠던 기쁨, 슬픔을 노래했다. 종교에 의지 하면서 하나님을 노래했고 전파

했다. 아주 유명한 시인이고 학자로 살았다. 보석보다 더 아름다운 사랑을 잃고 사랑을 노래하여 고명한 시인이 된 그녀!

그렇지 않은 경우도 많지만 인간은 하나를 잃으면 하나를 얻는다는 개념이 일상의 내 믿음이다. 잃는 것이 있으면 얻는 것도 있다. 그러나 찾고 노력해야 얻어진다.

늦은 나이라도 덤불 속에서 배시시 웃음 짓는 봄의 들나물, 산나물 찾아 캐내어 바구니에 담아보자. 그리고 멋지게 흙을 밟으며 시인의 마음으로 살자.

논두렁 밭두렁 길가에 냉이꽃 보다 더 작아서 서캐만한 연보라색 꽃을 누가 보기나 하며 아름답다 말하겠는가? 그러나 시인의 눈에는 작은 꽃에서 눈물겨운 아름다움을 보았고, 거기서 작은 철학을 배운다. 어느 날, 무릎 아래로 레이스치마를 찰랑찰랑 출렁이며 양산으로 햇볕을 가린 여인이 저만치 앞서 가고 있었다.

잘 가꾸어진 아파트 앞의 꽃길을 걷다가 토끼풀 꽃무리를 본 여인이 가던 길을 멈추고 무엇을 찾고 있었다. 하얗게 핀 꽃이 예쁘다며 네 잎 크로버 잎을 찾느냐고? 모르는 여인에게 말을 걸었다. 행운을 쫓는 중이라 대답하는 그녀! 그 나이에 네 잎 크로버를 찾다니! 그녀 또한 시인의 마음 아니던가? 시인은 아름다움을 찾으며 아름답게 말하고 보는 눈이 있다.

순간 네 잎 클로버를 책갈피에 간직했던 옛 시절을 떠올리며 "어머! 시인이시네요" 감탄하며 말했다. 그녀가 "시인요?" 까르르 웃었다. "그럼요, 아름다움을 찾는 마음은 시인이죠!" 내 말이 끝나자 그녀가 나에게 시인이냐고 되물었다. 꽃빛햇살을 받으며 모르는 행인끼리 마주 보며 환하게 웃었다.

맑은 햇살을 받는 연둣빛 새순은 또 얼마나 아름다운가? 오월의 싱그러운 신록은 시요, 생명이요, 사랑의 빛이다. 모든 것을 아름답게 보는 시인의 마음으로 살고 싶다.

눈이 보배다

아침 설거지를 마치고 음식물 쓰레기 봉지를 들고 밖의 현관문을 밀고 나갔다. 앞 빌라 재활용 모음장에 까만 의자 하나가 눈에 띄었다. 음식물 쓰레기를 버리고 의자 앞으로 다가가서 의자를 이리저리 살펴보았다. 눈에 콩깍지가 쓰였는지 어디 하나 흠은 없다. 평평한 바닥에 놓고 굴려 봐도 잘 굴러다닌다. 조금 무겁지만 집으로 모셔 왔다. 이른 아침이었기 망정이지 조금만 늦었어도 폐품 수거하는 사람의 몫이었을 게다.

물걸레로 깨끗이 닦아서 컴퓨터 앞에 놓고 앉았다. 빙글빙글 잘 돌아가는 회전의자. 60년대 시절 '회전의자'라는 제목의 대중가요가 한창 유행한 때가 있었다. 가사의 어느 구절에 '억울하면 출세하라 출세를 하라'는 노랫말이 생각나서 혼자 피식 웃었다. 그 시절 어렵게 잡은 행운의 직장을 버리지 않고 정년까지 근속했더라면 나도 회전의자에 앉아 복을 누리고 살았을 것을. 스치고 지나가는 방년 시절의 아쉬움에 살짝 젖게 되었다. 괜찮아, 그때는 그럴 수밖에 없었잖아! 스스로를 위로하며 한참을 앉아 있었다.

이순(耳順)을 넘기면서 쓰지 않는 물건을 많이 정리했다. 그냥 버린 것이 아니고 쓸 만한 물건은 '아름다운 가게'로 보냈다. 이불솜은 새로 틀어서 이불을 만들어 필요한 곳에 보내 주었다. 그때만 해도 어린이 집이나 가게를 운영하는 이가 받고 아주 좋아 했던 것을 잊지 않는다. 그리고 절실하게 필요로 하는 물건이 아니면 절대로 구입을 자제하고 있다.

버려지는 물건이 많을뿐더러 쓰레기에 지구가 몸살을 앓는다는 TV 뉴-스를 접할 때면, 쓰레기 하나 버리는 것도 누군가에게 미안한 생각이 들기 때문이다. 혹간 필요 없는 물건을 버리려면 딱지 값도 만만치 않고 번거롭다. 쓰지 않는 그릇 종류도 폐기물 담는 마대 자루를 구입해서 넣어 버려야 하기 때문이다. 그리고 우리나라는 모든 자재를 수입하기 때문에 무엇이던지 아껴야한다는 관념이기도 하다.

단독주택에서 살다가 10여 년 전 새 아파트로 이사를 간다는 친구가 고민이 있다며 전화를 했다. 말인즉 장롱을 어떻게 했으면 좋겠느냐고? 친구들에게 물어 보면 모두가 버리고 아파트에 맞게끔 붙박이장으로 하란다며 마지막으로 나에게 물어 본다고 했다.

친구는 젊은 시절에 거금을 주고 자개장을 셋트로 구입하고선 아주 흐뭇해하면서 자랑을 많이 했었다. 어머! 자개장을 왜 버려. 그 장롱에 얼마나 애정을 쏟았는데 그걸 버리래. 친구들이 버리란다고 고민 한다고? 참 너 답지 않다. 그거 버리려면 나한테 팔래? 고물이니까 싸게 팔아—! 그럴래? 농으로 말해 놓고 둘이는 깔깔 웃었다. 버리지 말라는 친구는 나쁘다고 한다.

몇 달이 지난 후 부자 되라는 뜻의 거품 잘나는 가루세재와 휴지를 사갖고 이사한 친구 집엘 방문했다. 반갑게 맞아 주는 친구가 집 안 여기저기를 보여주며 자랑스럽게 안내했다. 버릴까 말까 망설이던 자개장롱이 빛이 난다고 찬사를 보냈다. 버렸으면 후회했을 거라고 말했더니 친구도 머리를 끄덕끄덕 수긍한다. 멀쩡한 물건들이 버려지는 것을 가끔 여기저기서 볼 수가 있다.

외출했다 돌아온 남편에게 쓰레기 버리러 나갔다가 버려진 의지가 눈에 띄어서 가져왔다고 말했다. 남편은 새것으로 하나 사라니까 남이 쓰다 버린 것을 가져 왔느냐며 혀를 끌끌 찬다.

저희 집에 컴퓨터가 두 대나 있으면서 오가다 들러서 게임을 즐기는 열한 살짜리 외손주가 왔다. 낯선 의자를 보더니 새로 샀느냐고 묻는다. 할아버지가 사주셨다고 선의의 거짓말을 했다. 굳이 버려진 물건을 가져 왔다고 말할 필요가 있는가?

내가 앉아서 편하게 사용할 수 있으면 그만이다. 사업을 하기 위해서 사무실을 차리는 것도 아니고, 이 나이에 굳이 새것으로 사야 할 중요한 사안이 아니란 생각이다. 눈이 보배지 뭐! 아무렇지도 않은 물건을 버리다니. 혼자 중얼거리며 컴퓨터 앞에 앉아서 회전의자를 빙글빙글 돌리며 꿈을 꾼다.

누구와 인연을 다해 버려진 물건이지만, 나와의 새로운 인연으로 내가 불편 없이 사용할 수 있으면 그만이다. 아담해서 내 마음을 빼앗겼고, 빙글빙글 도는 회전의자여서 좋다. 등받이가 차(冷)지 않아서 좋을 수밖에 없다. 보배인 눈으로 좋은 것, 선한 것을 받아들일 뿐이다. 아끼는 것, 쓰레기 덜 버리는 것도 애국이다.

빨간 구두

오랜 세월 한 동네에서 호형호제하는 조 여사를 만났다. "형님! 웬 빨간 구두 신었어?"

"으응 예뻐? 너무 곱지? 나이 먹으면 주책이 되나 봐. 시동생 선물이야."

"시동생이 빨간 구두를 사주다니?" 궁금한 기색으로 나를 바라보며 묻는다.

"돈을 주어서 내가 샀지! 지난 어버이날 돈 보냈더라고."

"그런 시동생도 있어? 형님 좋겠네."

"그럼 좋지! 열두 살부터 취직할 때까지 가르치고, 뒷바라지했는데 뭐~~"

부모 아닌 사람의 덕을 보면 으레 공치사가 붙기 마련이다. 공치사하는 것도 듣는 것도 사실은 싫은 성격이다. 교장 출신 시고모님께 귀에 딱지가 앉을 정도로 너무 많이 들어온 공치사이기 때문이다.

"형님! 안 하는 사람은 가르치고 뒷바라지 했어도 안 해~"

"맞아! 안 하는 사람은 안 해. 나도 알아. 그런데 우리 막내 시동생은 거의 일 년에 한 세 네 번은 챙기더라고. 자기가 직접 챙겨."

"세 네 번씩이나? 어느 때 챙기는데?"

"왜 그렇게 궁금해, 말해 줄까 말까?"

"궁금하지~! 그런 시동생 있으니까 좋겠구만! 부러워서 그래. 말하기 싫어?"

"싫기는~~. 설, 추석, 자기 형님 생일, 어버이 날. 어버이날은 가끔이야. 어쩌다 생각나서 했나 봐 올해는. 궁금증 풀렸어?"

"그런데 형님이 더 애썼는데 형님 생일은 왜 안 챙긴데?"

"어떻게 다 챙기니? 애썼다는 것 알아주면 그것으로 된 거지!"

"그게 알아주는 거야?"

"으응 알아주는 사람이 있더라고. 옛 날에 막내 시동생이 현역이 아니고 방위병으로 근무할 때였어. 새벽 다섯 시에 일어나 방위 복을 다림질 하는데, 시골에 사는 둘째 시동생이 와서 자다가 그걸 봤어. 현역으로 갔으면 형수님 이런 수고는 안 할 텐데 형수님 고생이 많으시네요! 그러더라고, 생각도 못 했어. 나에게 주어진 일이려니 별다르게 생각한 적이 없었는데 둘째 시동생의 말을 듣고 보니 정말 그렇더라고." 조 여사가 고개를 끄덕이면서

"그 때는 방위근무도 길었잖아?"

"응 길었어, 지금 보다 병역기간이 훨씬 길었지. 만 3년, 36개월이었어. 태릉에서 근무했고, 하여튼 새벽에 일어나 밥을 해 먹여야 했으니까! 본인도 애 많이 먹었지 뭐! 도시락도 싸 줬나? 그건 생각 안 나네."

"형님은 가게 하면서 어떻게 다 하고 살았대?"

"그러게 말이야. 어떻게 다하고 살았는지 모르지. 몸이 아플 때 약을 먹고 서 있으면 몸이 물 위에 둥둥 떠 있는 것 같을 때도 있었어. 그렇게 서서 앓았던 기억도 잊혀지지 않아. 그래도 말이야 우리 딸이 고등학교 졸업할 때 그랬어. 엄마는 가게하고 살면서도 도시락

꼭 싸 주었고, 아침밥 늦게 해줘서 지각한 적 없다고, 엄마 고생했다고, 그말 듣고 눈물 돌더라. 그리고 큰 시고모님도 그러셨대. 제사 때 가보면 바쁜 중에도 식혜를 집에서 꼭 하더라고, 당신 며느님에게 칭찬하셨대. 고종동서가 어떻게 그렇게 하냐고 묻더라구."

"따님이 그런 말 해 줄 때 천군만마를 얻은 것 같았겠네. 아주 큰 힘을 실어 드렸네, 말 한마디로 말이야. 힘들게 살면서 잘하셨어. 가게 하는 것 엄청 힘들어. 그래도 형님은 그런 내색 한 번 안했다우."

"가게 해 봤어? 안 해 보고 어떻게 알아?. 힘들지만 어쩌겠어? 닥치면 해야지. 사는 것이 고해거든. 고해에서 헤엄치는 것이 인생이고. 그런 것 아니까 어버이날 돈도 보내주고, 그래서 빨간 구두도 사 신고, 우리 남편은 청하 두 박스나 샀고… 이런저런 거 다 떠나서 자기네 식구들 잘 건사해서 말없이 잘살고 있으니까 대견스럽더라고."

"아저씨는 여전히 술 잡수셔요! 잉? 하하하"

"괜찮아, 술 마셔도 주정은 없으니까. 술을 아주 좋아하는 애주가거든. 마누라 없이는 살아도 아마 술 없이는 못 살 거야!"

남편이 평생 마신 술을 다 부어 놓으면 커다란 수영장 가득 채워질 만큼의 양이 될 것이다. 빨간 구두에 담긴 이야기를 하다가 남편의 술 이야기까지 하게 되었냐며 하하하 둘은 함께 파란 하늘을 보며 웃었다.

훈장을 붙이고

　　　　　구시렁거리는 남편을 뒤로하고 예정된 날 일찍이 집을 나섰다. 이른 아침 공기는 맛과 냄새가 상큼하다. 하얀 입김을 뿜으며 지하철역을 향해 걸었다. 서울역 대우빌딩 앞에서 여행사 버스에 올랐다.

　평일이어서 여행사버스는 신나게 달린다. 시내를 벗어나자 마이크를 잡은 안내인은 즐거운 여행되기를 바란다는 덕담과 소박하게 준비된 아침 식사를 맛있게 들라는 인사말을 했다. 식사에 필요한 물병이며 나무젓가락 그리고 밥과 반찬이 담긴 접시가 뒤로 전달되었다.

　아침 식사가 끝난 뒤 큰 비닐봉지에 빈 접시를 받아 넣던 그녀가 아까부터 나를 흘금흘금 훔쳐보고 있었다. 궁금해서 못 견디는 듯 가이드가 가까이 다가와 살짝 묻는다.

　"손님얼굴이 그게 뭣이람? 서방님하고 한 바탕 했이유? 그런 훈장을 달게!"

　나는 피식 웃으며 고개를 끄덕였다. 그래서 홧김에 혼자 여행 왔느냐고 또 물어서 고개를 끄덕였다. 묻는 대로 그렇다고 고개를 끄덕였더니, 아! 용감하단다. 그 얼굴하고 여행 왔냐고. 앞, 옆 좌석 여행객들이 고개를 돌려 나를 보며 어머-! 어머-! 놀라워한다. 옆에 앉은 이가 그게 아니라고 해명을 하자 넘어져서 그렇다고 내가 덧 붙였다. 익살스런 안내원은 "그러면 그렇지, 저렇게 착한 이쁜이를 누가 저 지경으로 훈장을 붙여 줬겠어-!" 너스레를 떨어서 한바탕 웃었다. 한 마디의 고운 말은 꽃보다 아름답다.

환상적인 겨울 기차여행을 가고 싶었다. 몇 달을 별러서 겨울이 가기 전 동해안 기차여행을 신청하고 여행비를 입금했다. 입금했으니 확인하라는 통화를 하고 핸드폰을 닫으며 한 발 옮겨 놓았다. 순간 돌부리에 차여서 곤두박질치며 머리가 아스팔트에 쳐 박혔다. 일초의 앞도 모르는 것이 인생사다. 시멘트가 도드라진 도로변에서 눈깜짝할 사이에 가해자도 없는 사고였다.

병원에 가서 거울에 비친 얼굴을 보니 왼쪽 눈꼬리 아래 얼굴뼈가 희붉게 보였다. 눈썹 한 가운데는 서래콩알 만큼 톡 솟아올랐고 그 절반에는 돌에 찍혀서 까맣게 옴폭 파였다. 의사는 이마가 찢어지지 않기 다행이라며 X-ray를 찍었다.

치료를 받고서 집으로 왔는데 얼굴이 왜 그러냐며 남편이 놀라는 표정이다. 사고내용을 이야기 했더니 눈은 어떠냐고 묻는다. 착하게 살았다고 하느님이 봐 주셔서 눈은 괜찮다고 말했더니 그건 봐준 것이 아니란다. 애당초 넘어지지 않았어야 봐 주는 것이란다. 그래도 눈 다치지 않았으니 다행이라고 위로해 주는 남편이 고맙다.

하루 이틀이 지나니 얼굴은 꼴불견이다. 상처부위는 피멍이 넓어지고 눈꺼풀은 온통 검푸르게 변색되었다. 눈초리 아래 얼굴뼈 상처엔 붕대를 크게 붙였다. 썬글라스를 써도 보이고 마스크를 해도 보이는 부위이기 때문에 노출된 채로 다닐 수밖에 없다.

훈장을 붙이고서라도 별렀던 여행을 떠난 것은 참 잘했다. 차창 밖의 풍경에 눈을 뗄 수가 없다. 독야청청 산자락의 소나무 밑 하─얀 잔설은 어머니가 덮어주신 무명천 도톰한 솜이불이다. 흰색에 꽃빛 햇살이 머물러 더욱 눈부시다. 땅 위 곳곳은 그 자리마다 너무나 아름답다.

잉크빛 먼 수평선, 살아 있다는 느낌의 넘실대는 푸른 파도가 갯바위에 부딪혀 웅장하게 솟구쳤다가 보라색 포말로 떨어지는 물보라. 유유히 흐르는 하늘구름. 천부적 자유를 누리며 하늘을 나는 물새들. 그 하늘과 바다를 보면서 한 뼘 가슴속에 쌓인 먼지와 앙금은 순간만이라도 털어내어진다. 그렇게 털어내면 마음이 즐겁고 순수 편안해 지며 부드러워 진다.

해안선을 따라 기차를 타고 달리는 기분, 좀 더 긴 시간이었으면 낭만에 푹 빠졌겠지만 강릉에서 정동진까지의 기차여행은 단 15분 간이었다. 감질나는 맛보기요 눈요기만 했다. 아쉬움을 남긴 채 정동진역에서 하차해야 했다.

도르르 말려서 밀려오는 물살은 더 많은 모래를 끌고 내려가기를 반복한다. 그래서 모래사장이 좁아지고 경사가 심해져서 해수욕장이 없어질지도 모른다는 설명이다.

억겁의 몸부림으로 파도가 빚은 비단모래 위를 맨발로 거니는 발걸음의 차가운 촉감이지만 재미있다. 남편과 함께라면 하는 아쉬움에 눈가가 뜨거워진다. 어차피 인간은 홀로 외로운 거라고 갈매기 날며 일러준다.

비단모래를 한 움큼 손에 쥐고 보드라움을 느껴본다. 발가락 사이를 비집고 올라오는 모래알, 손가락 사이로 빠져나가는 간지러움이

어머니의 부드러운 살갗이다.

모래밭에 구불구불 운치 있는 몇 그루 해송의 자태를 기억에 담으며 모래시계 탑까지 걸었다. 아직은 이른 2월 하순의 바닷가 마파람은 좀 쌀쌀했다.

하루의 즐거운 여정을 마치고 귀경하는 여행사버스가 청담대교를 달릴 때였다. 버스 안에서 보이는 양쪽 강변로의 가로등과 퇴근 무렵 줄지어 끝없는 차량 앞뒤의 불빛은 휘황찬란한 꽃밭이다. 위대한 대한민국 서울의 밤! 현란한 불빛 꽃밭! 대한민국의 국민임이 자랑스럽다는 어떤 젊은이의 말이 떠오른다.

동네 어귀의 골목길을 비추는 희미한 외등 불빛의 안내를 받으며 걸어 올라오니 천당의 문이 스르르 열렸다. 내 집은 천당이오, 여행지의 아름다운 곳곳은 천국이었다. 오늘 하루의 즐거운 여행은 남편의 배려였다. 그의 배려가 항상 고맙다.

갑오년 설날

　　　　　　썰물 빠진 바닷가 모래사장에 오롯이 남겨진 바위 둘. 손녀에게서 받은 하얀 봉투 속을 들여다보며 쓰다듬던 손을 멈추고 남편이 한마디 한다. 참 오래 살고 볼 일이네! 흐뭇한 그의 표정이다. 포항에 가서 고 작은 주먹을 잡아 본 일이 엊그제 같은데… 벌써 세월이 이만큼 왔으니… 포항이 외가인 큰 손녀가 그곳에서 태어났을 때가 회상되나 보다.

　언제나처럼 설날 차례상 앞에 늘어선 자손들이 조상님을 향해 절을 올린 후에는 세배를 받는 차례다.

　우리내외에게 세배를 끝낸 손주들에게 세뱃돈을 주기 전에 큰 손녀가 무릎으로 엉금엉금 다가오더니 하얀 봉투 하나를 내밀면서 말했다. 제가 아르바이트 해서 처음 받은 건데 할머니 할아버지께 용돈으로 드린다고 했다. 식구들은 어머- 감탄사와 박수를 쳤고 남편은 큰 손녀의 손을 잡고 기특하다며 등을 토닥여 주었다. 축하의 말도 잊지 않았다. 아이들 뒤에서 바라보고 서 있던 큰아들 내외가 흐뭇한 표정으로 내려다보는 모습이 행복해 보였다. 그것이 자식을 키우는 부모의 보람이다. 대학에 진학하는 큰 아들네의 큰 손녀와 막내아들네의 외동손자가 중학교에 입학하게 되어 올해의 경사가 겹쳤다.

서울에 소재한 대학은 전부 서울대학이니 입학해서는 더욱 열심히 학문에 전념할 것을 당부하며 세뱃돈을 주었다.

적성에 맞는 학과에 노력한 만큼 자기실력에 맞는 대학교를 선택해서 입학하게 된 것을 칭찬해 주었다. 수시에 합격했으니 알음알음 학부모의 소개로 수학을 가르치고 있다는 것만으로도 얼마나 대견한가? 아르바이트를 하는 아이는 성격도 인상도 밝아서 보기 좋았다. 훤칠하게 키도 크고 예쁜 인상인 손녀의 앞날이 튼실하기를 기대한다.

세뱃돈이 오가고, 큰 며느리와 작은 며느리에게도 뒷바라지 하느라 애썼다며 입학하는 아이들에게 필요한 물건 구입에 보태 쓰라고 각각에게 약간의 금일봉을 건넸다. 큰 아들네는 회사에서 대학등록금이 나온다는 큰며느리의 솔직성에 나의 징표를 반으로 줄였다. 그랬어도 큰며느리는 고맙다며 환한 웃음을 보여주어 나를 즐겁게 했다.

작은 아들네는 외동인 것을 감안해서 갑절로 정을 넣어주었더니 작은 며느리는 어머니의 공평성에 존경한다고 해서 또 한바탕 웃었다. 작은 것에도 감사한다는 서로간의 인사를 잊지 않는 며느리들이 고맙고 뿌듯하다. 말보다도 징표가 있음으로 마음이 더욱 흐뭇한 것, 그것이 삶의 행복이라고 생각한다.

그러는 사이 등 너머 아파트에 살고 있는 외손자가 헐레벌떡 들어왔다. 그 아이는 자기네 차례를 지내고 식사를 하는 둥 마는 둥 달려오곤 한다. 외삼촌들이나 대치동 작은할아버지가 가시기 전에 와서 세배를 해야 하기 때문이다. 어린마음에 세뱃돈에 뜻이 있어서다. 아이로서는 꽤 많은 액수의 수입이다. 세뱃돈을 받고 좋아하는 모습이 또한 귀엽다. 통장에 넣으면 얼마가 된다느니, 형은 얼마를 모았느냐는 등 자랑과 비교를 한다. 보는 사람에게 즐거운 웃음보따리를 안겨준다. 그 돈을 어디에 쓰겠느냐고 물으면 대학등록금을 낼 것이라 했다. 어린 손자의 세뱃돈에 얽힌 추억 한 토막이다. 그 아이도 올해 6학년이 된다.

설날 아침의 식탁! 여전히 화두는 대학에 들어갈 큰 손녀와 중학교에 입학할 손자에게 건네는 덕담이었다. 식구 모두가 한마디씩 좋은 말을 해주는 풍요로운 정경이다. 한 살을 더 먹게 된다는 설 떡국을 먹으면서 더욱 성장하리라 믿는다.

식사를 끝낸 후 손주들과 편을 짜서 윷놀이가 시작되었다. 잡히고 잡는 재미로 떠들썩하다. 이기든 지든 할아버지 팀에서 아이들에게 덤을 주는 것으로 윷놀이를 끝내기 일쑤다. 아이들에게는 우리 전통의 윷놀이보다는 컴퓨터 게임이나 스마트폰 게임이 더 즐거운가 보다. 윷놀이 판을 걷어내자 컴퓨터를 켜는가 하면 스마트 폰에 푹 빠진다. 시대의 변화에 익숙해진 아이들이다.

행운을 상징하는 청마의 해 학번을 받을 큰 손녀와 아이들 모두가 말(馬)처럼 진취적이고 도전적 노력으로 꿈의 초석을 굳건히 쌓아 올릴 것을 믿으며, 갑오년 설날 아침 간절한 기원을 보낸다.

한권의 소설책

　　　　　일제강점기의 끝자락에 태어나 6·25 전
쟁을 겪으며, 전쟁 후의 피폐된 사회, 가난 속에서 배고픔과 배움의
허기를 보듬고 유년을 보낸 세대의 노년 생활은 어떠할까?

　어느 기점에서 진실로 국민을 위한 훌륭한 영도자의 출현과 국민
의 저력으로 발전된 오늘을 살고 있는 우리는 그래도 행복한 시대를
살았고, 바로 여기가 천국이지 싶을 때가 있다.

　산림녹화사업으로 산은 푸르고, 해바라기, 메밀, 연을 심어 해바
라기 축제, 연꽃 축제, 메밀꽃 축제가 사람을 모이게 한다. 황금 벼
이삭이 고개 숙인 들판은 보기에 흐뭇하다. 잘 가꾸어진 금수강산의
대한민국에서 오늘을 살고 있는 운 좋은 세대라고 느껴질 때가 있
다. 젊어서의 고생이 밑거름인 삶이다.

　60대 중반도 훨씬 넘어서야 어디 숨어 있다가 살며시 찾아온 듯
내 옆에 와 있는 노년의 여유! 누군가에게 항상 감사하다.

　어제는 H여사와 사군자 중 란(蘭)치기에 열중했으니, 오늘은 M 여
사를 만나서 밥을 먹기 위해 삼선교 쪽으로 나갔다.

H여사와 M여사는 종암동복지관 사군자반에서 함께 공부하는 노년의 학우다. 몇 달 전 무릎 통증으로 쉬고 있어서 몇 번 병문안 전화를 해 주었고, 복지관 수업 상황도 전해 주었다. M여사는 그것이 너무 고맙다며 밥사를 하겠단다. 우리민족은 예부터 '언제 밥 한번 같이 먹자'는 인사말을 잘하는 국민이다.

한 시대에는 유행처럼 개천을 복개 했었다. 청계천이 복개되었고, 정릉 천도 복개되었다. 성북 천을 복개해서 미아리 고개에서 시내 쪽 방향 좌측에 삼선 교 쪽에 '나폴레옹 제과점'이 있어 이 지역에서 꽤나 유명한 제과점이었다.

이명박 서울시장 시절엔 다시 청계천복원을 필두로 여기저기서 복개되었던 개천을 복원하여 물의 흐름, 윤슬을 볼 수 있게 했다. 몇 년 전 성북천도 복원, 흐르는 물이 보였다.

옛날 '나폴레옹 제과점' 자리에 오색이 찬란한 분수대로 변신되어 화려한 물줄기를 뿜어내고 있다. 복원된 성북천의 주변은 인위적인 조경이 잘 되었다. 양쪽에 조성된 산책로를 이용하는 시민들이 즐거워 보인다.

분수대 밑에는 맑은 물에서 유유자적 물고기 무리가 시선을 끈다. 작은 물고기가 살랑살랑 꼬리를 흔들며 물살을 거슬러 올라가는 모습에 눈을 뗄 수가 없다.

복원된 성북천의 흐르는 물, 고운 햇살에 반짝이는 윤슬, 몰렸다 흩어지는 물고기 떼의 흐름은 눈요기에 충분하다.

광장 옆의 망초꽃 무성한 둑에 자리 잡고 편히 앉았다. 한적하다. 금강산도 식후경이라 점심 후 공복감도 없겠다, M여사의 이야기 끝에 자기 삶의 궤적이 실처럼 뽑혀 나온다.

일종의 한(恨)풀이다. 한이 쌓인 가슴은 풀어내야한다. 자랑일 수도 있고, 한일 수 있다.

생거유유 물고기에 눈길을 보내며 그녀가 자기 인생소설을 구술한다. 들어 주는 것만으로 그녀에게 위로가 될 수 있다.

부유한 가정에서 태어나 곱게 자라던 학창시절, 자기 부모님들의 자식에 대한 교육열, 연애시절, 짧았던 결혼생활의 행복했던 일, 갑자기 찾아온 남편의 가는 길을 지켜야 했던 애환을 거미줄 풀 듯 풀어낸다. 애환 없는 삶이 어디 있으랴만

그 때 그녀의 나이 30세, 세 아이가 6세, 4세 막내가 돌 반이 지났다고 했다. 지금 시대면 결혼이나 했겠는가? 그녀의 눈가에 이슬이 맺힌다.

젊은 날 남편을 일찍 보내고 홀로 삼남매를 인재로 키워낸 훌륭한 어머니였다. 강인한 어머니였다. 전직 교육자였고 위로의 말 한마디를 고마워하는 성품이니 그녀가 진국이다. 사람의 향기가 풍기는 여인이다.

민화를 그리며, 사군자를 치고 독서로 노후를 보내는 그녀의 품성은 항상 온후하다.

사랑하는 그들을 두고 떠나는 아비의 심정인들 오죽했으랴만, 보내는 마음은 절벽에 선 처참한 절망이었다고 한다. 공군제복의 멋진 한 사내의 사진을 지갑에서 꺼내 보여준다. 가슴에 품고 40년을 그리움으로 간직하고 살고 있단다.

남녀는 백년해로를 약속하고 살다가 순서 없이 한 사람은 먼저 간다. 남은 자는 그 강 건너는 날까지 그리움을 품고 산다.

젊은 날 고생하며 세 아이를 곱게 키워 성공시킨 이야기다. 엄마라면 껌벅하는 삼 남매라고 한다. 인고의 삶, 노력의 삶! 역경을 이긴 한 여인의 강인한 삶은 한 권의 소설이고 드라마다. 묵묵한 삶으로

고난을 참아 왔기에 오늘 그녀의 평온이 있는 것이다. 하늘은 스스로 돕는 자를 돕는다고 했다.

손수건을 꺼내어 눈시울을 훔치며 "유붕이 자원방래니 불역낙호라.(有朋이自遠方來니 不亦樂乎라). 친구가 찾아와 푸념을 들어줘서 고맙고, 즐거웠다"고 한다.

아름답게 조성된 성북천 공간에서 M여사와 공유했던 시간도 세월이 흘러 먼 훗날 아름다운 그리움으로 남을 것이다..

천국에 보내는 편지
- 못했던 말 한마디

아침잠에서 눈을 뜨는 순간 떠오르는 모습, 바로 당신입니다. 그 모습 온종일 아련한 그리움으로 함께 하다가 저녁잠을 청하면서 그리움도 함께 잠든답니다. 사람의 뇌(腦)란 놈은 기억했던 것을 버리지 못하는 습성인가요? 너무도 빠른 세월, 당신을 보내고 2주기가 다가오는데 머리에 가득 출렁이며 맴도는 그리움뿐입니다.

장롱문을 열면 당신이 입던 옷 몇 벌이 그대로 걸려있어요. 휘청휘청 병원을 오가던 바지와 점퍼, 젊은 시절의 까만 코―트, 중년에 입던 신사복, 외출했다 돌아와 벗어 놓은 옷처럼, 용돈 지갑, 열쇠, 주민증, 버스카드가 그대로 들어 있는 채로.

처음 명동에 있던 부산뉴욕빵집에서 만났던 당신의 첫 인상, 무슨 영화인지 기억은 없지만 영화관람 후 나누었던 대화, 가을햇살 곱던 날 명동골목, 덕수궁 돌담을 끼고 거닐던 연애시절, 신혼 때 늦은 퇴근 골목길 저벅저벅 발자국 소리, 똑똑 창문 두드리던 소리. 올망졸망 세 아이들 키우던 때의 즐거움.

당신과 살아 온 50여년 삶이 영상으로 이어져 하늘 높이 팔랑팔랑 꼬리 흔들며 날고 있는 연(鳶)처럼, 마지막 이별 과정까지 한편의 영화필름으로 돌아가죠.

심지어 도로를 질주하는 앵앵 앵 구급차소리만 들어도 거기 당신과 타고 있던 그 때의 위기상황이 떠올라 그 차량이 보이지 않을 때까지 서 있곤 하지요.

가난하던 시대에 친정어머니를 모시고 사는 가난한 내가, 6남매의 맏이인 가난한 당신을 만나 서로를 밀어내지 않고 가난을 극복하며 살았던 51년여, 복잡 미묘한 삶의 어려움을 헤치면서 살아온 일, 잘 자라서 각각의 튼실한 둥지 틀어 살고 있는 3남매, 길고도 짧고, 짧고도 긴 세월이 한 점으로 명멸합니다.

당신의 오랜 멍으로 여러 성상(星霜) 고생하면서도 팔순생일상을 차려줄 수 있었고, 금혼기념도 함께 할 수 있어서 아주 다행이었어요.

이만하면 잘 살았다 술잔에 미소 짓던 당신! 많이 가져서가 아니고, 마음으로 넉넉하게 모든 것에 긍정으로 받아주고 믿어준 것. 그 신뢰성에 고마웠다는 말 이제서라도 전합니다. 살아생전에 말해 주었다면 보일 듯 말듯 소 웃음 지었을 텐데. 그러지 못하고 보낸 것 진심으로 미안합니다. 이제라도 이런 편지 띠워 보내면 마음의 위로가 될까 싶기도 하구요.

날개 달린 백마 등에 앉아 하늘 높이 올라가는 환상을 남기고 떠난 당신, 천국에 가서 어머니는 만나셨나요? 세상에서 가장 존경한다던 당신어머니를 만나니 무어라 말 하십디여? 맏이로 사노라 고생했다고, 약속 지켜줘서 고맙다고 말씀하십디까? 그 곳의 소식 전해 받을 수 있으면 참 좋으련만~ 천국과 이승의 소통은 있을 수 없는 바람

같은 것, 마음속에 스치기만 하나봅니다.

당신이 사랑하던 손녀 손자들! 모두가 자기들 일에 충실하답니다. 다은이가 자기 적성에 맞는 일에 매진하고 있으며, 재원이가 대학졸업을 앞두고 취업되었고, 재은이도 자기가 원하는 학과에 입학하게 되었지요.

재훈이와 성헌이도 고교생으로서 자기들이 원하는 삶의 여정을 가겠지요. 당신의 피붙인 자손들과 당신 동생들, 모두가 건강하고 자기들 할 일에 지성을 다하며 인간으로 살도록 지켜주기 바래요.

내 명대로 살다가 때 되어 가거들랑, 몰라보지 않게 지켜보다가 마중이나 해주면 고맙겠소이다. 맑은 정신으로 착하게 살다 간 구도자(求道者)여! 나 애먹이지 않으려고 마음 써준 것도 참 고마웠어요.

어쩌다 꿈속에서 만나지만 한마디 말도 없이 사라지는 당신은 천국으로 분명 올라갔으니, 거기서는 절대로 육신에 멍들지 말고 혼이라도 건강하세요.

후생이 있다면, 건강한 견우와 직녀로 우리 다시 태어나 오작교에서 만날 수 있을까? 고마웠다는 말 거듭 전합니다. 영원히 평안하소서.

– 당신의 우렁각시가

제4부

하늘공원에 서다

은갈색의 키 높은 으악새가
바람에 휘둘리며 하늘을 날고 있다.
더불어 하얀 꽃이
'일렁일렁 스르르 일렁 스르르'
장관을 연출한다.

신정일 수필집

하늘공원에 서다

살아생전에 가보아야 할 곳

─포암사 문학기행

절기상으로 더위가 머문다는 처서가 지났음에도 더위는 마지막 기승을 부리고 있다. 도시의 아스팔트와 시멘트 건물을 달구던 뜨거운 염천을 진정시키고자 비가 내리는 8월의 끝자락이다.

***문학사의 문학기행은 일정대로다. '비 오는 날의 여행' 얼마나 멋스러운 낭만인가? 그렇다고 내일까지 비가 온다는 기상청 예보는 아니다. 가을을 영접하는 조용한 비라 했다. 비가 온들 어떠랴. 달리는 버스 안의 문우들은 신이 나는데.

굵은 비, 가는 빗소리로 번갈아 연주하다가 하늘의 구름은 물안개 퍼지 듯 피어나기도 하며 비가 멎기도 했다. 포 암 사로 향하는 도로 양쪽의 과수원 또한 우리를 놀라게 했다. 푸른 사과, 붉은 사과가 주렁주렁 달린 도로 옆의 과수원! 차창이 열렸다면 팔만 내밀어도 사과 하나 딸 수 있는 지근(至近)거리 과수원! 농촌의 맑은 공기, 초록 바람, 햇살과 농부의 정성, 심성 고운이의 손길로 익어가는 오곡이 풍성한 산야가 아름답다. 그들의 노력과 자연의 섭리를 생각하면 모든 일상이 감사하기만 하다.

목적지인 포 암 사로 진입하는 도로 양쪽에 우리를 환영하는 돌탑 도열도 감탄을 자아냈다. 왼쪽에 서있는 돌탑을 헤아려 보니 32개였다. 우측엔 울울창창 林海다. 드디어 포암산자락이 아득히 둘러쳐진 포암사 앞마당에 두 대의 리무진이 멎었다. 문우들은 포암사를 감싼 포암산 자락의 절묘한 암벽 산을 올려다보면서 감탄사를 연발할 수밖에 없다.

숲으로 둘러싸인 고즈넉한 산사에서의 식사! 산채와 된장국에 담백한 맛을 즐겼다. 먹성이 좋아 마음과 육신이 건강한 문필가들이다.

문학기행의 하이라이트인 세미나 시간이 시작되었다. 국기에 대한 의례와 묵념은 기본이고 ***문학사 이사장님의 인사말씀을 시작으로 영상시대의 문학, 윤동주 문학 등. 주제발표와 토론 사이사이 주지 스님의 격려사와 시(詩)낭송가의 낭랑한 낭송이 있었다.

특히 국악인 모녀의 창 소리는 관객을 더욱 흥겹게 했다. 동백기름 쪽찐 머리, 날렵한 옷매무새, 장구소리 화려한 무대는 관객의 귀와 눈을 홀렸다. 그들 모녀의 들썩이는 어깨춤사위와 가락의 높낮이에 호흡을 함께하며 흥겨워함이 이채롭다. 눈, 귀, 머리와 가슴에 보약을 주는 장장 세 시간여의 세미나 과정은 질의응답을 끝으로 문학기행의 제일 막은 내려졌다.

우리 수요반원들은 자리를 옮겨 첫 동인지(同人誌)인 〈날아가 버린 기념사진〉출판기념회 준비에 분주하다. 산간 고즈넉한 산사에서 출판기념회를 하다니! 이 얼마나 기상천외한 아이디어인가? 아마도 이런 낭만의 출판기념회를 갖기는 '경암문학회 수요반'이 처음일 게다.

출판기념회를 마치고, 다과회는 밤중까지 이어졌다. 열일곱 회원들은 연신 수박, 방울토마토, 포도를 축내며 무슨 이야기 그리 많은지 시간가는 줄 모른다. 이야기도 풍성하고 웃음소리 물결로 일렁이며 숲 사이로 번지며 깊어가는 밤이다.

산골짜기에 어둠을 덮고 초록 잎에 사각사각 떨어지는 빗방울 소리. 얼마나 감미로운지! 사위는 청록임해(靑綠林海)요. 오마지 않아도 슬며시 찾아오는 가을을 마중하려는 풀벌레의 조용한 세레나데가 밤무대의 막을 올리고 있다.

거미줄에도 풀 이파리에도 조롱조롱 매달린 물방울은 은빛구술이다. 조용한 마당가의 희미한 전구불빛 아래 빗물에 젖은 풀잎 사이 사마귀 한 마리가 숨죽이고 붙어있다. 숲속의 밤! 얼마나 조용하고 적막한 지 나도 모르게 가슴 아리게 무엇이 올라오며 눈시울이 뜨거워진다. 영락없는 열여덟 소녀의 마음일까? 인생고락이 깊어서일까?

오다말다 가(細)는 비는 더 내리고 싶어 멎지도 못하고 주룩주룩 힘을 준다. 스치는 바람에 처마 끝에 매달린 풍경(風磬)소리 그윽하다.

잠자리가 바뀌면 명약은 오지 않고, 눈만 껌벅여지는 밤! 생각의 미로에 빠진들 달라질 것 없으니 살던 대로 건강을 지키며 정성과 사유로 살라 한다. 사랑하는 이를 사랑하며 문학을 사랑하라 한다.

하룻밤의 인연 포암사 깊은 밤의 여정(旅情). 아름다운 포암사여! 잘 계시오. 문경새재와 포암사 그리고 영남 제1, 제2, 제3의 관문은 살아생전에 꼭 가봐야 할 우리나라에서 제일 아름다운 곳이라 한다. 포암사를 뒤로 하고 그곳을 향하여 버스는 달리고 있다.

[2013. 8.]

포암사: 문경 포암산 자락에 위치

조령천(川)에서의 신선

어젯밤 빗물로 깨끗이 씻긴 청록의 숲은 더욱 싱그럽고 하늘은 푸르다. 조록조록 조잘대며 여울물 흐르고, 개울가 언덕에 하얀 망초꽃 피어 하늘거린다. 잠자리 수평 날개로 곡예하는 풍광도 한가롭다. 농가마다 멍석 위에 빨간 고추도 정성 들인 손길이 눈에 보인다. 여름의 끝자락을 갈무리하는 햇볕은 여전히 따갑게 오곡백과를 품어 안는다.

포암사를 뒤로하고 두 대의 버스는 구불구불 들길을 달리고 있다. 푸른 들녘에서는 자그락자그락 벼 이삭 익어가는 소리 아름답게 노래한다. 바람이 품어 안고 속삭이는 고운 노래가 부드럽게 들려온다. 허수아비 고운 옷자락이 바람에 펄럭이자 깜짝 놀란 참새 떼가 후루룩 날아오른다. 잠시 흩어졌다가 낭창낭창 벼 이삭에 날렵한 날개를 접고 모여 앉는다. 황금 계절이 펼쳐지는 들녘의 신비로움에 혼(魂)이 절로 빠진다.

두 대의 버스는 문경시내로 들어섰다. 버스에서 내려 주흘관을 향해서 걷기 시작했다. 입구에서부터 우측에는 옛 시대의 벼슬했던 분들의 이름이 새겨진 바위들이 오가는 사람을 보고 있다. 정승들이 도열해 서있는 모습이다.

영남 제1 관문 주흘관을 지나 영화촬영장으로 들어갔다. 조선시대 당시의 경복궁, 광화문 앞거리가 그대로 축조되어 있다. 사대부家, 저자거리, 물레방앗간, 원두막 등이 조성되어 그 시대를 보여 준다. 민가마을의 초가지붕은 새 이엉을 일지 않고 헐어있어 서글퍼 보였다. 왕건을 비롯해서 사극을 많이 촬영 한단다. 여기저기를 둘러보며 이 너른 촬영장을 지어놓고 관리비만도 엄청나게 많겠다는 생각을 했다.

다시 영남 제2관문 조곡관을 향해 뚜벅뚜벅 걸어 올랐다. 조곡관 둘레의 하늘로 솟구쳐 키 자란 적송이 얼마나 늠름하던지 하늘나무 끝을 올려다보며 놀라지 않을 수 없었다. 빼어난 경관에 혼이 빨려 넘나든다. 무리 진 장송(長松)의 말없는 속내에 풍운의 역사가 겹겹이 쌓였으리라 짐작된다.

시간이 촉박하여 제3 관문 조령관을 오르지 못하고 되돌아 내려오는데 조령천(川) 맑은 냇물이 우리를 유혹한다.

유년시절 개천가 풀 섶에서 송사리, 미꾸라지 잡던 생각을 떠올리며 琴堂과 함께 조령천물가로 내려갔다. 비 온 뒤의 계곡물은 얼마나 맑은지? 밑바닥이 맑게 보이는 명경지수다. 또록또록 빠른 연주로 물비늘 만들며 흘러간다. 8월 말의 따가운 햇살에 땀은 줄줄 흐르고 물을 보면 동심이 발동한다. 길가의 바위를 살금살금 딛고 풀 섶으로 내려갔다. 무릎까지 걷어 올린 발을 물 깊이 내리고 앉아 풍덩거렸다.

뼛속까지 시원한 느낌! 등골에 흐르던 땀마저 식혀주는 탁족의 즐거움을 만끽한다. 옛 선비들의 여름 탁족의 시원함이 이런 맛일까

금당(琴堂)이 묻는다. 옛 선비의 탁족경험이 없는 내가 무어라 답할 수는 없으나 옛사람이나 지금의 나와 그녀의 느낌인 신선의 황홀함, 바로 그 맛이 아닐까? 그 때 사람이나 지금의 우리들이나 오감은 매 한가지이니까. 더위를 식히고 앉아서 후회가 늘어진다. 언제 또 올 수 있다고 3관문을 올라가 볼 걸, 포기하고 앉아있는가?

〈태산이 높다 하되 하늘아래 뫼이로다. 오르고 또 오르면 못 오르리 없건마는, 사람이 제 아니 오르고 뫼만 높다하더라.〉 양사언의 시조를 읊고 있으니, 때는 이미 늦으리! 다음 기회를 기다리자. 금당이 위로해 준다.

영남 제3 관문 둘레의 적송 송림을 눈으로 그리며 역사적 사실을 공부할 것이 많을 것으로 직감이 온다. 제3 관문까지 다녀왔어야 했는데 오르지 못하고 되돌아옴이 못내 아쉬웠다. 언제 그곳을 다시 갈 수 있겠는가? 좋은 기회를 활용하지 못한 것도 추억일까?

"살아생전에 한 번 꼭 가봐야 할 곳"이라던 누구의 말인 문경새재, 포암사, 영남 제1, 제2 관문'을 문학기행단의 일원으로 흙을 밟고 걸었다. 그 풍광을 서리서리 가슴에 담았으니 여행은 언제나 즐거운 삶의 큰 선물로 활력을 준다.

그 애 꽃가마 타고 오던 날

무더위가 기승을 부리더니 입추 지나자 기온이 떨어지면서 어제 밤부터 주룩주룩 비가 내리고 있다. 오늘 그 애 꽃가마 타고 오는 날인데 이렇게 비가 쏟아지니 꽃가마를 태워 올 수 있을까? 걱정스러운 마음으로 아침 식사를 마쳤다.

비가 와도 배송을 하겠다는 배송회사직원이 전화를 해왔다. 설거지를 끝내고 냉장고 전원을 뽑아놓고 물건을 꺼내기 시작했다. '누가바' 다 녹겠다며 왜 이렇게 서두르느냐고 남편은 걱정이 태산인 듯 나를 나무란다. '누가바'는 그의 주전부리 아이스크림이다.

물건을 빼낸 냉장고를 옮겨놓고 다른 곳에 전원코드를 끼웠다. 새 냉장고가 들어갈 자리를 청소하면서 그냥 마음이 즐겁다. 이 집으로 이사 온 지 8년이 되지만 냉장고 밑을 청소하기란 쉬운 일이 아니다. 교체하거나 이사를 할 때나 청소를 하게 된다. 힘 드는 줄도 모르고 부지런히 쓸고 닦았다.

68년도에 처음 냉장고를 들여 올 때도 얼마나 신이 났던가? 지금 세월이야 결혼하는 신부가 가전제품을 포함한 모든 살림살이를 준비해서 신혼생활을 시작하지만, 우리네 시절에는 웬만한 경제력이 있는 집안 말고는 살면서 한 가지씩 장만하며 살았다.

냉장고 처음 들여올 때도 그렇게 즐거워하더니 여전히 새것 들여올 때마다 당신은 항상 기분이 좋은가 봐. 새 식구 맞으며 좋았던 시절을 그도 기억하나 보다.

처음 냉장고를 들여놓던 날, 찬 맥주를 꺼내 즐기던 맛. 밀가루 물 팔팔 끓여서 청홍고추 송송 썰어 넣고 담근 시원한 열무물김치. 국수를 말아서 온 식구가 둥근 두레 반상에 둘러앉아 후루룩 먹던 시원함의 물 국수 맛! 잊을 수 없는 추억이다.

새 물건과 인연을 맺는 기분이야 얼마나 좋은가? 친정어머니 오시는 날처럼 마음이 부푼 풍선처럼 부-웅 뜬다.

2000년도에 세 번째 냉장고를 교체할 때 내 생애 마지막이려니 생각하면서 들여 놓았던 냉장고! 12년을 매일 여닫고, 나와 그의 먹거리를 신선하게 보관해 주던 냉장고를 이제 보내야만 되었다. 아직 수명이 다하지는 않았지만 12년 동안 열리고 닫히며 시달린 문짝이 긁혀서 보기에 흉했다. 이왕지사 새로 교체해야 할 바에야 좀 일찍이 바꾸자는 심산이었다.

빗줄기가 약해지면서 시간이 흘렀다. 느긋이 기다리고 있노라니 노-크 소리가 들렸다. 반갑게 현관을 여니 배송회사직원이라 한다. 건장한 남자 둘이서 꽃가마를 올려왔다. 문이 열리자 하얀 드레스에 싸인 새색시! 그것마저 벗겨내자 맨살을 드러내는 보얀 새색시가 다소곳하다. 쓰던 냉장고를 들어낸 자리에 쏘옥 집어넣으며 듬직한 한 직원이 덕담을 한다.

여주에서 오느라 시간이 꽤 걸렸어요, 오는 내내 비가 많이 오다가 빗줄기가 가늘어 지더군요, 이렇게 깨끗이 치워 놓으신 아주머니 심성이 고우셔서 쏟아지던 빗줄기가 멈추었나 봐요. 덕분에 일찍 일을 마칠 수 있다며 좋아한다.

일을 좀 수월하게 하고자 치운 것뿐인데 좋게 봐 주어서 고맙다는 인사와 음료수를 내주면서 마시도록 권했다. 불편한 점 있으면 연락 주라며 명함 한 장을 내놓고 계단을 경중경중 내려가는 젊은이들의 뒷모습이 활기차 보여 믿음직하다.

새 냉장고를 쓰다듬고 닦으며, 너와 나! 또 얼마나 한 세월을 보낼 수 있을 것인가? 내 생애 네 번째 맞는 냉장고를 닦아서 먹거리를 집어넣으며 손길도 바쁘고 머릿속은 먼 옛날이 떠오른다.

우리들 어머니 시절엔 늦가을에 김장을 하면 앞마당이나 뒤뜰 깊숙이 땅을 파고 김치 항아리를 묻었다. 배추김치, 동치미, 깍두기, 파김치 등을 땅속에 묻힌 항아리에 그득그득 담아 놓고 짚으로 엮어서 항아리 위의 냉기를 덮었다. 그 시절에 김장은 겨울의 반양식이었기 때문에 김장을 많이 했던 것으로 기억된다.

눈 오는 날이면 얼음이 버석한 동치미를 꺼내어 무를 죽죽 갈라서 삶은 고구마와 먹던 맛! 추우면서도 시원하고 알싸한 동치미국물 맛이란 잊을 수 없는 어머니 손맛이오, 정성과 손맛이 배인 고향의 맛 고향의 향수다.

여름이면 작은 김치 항아리를 물에 담가 놓고 몇 번씩이고 물을 갈아주던 여름철, 두레박에 노란 참외를 넣어 우물에 띄웠다가 올려서 먹었던 기억, 토마토가 우물에서 둥둥 헤엄치며 흐트러지는 사건 아닌 일이 벌어지기도 했었다.

땅속과 우물 속이 오늘의 냉장고 역할을 해주던 어머니 시절, 불편함을 모르고 묵묵히 지혜롭게 살아오신 젊으시던 어머니 모습이 아련히 떠오른다.

이 좋은 세상을 살면서 항상 먼 옛날의 불편함과 대조된다. 발달된 문명의 혜택이 어디 냉장고 뿐이랴만 늘 발전을 지향하는 이들과 국가에 감사한다.

말(言語)의 문화

　　　　　　　동네 마트에서 고객을 위한 상품권 추첨
이 있던 날이었다. 이것으로 추첨을 종료한다면서 마지막 전화번호
를 확인하던 진행자는 다시 마이크를 잡고 말을 이었다.

　우리 업소의 직원이 30대부터 60대까지 30여 명이 됩니다. 그중
연세가 가장 많으신 분이 64세이고 제가 54세입니다. 40 이쪽저쪽
으로 보이는 그가 54세라는 말에 모인 소비자들은 작은 웅성거림이
있었다. 아마 젊게 보인다는 뜻 같다. 그는 다시 말을 이었다. 여직
원들은 한 가정의 엄마요, 한 남자의 아내이고 주부이면서 힘든 여
건 아래서도 묵묵히 가정 경제에 보탬이 되고자 또는 주부 가장으로
열심히 일을 하고 있습니다.

　남자직원도 마찬가지입니다. 각자 자녀들의 아버지이고 남편이면
서 한 가정의 경제를 담당하며 존중받는 가장입니다. 그런 까닭에
고되지만 죽을힘을 다하고 있습니다만, 더 어려운 일도 많습니다.

　소비자인 여러 분께서 매장에 오셔서 물건을 구입하시다가 계산대

에서 배달과정에서 여러분의 반 토막 말을 듣게 됩니다. 자주 만나다 보니 가깝게 느껴져서 그러는지는 모르겠습니다. 그리고 무엇이 조금 마음에 들지 않는다하여 어린 자녀를 동반하신 손님이 자녀가 서있는 자리에서 직원에게 심한 갑질로 모욕을 주는 분도 계십니다.

이런 경우는 속이 터집니다. 보는 대로가 교육인데, 그 광경을 목도한 어린이의 얼에 무엇이 새겨지겠습니까? 그래도 되는구나. 라고 인식될 것 아닙니까? 사람이다 보니 실수가 있을 수도 있지요. 예 있습니다. 잘 못이 있을 때는 아이가 보지 않고 듣지 않게 대화로 풀수 있는 것 아닙니까? 이런 일이 절대로 없었으면 좋겠습니다.

소비자는 누구요-오? 직원은 요-?를 길게 빼며 물었다. 모인 소비자들이 "왕요-"라고 길게 대답했다. 그래요, 소비자는 왕입니다. 소비자는 왕이십니다. 그는 마이크를 입 가까이 대고 묵직한 저음으로 예에!-소비자는 왕이십니다. 라고 두 번을 번복하여 말했다. 왕은 왕다워야 합니다. 왕다운 언행이 되어 있어야 왕으로 대접을 받을 수 있습니다. 왕의 대접을 받을 수 있는 왕이 되어 주십시오. 저의 마트를 항상 이용해 주셔서 대단히 고맙습니다. 라며 모인 소비자들에게 공손히 인사를 했다. 박수로 답하며 모였던 사람들은 삼삼오오 마른 땅에 물 번지듯 흩어졌다. 6월의 끝날 햇살은 쨍쨍 대지를 뜨겁게 달구었다.

키 큰 소나무가 우람함을 자랑하는 아파트 앞길의 정원 길이다. 주황색 나리꽃, 망초 꽃, 앉은뱅이 짙푸른 클로버 잎 위로 죽죽 올라온 하얀 토끼풀꽃도 장관이다. 예쁜 꽃길을 걸으며 '말(언어)의 문화'에 대한 생각이 머릿속을 혼란스럽게 유영한다.

마트의 상품권추첨진행자는 왜 하필 행사장에서 구매자의 갑질을 토해낼까? 일상에서 느껴진 말의 문화를 작심하고 말하지 않았을까? 머리가 갸웃해 진다.

장소에 따라서 '말의 문화'가 다름을 알 수 있다. 처음 대하는데도 불구하고 자주 접해서 가까운 듯 두루뭉술한 언어로 대화가 될 때도 있다. 가령 '이거 얼마에요?' 분명 '요'를 붙여 물었건만 '천원,' '삼천 원,'이라고 요를 뺀 답이 돌아와 반토막말로 느껴질 때가 있다. 왕으로서의 언행도 필요하거니와 물건을 파는 사람의 예의도 있어야 하지 않겠는가?

사회 곳곳에서 가까운 듯 두루뭉술하게 반 토막말 비슷이 내게로 올 때 그러려니 하다가도 기분이 언짢을 경우를 소비자도 경험한다.

말은 천금이면서 폭탄이다. 말 한마디로 천 냥 빚을 갚기도 하고 남의 기분을 잡치기도 한다. 그 뿐이랴, 남의 가슴에 지울 수 없는 상처를 내기도 한다. 또 말하는 이의 교양이나 품위를 엿보는 잣대 이기도하다. 우리의 말은 경어(敬語)일 때가 제일 무난하고 평화롭다. 사람은 누구나 존중받고 싶고 무시당하면 참을 수 없는 분노를 느끼는 심리가 있기 때문이다.

고운 말의 습관은 우아한 품격으로 매료되는 경우도 있다. 이왕이면 사람과 사람사이의 인격을 존중하고 배려하는 '언어의 문화'가 듣기 좋고 보기도 좋다.

그 시절 시대상황이 반상(班常)으로 나뉘어져 있었기 때문이었을까? 애초에 세종대왕이 훈민정음을 만드실 때 '하대어' '평어' '경어 (존칭어)'로 구분하여 만들었기 때문에 웃지 못 할 일도 있지 않는가?

언어의 삼대 구분이 없었다면 마이크를 잡은 마-트 직원이 '반 토막 말'이니 '왕다운 언행'을 거론하지도 않았을 것이다. 세상에서 가장 아름답고 과학적으로 만들어졌다는 우리의 한글! 아름답게 발전시켜야 할 의무가 우리에게 있음을 느낀다.

지위가 높다 하여 아랫사람을 하대하지도 말고, 가진 것이 많다고 우쭐하여 타인에게 하대 말을 쓰지도 말 것이며, 많이 안다 하여 타인이 듣기에 기분 잡치는 말도 하지 말아야 할 것이다. 자기가 필요한 물건을 구입하며 상인에게 하대 말을 쓰지도 말 것이고 물건을 파는 사람도 정중한 언어를 사용하여 구매자의 기분을 언짢게 하지 말아야 할 것이다.

동양의 지혜요, 중용을 강조한 불가근불가원(不可近不可遠)의 이치를 언어생활에 습관화한다면 인간관계에서 탈 없지 않을까? 또한 혜민 스님의 말씀 중 인간관계는 난로(煖爐) 같아야 한다는 논리도 같은 의미일 것 같다. 중용의 지혜 '불가근불가원'이란 고사성어. "너무 가깝지도 않게 너무 멀지도 않게"라는 뜻처럼 말의 문화는 서로가 존중되어야 한다고 생각된다. '안 그렇습니까?' 누군가에게 묻고 싶다.

악처(惡妻)의 눈물
- 그를 퇴원시키면서

　　　　　　남편은 거의 달포 동안 곡기를 끊은 상태이며 항문이 열려있다. 지난번에는 신종풀루라고 하더니 이번에는 폐렴이라고 한다. 16년 전에도 폐결핵과 폐렴을 겹쳐 앓은 적이 있다. 환자가 고령인 데다가 폐렴이 악성이라면서 위험한 고비라고 의사는 말하고 있다.

　환자의 간병으로 나의 개인적 생활을 모두 정지했다. 그로 인해 친구들의 위로 전화가 가끔 오곤 한다. 전화를 해 주는 친구들은 하나같이 후회 없도록 환자에게 잘 해 주라는 말을 하는데 듣고 나면 기분이 찜찜하다. 감당하고 있는 사람은 최선을 다하고 있는데 무엇을 어떻게 얼마나 더 잘 해주라는 말인지 모르겠다.

　16년 넘게 병원에 다니는 일 외에 둘이서 여행이란 있을 수 없다. 나이 든 부부동반의 여행자를 보면 뒤돌아보게 된다. 홀로 여행을 몇 번 다니기는 했지만, 그것도 당일 아니면 1박 정도의 국내여행이다. 친구들 모임에도 자주 빠진다. 참석한다 해도 제일 먼저 자리를 빠져나와야 한다. 칼 같은 그의 삼시세끼 틀에 갇혀있는 우렁각시의 심성 때문이기도 하다.

내가 집을 비우는 사이 차려 놓은 저녁 한 끼도 챙기지 않고 나를 기다리고 있다. 그래서 그를 미워하면서 살았다. 오죽하면 '한 끼만 이라도 당신 스스로 해결해 준다면 당신에게 여시가 되리라'는 詩를 썼겠는가? 미워하면서도 그에게 정성을 다하는 습성은 지금도 매 한 가지다. 충청도 기질의 모질지 못한 완벽성이기도 하거니와 그가 환자라는 감안(勘案) 때문이기도 하다. 단지 후회스럽다면 그를 미워한 것이다.

몇 년 전 어느 날 저녁 맥주 한 잔씩을 나누면서 할 말이 있다고 하니까 말해 보란다. "당신을 미워하면서 살았다. 서운 했으면 풀라. 그리고 미안 하다." 그가 알고 있다며 이해한다고 했으니 그마저 후회할 일이 아니다. 역설적이기는 하지만 미움도 사랑이었을 것이다. 미워한 만큼 그를 사랑 했는지도 모를 일이다. 맥없이 하늘이 맺어준 단하나 뿐인 남편을 미워하겠는가? 긴 병에다가 성격은 불같고 이기적이고 까탈스런 그를 미워라도 해야 내가 살 수 있었다. 천사도 바보도 아닌 보통의 여자로 그와 오손도선 끌고 밀며 살고 싶었다. 그런데 지금은 도를 닦는 자칭 구도자, 우렁각시가 되었다. 차라리 그것이 마음 편하다.

'사랑하는 것은
사랑을 받느니보다 행복하나니라…' 청마시인은 그렇게 노래했지만, 그것은 유부남인 유치환 시인이 젊은 미망인 '이영도' 시인을 흠모했기 때문에 그런 시작(作詩)를 하게 되었으리라. "지순한 사랑을 받는 것은 너무 행복하나니." 라고 노래하고 싶다. 일방적으로 주는 사랑(?)에 지친 나. 철없이 받고 싶은 메아리가 그립다.

요즈음 그가 병상에서 고맙다, 미안하다는 말을 자주 한다. 그런 말 하는 게 아니라고 말하면서도, 그가 나에게 한 것에 비하면 수없이 말해도 모자란다는 억하심정일 때가 있다. 지순하지 못한 악처심보라고 속마음으로 중얼거린다.

2001년도였다. 병원 수술실에서 간호사가 나의 종아리를 톡톡 두드리며 눈을 떠보라는 말에 몽롱한 의식을 느낄 수가 있었다. 눈을 떠 보니 조용한 수술실침대에 덩그마니 혼자 누워 있었다. 개미만큼의 힘도 없이 다리가 없는 느낌이었다. 전신마취, 수술, 깨어남에 딱 두 시간이 지났다.

함께 왔던 남편은 집으로 간 모양이다. 그는 '수술도중 문제가 발생하더라도 형사적 책임을 묻지 않겠다는 각서'에 도장만 찍고 집으로 가버린 상황이었다. 물론 그 때도 남편은 건강이 안 좋은 상태였다.
다음 날 큰 며느리가 와서 퇴원을 시켰다. 문제는 그 다음 날도 평생 잊을 수 없다. 수술 받은 몸으로 도저히 아침식사를 준비할 수가 없었다. 버스로 한 정거장 떨어져 있는 딸네 집에 가서 아침식사를 하라고 남편의 등을 밀었다. 물론 내가 할 수 없는 상태여서 등을 떠밀었기로서니 자기혼자만 식사를 하고 오다니. 그 때 내 마음속에서는 "이다음에 더 늙어서 보자"였다.

일련의 이런 일들로 나에게 해 준 것이 무엇이냐고 한 번 물어보고 싶었다. 그러나 그 말을 못하고 지금까지 살아 왔다. 항상 부실한 건강상태인 그에게 무슨 말을 하랴! 나름 이해하면서도, 마음 한구석에 남아 있는 섭섭함의 찌꺼기를 버리지 못했다.

이제는 떨쳐 버리자. 그에 대한 모든 섭섭함을 떨구어 버리자. 미워했던 마음을 거두자. 흙담 허물어지듯 삶이 흘러내린 노약자, 그에게 서운하고 기대했던 욕심을 내려놓자. 십자가를 지고 온유한 악처의 눈물을 닦으며 골고다 언덕을 올라가야 하리라. 환자인 그를 미워하면서 소유되지 않는 자유와 사랑을 간구(懇求)한 악처였고 악처임을 부정하지 않겠다.

끝없이 인내하고 갈망하며 목말라하던 가슴, 눈에서 하염없는 눈물이 흐른다. 그래도 아직은 건강한 내 육신이어서 그를 돌볼 수 있음을 하느님께 감사한다. 무수한 별들이 무어라 소곤소곤 반짝이는 밤하늘을 보며, 그를 처음 만나 거닐던 명동 골목의 활기차던 거리, 그때를 돌이켜 본다. [2014. 3. 28.]

위대한 야심작
- 청산 수목원에 가다

긴 세월 병수발에 지친 어미에게 1박이라도 여행을 권하는 딸이 있어 고맙다.

마침 연꽃이 개화할 시기여서 태안군 남면 소재 '청산수목원'에 가기로 목적지를 정하고 친구 금당(琴堂)과 여행을 하기로 했다

쌀의 고향이던 *간사지 너른 들녘에 연꽃과 나무를 심어 관광지로 개발, 수목원을 운영하는 5촌 조카가 있다. 그곳에는 구순(九旬)의 사촌 오라버니 내외분이 계신다.

서울 고속버스 터미널에서 두 시간을 달려 태안에 도착했다. 신장리 삼거리에서 택시는 잘 닦여진 '청산수목원'으로 뻗은 도로를 미끄러져 들어간다. 도로 양쪽의 미려(美麗)하게 잘 가꾸어진 메타세콰이어 수목이 도열해 있다.

서구풍의 현대식으로 높게 건축된 지붕이 빨간 기와집 안으로 들어가 오라버니 내외분을 뵈니 세월의 무상함이 울컥 목울대를 타고 올라온다. 오랜만에 뵙는 두 분께서 많이 쇠락 되신 모습에 가슴이

먹먹 저려온다. 내외분께서도 날 보시고 많이 늙었다는 말씀을 하신다. 6. 25 후 배움에 허기진 나를 데려오셨던 큰댁 큰 오라버니 내외분이시다. 3년간 초등학교에 다니며 자랐던 정든 '간사지'다.

여송(麗松)(수목원원장 동생)이 앞장서서 우리를 연꽃 농원으로 안내한다. 저고리고름 입에 문 수줍은 새아씨이듯 청초한 홍련꽃봉오리인가하면, 연미색치마저고리로 치장한 원숙한 정경부인 모습인 백련의 활짝 핀 꽃에 눈길이 머문다.
꽃줄기나 잎줄기가 튼실하게 죽죽 우리들 키만큼씩 뻗어서 꽃을 혹은 잎을 받치고 있다. 푸른바다를 이룬 연잎 위로 죽죽 올라간 연꽃봉오리와 어느새 연자를 담은 연밥송이가 장관을 연출한다.

연꽃은 아침부터 정오까지 서서히 피었다가 오후가 되면 오므리므로, 오전에 구경해야 활짝 핀 연꽃을 제대로 볼 수 있다고 여송은 설명한다. 연꽃 밭 여기저기에 사진작가들의 촬영모습도 볼 수 있었다.
작은 토종개구리는 사람 발자국소리에 놀라 사방에서 톡톡 튀어 물속으로 뛰어든다. 연잎 줄기 뒤편 사이로 숨는 토종개구리를 나무라기라도 하듯 황소개구리가 우렁우렁 저음으로 뭐라 하는 소리가 얄밉게 들린다. 외국에서 식용으로 들여온 황소개구리는 번식률이 왕성하여 생태계를 교란시킨다는 학계의 설명 때문인지, 황소개구리에 거부감이 느껴지기도 한다.

올챙이도 꼬리를 흔들며 우글우글 몰려다닌다. 계란 하나 크기의 어미 우렁이와 무리를 이룬 새끼우렁이도 잠자는 듯 엎드려 평화를 누리고 있다. 그들이 정화된 연지(蓮池)물에서 유유자적함은 농약을 쓰지 않는다는 증거라고 안내자가 해설을 단다.

보일 듯 보일 듯 실잠자리가 쌍쌍이 사랑을 나누는 하-트 모양으로 연잎 틈새에 숨죽여 매달린 모습도 흥미롭다. 신비 그 자체라며 연신 스마트 폰의 셔터를 눌러대는 금당의 모습이 진지해 보인다. 흡사 수학여행 온 여학생 같다. 그녀를 누가 고희를 넘긴 여인이라 하겠는가? 포르노 작품을 찍는 중 이라며 날 보고 "쉬! 조용히 해"라는 시늉을 한다.

금당은 연지의 갖가지 아름다운 모습을 폰에 담느라 정신이 없다. 천지간 이 평화로움이 지상천국이라며 싱글싱글 밝은 그의 표정에 함께 온 보람이 느껴진다.

그런가 하면 수련 잎 융단으로 수면 위를 가득 덮은 사이사이로 살포시 내민 귀여운 아기얼굴모양의 수련꽃들이 배시시 웃고 있다.

습지나 연못가에서 서식한다는 삼백초와 꽃 진자리가 지저분한 물칸나도 큰 키가 바람에 이리저리 흔들리고 있다. 무리 진 솟대의 형상이 있는가 하면 분수도 높이 물을 뿜어 올리고 있다.

넓은 수로를 건너는 구름다리와 평다리가 간격을 두고 설치되어 있다. 징검다리도 있어 아이들이 폴짝폴짝 건너는 모습이 귀엽다. 수로를 보며 옛날 어릴 때 큰어머니와 토종새우를 잡던 생각이 아련히 떠오른다.

연꽃, 수련 등 수생식물과 수목원의 진귀한 야생화 등 볼거리가 너무 많은 '청산수목원!' 지친 두 다리가 연지 밭두렁 빨간 파라솔 아래 의자에서 좀 쉬어가자고 투정을 한다.

우람한 메타세콰이어가 수목원 입구부터 도열해 있고, 키 작은 황금사철나무도 환상적이다. 많은 세월의 연륜을 담은 미송의 둘레를 어루만지며 안내자가 말했다. 이 나무가 달라는 대로 값을 지불할 터이니 팔라고 누가 말했다며 자랑스럽게 올려다보는 소나무는 하늘을 이고 서있다. 체격 좋고 잘생긴 귀족형의 남성미가 풍긴다.

　우직한 한 농부의 열정을 바쳐 일군 노고의 결과물인 '청산수목원!' 집착과 집념과 근면한 실천으로 이루어 놓은 커다란 산물이자 그의 위대한 야심작이라 말하고 싶다.

　한 평생 묵묵히 고향땅을 지키며 연자(蓮子)를 싹 틔워 고이심고, 나무심어 가꾸었던 그가 이제 고희를 바라보고 있다. 한 사나이가 일생 모든 것을 쏟아 부어 일군 '청산수목원!' 오늘도 전국의 여행객들이 줄지어 감탄하며, 렌즈에 아름다움을 담는 인파가 길게 이어졌다.

　사람들은 누구의 피와 땀, 혼(魂)으로 일군 빛나는 결과물에 감탄한다. 그리고 영혼을 살찌우는 순간을 행복해한다. 수목원 원장인 조카 신세철(申世澈)은 많은 관람자에게 행복을 선물하는 후덕을 쌓아 올렸고 지금도 진행 중이다.

　한 사나이의 열정을 바쳐 일군 업적! 〈청산수목원〉은 자연과 일치되어 또는 자연의 일부로서 영원할 것이다. 위대한 야심작 '청산수목원'을 일군 큰 사람! 그대 아름다운 큰 꿈, 이 땅에 꽃피웠으니 자랑스럽다. 그 꽃 천만년 무궁하리라 믿어진다.

　청산 수목원(일명 그린리치팜); 충남 태안군 남면 신장리에 소재

술 그리고 안주

어쩌다가 마누라보다 술을 더 좋아하는 그를 만나서 평생 술 치다꺼리를 해야 하는지 회심할 때가 있다.

결혼 초 남편의 술안주는 주로 달걀 프라이나 한치(오징어류)였다. 세월이 지남에 따라 불고기, 삼겹살구이, 제육, 새우잡채, 버섯잡채 등. 50여 년 세월 동안 만들어 낸 안주류, 그 숫자를 어이 헤아릴 수 있으랴. 나이에 따라 술과 안주의 종류가 많이 변했다. 요즈음엔 장어구이다. 치아 때문이기도 하지만 입맛이 변하는 이유도 있다. 술도 두꺼비 진로로부터 맥주, 정종, 청하로까지 바뀌었다.

젊은 시절에 새우튀김을 하다가 기름에 불이 붙어 화재가 날 번했는가 하면, 몇 해 전에는 장조림을 하다가 태워서 늦은 밤 연기와 진동하는 냄새 때문에 우리 건물 주민들이 웅성웅성 뒤집어진 적도 있었다. 얼마나 민망했는지 그 생각을 하면 지금도 아연하다.

그토록 술을 좋아하는 그에게 술을 줄여 마시란 말을 비치면 의례히 하는 이야기가 있다.

위대한 문장가이며 정치가인 영국의 윈스턴 처칠 경(卿)을 들먹인다. 처칠 경은 맥주와 위스키와 샴페인을 즐겨 마시는 술꾼이었으며, 시가를 즐겨 피웠어도 90세까지 삶을 누렸다고 한다. 알코올로 인하여 잃은 것보다 알코올로부터 얻은 것이 더 많았다는 말까지 했다며 자기 술 마시는 것에 걱정을 잡아매라고 말한다. 하필이면 다부지고 건강한 처칠 경에 자기를 비유하는지 모를 일이다. 기관지천식환자인 자기 병세를 망각하는 애주가이니 어찌하랴. 입을 다물 수밖에 없다.

이다음에 염라대왕을 만나면 평생 술안주를 만들어 준 나에게 무어라고 말을 할까? 술 마시도록 조력한 너는 악처이니 지옥으로 가라 밀쳐버리지나 않을까? 가끔 그런 헛웃음을 지을 때도 있다.

신혼 때 어느 날 남편의 귀가시간이 늦어지자 책을 읽으며 그를 기다리다가 소르르 밀려오는 잠을 참기가 어려웠다. 그는 술을 좋아하는 대신 과일은 전혀 먹지 않는 식성이었다. 그래서인지 소주 네 닷병은 늘 상비되어 있었다.

찬장 안에 소주병이 보였다. 이게 무슨 맛이어서 그렇게 좋아할까? 나도 한번 맛이나 볼까? 호기심이 발동했다. 소주 그대로는 쓰고 독해서 마실 수가 없었다. 설탕을 넣어 맛을 보니 달콤한 맛이 괜찮았다. 홀짝홀짝 조금씩 혀끝을 축이다가 고만 잠에 푹 빠졌다.

이튿날 새벽 아무것도 모른 채 눈을 떴다. 남편이 노발대발 화를 내며 결혼한지 얼마나 됐다고 의식을 잃도록 술을 마셨냐고 야단이다. 동네의사까지 다녀갔다고 한다.

술을 마시고 싶어서 마신 것이 아니라, 심심해서 홀짝이다가 그렇게 되었다고 설명했다. 그렇다고 의사까지 불렀냐고 물었더니 내가 죽어 있어서 겁이 덜컥 나더란다. 어이없어 천정을 응시하던 그의 표정이었고, 신혼시절 술에 대한 나의 해프닝이었다. 그 후 남편은 주전부리 간식을 조금씩 챙겨 퇴근하는 아량도 보여주었다.

6남매의 맏이인 그가 짊어진 짐이 너무 버거울 때면, 기분에 따라 걱정과 슬픔을, 어떤 성취감의 기쁨도 술잔에 넣어 마셨단다. 그러다 보니 끊을 수 없는 애주가가 되었다는 변명을 한다. 그는 술을 즐기지만 절제가 없거나 주사가 있는 술꾼은 아니다. 반주이니 적당량만을 마시는 것은 조부 슬하에서 술을 배운 주도(酒道) 덕이라는 자랑까지 한다.

점심과 저녁에 안주와 술맛을 즐기는 그를 보면서 술맛이 그렇게 좋으냐고 가끔 우문을 던져본다. 술맛도 좋거니와 안주 맛이 기가 막히게 좋다는 죠-크도 할 줄 아는 애주가다.

그가 나이 들어 마시는 술 시간에 대작을 해주는 것도 아니고 혼자 마시는 술잔에는 무엇을 넣어 마실까 생각해본다. 아마도 병고에 시달리는 괴로움을 달래기 위한 방울방울 외로움을 띄울 것 같다.

술이란 신의 선물인가? 인간이 인간을 위해 만들어 희로애락과 함께 즐기는 음료인가? 그 전리품은 무엇인가? 처칠 경의 이론대로 알코올에 취한 인간은 알코올에 취해서 무엇을 얻을까? 슬퍼도, 기뻐도, 즐거워도 괴로워도 잔을 기울이는 술의 마력은 어떤 것일까?

인간이 존재하는 한 술은 공존할 것이고, 술에 따라 궁합이 맞는 애인을 동반해야 제격인 술맛 일게다. 그가 술을 사랑하고 즐기는 한, 어쩔 수 없이 격에 맞을 애인을 제공해 주어야 되지 않을까 생각된다. 염라대왕의 꾸지람이야 이다음 일이니까.

베갯머리 송사

　　잠자리에서 베개를 사용함은 우리 인간 밖에 없다. 우리 일상에서 좀처럼 바뀌지 않는 것도 베개다. 성인이 된 후에는 사용하던 베개를 좀처럼 바꾸지 않고 계속 사용한다.

　옛날 베개는 주로 메밀껍질이나 왕겨를 사용했다. 베개 속에 들어가는 것은 메밀껍질이 제일이고 그다음이 씨앗이라는 누구의 설명을 기억한다. 메밀 속 베개는 체온 이상 오르지 않기 때문에 좋다고 하며, 왕겨 속 베개는 와삭이는 소리 때문에 시끄럽다. 결혼할 때 어머니께서 수놓아 만들어 주셨던 베갯모가 아까워 메밀 속을 버리고 새로 넣어 오랫동안 사용했다. 오랜 세월을 견딘 베개 모서리가 낡아지자 아쉽게 버리고 매실 씨앗을 넣어 베개를 새로 만들었다.

　한문서예를 배우러 다닐 때였다. 함께 공부하는 한 친구가 건강식품을 취급하는 가게를 운영한다고 했다. 여름에 그녀가 매실 액을 희석한 시원한 음료를 가져와 나누어 마시곤 했다.

　그 때부터 나도 매실액을 담그기 시작했는데, 해마다 6월이면 매실과 설탕을 1:1의 비율로 항아리에 켜켜로 넣어 백일 쯤 숙성 시킨다. 숙성된 매실은 액이 빠져 쪼글쪼글 해져있다.

매실을 건져 과육과 씨앗을 분리하는 작업을 한다. 과육은 김장 속 버무릴 때 함께 넣으면 김치 맛이 훨씬 시원하고, 장아찌로 무쳐도 맛이 그만이다.

씨앗은 베개 속으로 이용하면 두압과 혈류의 흐름에 좋다는 뉴스를 들은 적이 있다. 말로도 전해 듣고 책에서도 읽었다. 귀담아 듣고 그럴 듯하다고 생각되면 실용해보는 것도 지혜라고 생각한다.

베개 하나를 만들자면 보통 이상의 인내가 필요하고 수공이 들어간다. 버려질 것을 유용하게 쓰일 수 있으니 수공을 아끼지 않는다. 시중에서 판매하는 것을 사서 사용할 수도 있다. 요즘엔 가공된 편백나무 베게 속이 제일 좋다고 한다.

성격이 예민한 나는 조금만 심란해도 두통이 아주 심했었다. 그럴 때면 시끄러운 신경을 진정시키기 위해서 안정제를 복용해야만 평상으로 돌아오곤 했다. 그런데 매자베개를 사용한 후부터는 두통을 모르고 산다. 매자베개와 내 체질이 맞는 모양이다.

딸에게도 아들에게도 동서에게도 시누이에게도 매실 씨앗으로 속을 넣어 만든 베개 하나씩을 선물했다.

매자베개는 좀 딱딱해서 처음 사용할 때는 불편한 점도 있었다. 내 경우엔 습관이 되니까 약간 딱딱하고 시원함이 오히려 좋았다.

머리는 차고 배와 손발은 따뜻해야 혈액 순환이 잘 되는 것이며 건강한 것이라 한다. 매실씨앗은 성질이 서늘해서 대다수 사람들에게 도움이 될 것이라고 한다. 매실 액을 담갔다가 빼내는 씨앗이 살아있는 것은 아니지만 생 씨앗 베개는 우리 인체의 질병예방에 효과가 있다고도 한다.

어느 연구가에 의하면 허준의 동의보감 중 '씨앗의 생명력을 이용해 베개를 만들어 사용하면 만병의 근원을 약화시킬 수 있다'는 내용이 쓰여 있단다. 그리고 그 연구가는 살아 있는 씨앗은 생명의 근원이며 氣의 결정체라고 한다. 때문에 생 씨앗베개는 우리 인체의 질병예방 효과가 있다고 한다. 그를 전제로 씨앗베개를 연구하여 사업을 한다는 기사를 어느 책에서 읽은 기억이 있다. 그래서 옛 조상님들은 신생아 베개에 보드라운 생 좁쌀을 넣어 사용했을까? 옛날 신생아 베게는 좁쌀을 넣어 만들어 사용했다. 우리 조상님들의 지혜를 읽을 수 있다.

해마다 여름이면 살구, 감을 쉽게 먹는다. 그것들은 살아있는 씨앗이다. 씨앗 하나가 싹을 틔워서 자라면 커다란 한 그루의 나무로 성장하는 기(氣)를 가졌다고 하니 그것도 이용할만하다. 살구나 자두, 감 씨앗은 속살이 묻어나지 않고 깨끗하기 때문에 말려서 매실 씨앗 베개 속에 함께 넣어서 사용하고 있다.

건강하게 사는 것이 제일 큰 행복이다. 버리는 것을 이용하여 건강에 득이 된다면야 사용해 볼만도 하지 않을까?

베갯머리 송사로 사랑을 동아줄로 엮는 밤의 역사에 살아 있는 씨앗베개를 사용해서 건강에 도움이 된다면 실용해 봄 직하다. 남이야 믿거나 말거나 그럴듯하다고 판단되어서 게네들을 즐겁게 사용한다.

한가위 준비

추석추석 추석이 돌아오니 이것저것 준비
할 것이 많다. 참깨도 볶아야 하고 마늘도 까서 찧어 놓아야 한다.
베란다에 걸린 마늘을 따고 있는데 거실에 있는 남편이 물을 달라고
소리친다. 잘 해주다가도 속이 뒤집힐 때가 있다. 똑같이 늙어서 움
직이기 힘든 것은 나도 마찬가지다.

슬그머니 치미는 부아를 참으며, '냉장고 열고 마시세요!' 곱게 말
했는데도 그가 뿔이 났다. 다리가 떨려서, 일어나기가 힘들어서, 좀
달라고 했는데 그렇게 구박하기냐고. 그의 말에 서글픔이 배어 있
다.

아이고 그러세요? 미안해요, 일어나 움직이라는 뜻으로 한 말이니
화 푸세요. 얼마나 산다고 다투고 사느냐고요. 화나지 않은 척 나는
그를 얼렀다.

당신인들 얼마나 살겠소, 낸들 얼마를 살겠냐고 웅얼거리면서 물
컵을 갖다 그의 입가에 대어 주었다.

청력조차 희미한 그가 알아듣지도 못하는 말을 혼자 중얼중얼 읊

었다. 잘 살면 5년이오, 더 잘살면 10년 세월이련만 그것을 달관하지 못한 찰나였다. 내 마음 속이 밴댕이여서 한 마디 불쑥해놓고 그를 달래느라 본전 찾기도 힘들다.

그가 나를 스물다섯 새색시로 착각 하듯이, 나도 듬직했던 젊은 시절의 지아비로 생각되어질 때가 있다. 그가 나이 많은 환자라는 것을 망각할 때가 많다. 아니 망각하고 싶어지는 심리일 것이다. 나를 도와주지는 않을지라도 자기에 관한한 자기 스스로 관리되기를 바래진다.

찧어서 냉동실에 보관한 묵은 마늘을 지금까지 먹다가 하필 추석 무렵에 똑 떨어 질것이 뭐람. 감자도 마늘도 굵은 것을 선호하는 내가 굵은 마늘 사 논 것은 잠시 잊고, 눈이 삐어서 밤톨만한 마늘을 사놓은 것이 문제였다. 오늘은 잔 마늘을 먼저 까기로 쪽을 갈라서 물을 뿌려 놓았다. 잔 마늘껍질을 베끼자니 손톱 끝이 아프다. 무릎도 아프고 허리도 뒤틀린다. 무릎을 폈다 오그렸다 하는 모습이 못마땅한지 흘금흘금 보던 남편이 한마디로 또 부아를 돋운다.

"깐 마늘을 사다 쓰든가 굵은 마늘을 사든가? 잘디 잔 마늘을 사 가지고 그 고생이야! 그걸 마늘이라고 샀어? 쯧쯧 고생을 사서 하누면."

그러나 말을 하면 말다툼으로 이어질 테니까 참는 것이 상책이다. 살림을 하다 보면 오차가 생길 때도 있다. 잘다는 것은 잠시 잊고서 우선 저렴한 값에 유혹되었다. 살림을 하는 주부에게도 나름의 철학이 있어 그것을 고수하다 보면 고생을 사서 할 때가 더러 있음을 스스로도 안다.

강낭콩알 같이 잘기는 하지만 잔 마늘을 수확한 농부의 노고와 금쪽같은 돈을 주고 샀으니 버릴 수도 없고 까야만 했다. 나는 할 수 있어, 까야만 돼. 최면까지 걸면서 깠다. 어깨도 아프고 왼손 엄지손톱 끝이 몹시 아프다. 아픈 손톱을 꼭 꼭 누르며 믹서를 돌리는 사이 전화벨이 울렸다. 한 번, 두 번, 세 번이 울려서야 수화기를 들었다.

둘째 며느리의 예쁜 목소리가 전화선을 타고 왔다. 서로 안부를 나눈 후 둘째 며느리가 어머니! 지난 설에 제가 묻힌 불고기 맛있다고 하셨죠? 이번 추석에는 갈비찜으로 바꿀게요. 갈비찜! 하고 싶은 대로 해봐. 그럴게요. 칼질해서 양념장에 재웠다가 아버님 잡수시게끔 푹 익혀서 기름도 다 걷어서 가져갈게요. 그리고 과일은요? 사과, 배하고 또 뭐 살까요? 밤도 저희가 살게요. 이젠 어머니가 밤 치시지 마시고 아범 시키세요. 참 예쁜 말만 골라서 한다.

믹서에 갈린 마늘을 냉장, 냉동용 용기에 나누어 담고 있는데 다시 전화벨이 울린다. 듬직한 큰 며느리였다.
"이심전심이구나. 전화하려고 했더니 먼저 했네. 에미야 날씨는 덥고 부침이 하려면 애 먹겠다. 부침이 조금씩만 하고 불고기는 둘째가 갈비찜으로 바꾸어 해온다니까 그렇게 하자"
"예─ 그랬어요? 안 그래도 불고기를 제가 양념해 갈까 해서 전화 드렸어요. 어머니! 그럼 추석날 뵐게요."

아프던 손톱 끝도 두 며느리와의 통화로 싸─악 가셨다. 항상 그렇게 해 왔지만 마음이 가벼워졌다. 메모지를 꺼내 놓고 내가 사야할 제물과 해야 할 음식들을 적었다.
착한 두 며느리가 장만해 오는 음식과 함께 한─그득 차려놓고 풍성한 한가위를 맞으리라. 대학생이 된 큰손녀, 중3인 작은 손녀와 중학생이 된 손자가 조상님께 절을 올릴 때 아들 내외들은 흐뭇한 미소를 지으리라. 그 미소가 우리에겐 큰 행복이다.

　가없는 둥근달, 올해 들어 두 번째로 크다는 밝은 달이 온 누리 곳곳을 밝게 비추고 사람들 마음속에 품어지기를 기도하리라. 너무 많이 욕심내지도 말고 아웅다웅 다투지도 말고 서로 따뜻한 마음으로 배려하면서 살도록 이끌어 주십사 밝은 달을 보면서 기도하리라.

- 2015년

사람스러움

　　남편의 정기검진일이어서 S 대학병원을 가기 위해 택시를 잡아야 했다. 아침 8시에 택시가 잘 잡히나 말이다. 지팡이에 두 손을 모아 얹고 구부정하게 서 있던 환자가 나를 불렀다. 삼거리에서 교통 정리하는 자원봉사자에게 택시를 잡아 달라고 부탁하란다. 출근 시간 바쁜 중에 그게 가당키나 하냐고? 안 해 줄 것이라며 머리를 흔들었다. 그 말에 화가 난 그는 요령이 없다며 병원 다니는 것을 그만두겠다고 짜증을 부린다. 그는 부르르 성질을 내며 나를 위협하는 버릇은 여전하다. 나도 성깔 있다고 보여주고 싶었지만, 환자니까 봐주자고 꾹꾹 눌러 참았다. 환자인 남편에게 나는 살아 있는 예수여야 하기 때문이다.

　　출근 시간대에 빈 택시가 없는데 어쩌란 말인가? 3거리의 도로는 주차장이 되어 차들이 옴짝달싹을 못한다. 전에는 이렇지는 않았었는데 월요일이어서 그럴까? 그래도 눈 밝은 곰이 운 좋게 잡은 택시를 타고 행선지를 말했다. 기사는 복잡한 차선을 빠져나가 천천히 S 대학병원을 향해 주행 중이다.

80노인이 긴 세월 환자로 살면서 자기나이도 기억하지 못하나보다. 기사양반도 내 또래 연배로 보이는데 건강해 보이십니다. 남편이 실언을 했다. 기사의 흰 머리가 많았지만 내가 보기에는 70세정도로 보였다. 남편의 말이 끝나기도 전에 기사는 화들짝 놀라며 저 이제 70밖에 안된 걸요. 노인장께서는 한 80은 돼 보이는데요. 기사는 거울에 비친 남편의 얼굴을 살피며 말했다. 잘 보셨다며 말실수 했노라고 남편이 멋쩍게 웃었다. 아프지 않으시면 노인장도 70좀 넘어 보이실 텐데, 많이 말라서 늙어 보인다는 말까지 한다.

　아-병원 가세요? 그는 병이 사람 잡는다며 병원이라면 아주 진저리가 납니다. 제 아내가 36년 동안 병치레를 하다가~~. 그는 말을 잇지 못하더니 5년 전에 하늘나라로 갔다며 길게 한숨을 몰아쉰다. 긴 세월동안 고생 많이 하셨다고 위로의 말 한마디를 해 주었다. 그래도 살아 있을 때가 좋았고 행복했노라고 덧붙이는 택시기사가 쓸쓸해 보였다. 결혼해서 사는 내내 병을 달고 살았다고 한다.

　둘째 아이를 낳고 산후 당뇨가 오더니 합병증으로 각막이 상해서 미국에서 각막을 공수해서 수술을 받았다고 한다. 한숨을 돌렸는가 싶으면 다른 합병증이 와서 병원에 또 입원을 하게 되더란다. 병원에 한 번 입원하면 1~2개월은 보통이고 6개월, 1년씩도 병원생활을 했단다. 수술하지 않은 곳이 없었다며 절래절래 머리를 흔들었다. 유방암이어서 양쪽 유방도 도려내고, 살겠다고 우리 내외가 어지간히 참고 노력했는데 인명은 제천이어서 어쩔 수 없이 췌장암으로 갔다고 한다.

　지난날을 말하는 동안 그의 36년 세월이 비디오를 보는 듯 눈에 선하다. 경제적으로 어찌 감당했을까? 묻고 싶었지만 남의 상처를 건

드리는 것이어서 듣기만 했다.

　그는 다시 말을 토해내고 있다. 일하고 파김치가 되어 귀가하면 아픈 아내가 손을 잡아주며 수고 했다는 말 한마디가 큰 위로가 되었고, 살 수 있는 힘이 되었다고 씁쓸하게 말한다. 그도 살아 있는 예수님이셨구나! 그 36년 보다야 짧지만 30여년 세월을 환자 옆을 지키고 사는 내가 동병상련의 심정으로 택시 기사분이 측은하면서 위대해 보였다. 그가 참 사람스럽게 살았다는 느낌을 받으며, 그래도 나의 경우는 수술하는 병은 아니었다는 위로를 받는다.

　한 남자의 드라마틱한 인생 담을 들으며 병원 현관 앞에 도착했다. 자신의 건강은 자신만이 챙겨야 한다고, 건강 조심하시고 힘내시라고 인사를 하며 택시에서 내렸다.

　남편을 의자에 앉히고 휠체어를 빌리러 갔다. 이름과 전화번호를 적어놓고 휠체어를 빌려서 남편을 태웠다. 자동문 앞에 휠체어를 세우자 스르르 문이 열렸다. 병원 안으로 들어갔다. 이름과 전화번호만 적어놓고 휠체어를 빌릴 수 있는 시스템, 참 고맙고 감사함에 울컥 고인 침이 목울대를 타고 넘어간다. 그렇지 않으면 지팡이를 짚고 숨찬 환자가 얼마나 힘들 것인가? 택시기사의 말대로 있을 때가 행복했다는 사람스러움을 음미하면서 환자의 휠체어를 밀었다. 그의 가슴 X-ray를 찍기 위해 영상실을 향해 걸었다.

가을, 이 좋은 날에
− 구리 한강시민공원에서

누구 말마따나 BMMB를 이용함도 모자라 택시까지 타고 그곳을 찾아갔다. 2년 전에 갔던 길을 기억하지 못하고 물어물어 갔다. 한 번 보면 다음 해에 또 가보고 싶은 곳 이기도 한 구리한강시민공원 코스모스꽃 축제다.

광활한(?) 한강 둔치 넓고 너른 코스모스꽃 물결! 너무 아름답다. 수줍은 새색시 모습인가 하면 화려해서 요염한 자태의 꽃 빛과 초록 이파리가 어우러져 흡사 알록달록 피륙을 무한 펼쳐놓은 벌판이다. 비단 바람에 이리저리 출렁이는 꽃물결이 얼마나 아름다운지? 부지런한 화농(花農)의 손길과 심혼(心魂)으로 빚은 찬란한 꽃물결이다.
강변을 따라 끝이 보이지 않는 꽃밭 꽃물결이 넘실댄다. 한강 물이 무심으로 흐르는 강둑, 사랑하는 사람들끼리 데이트하기에 딱 좋은 곳이다.

연인끼리, 친구끼리, 보물을 안은 젊은 엄마아빠의 환한 모습들이 꽃을 배경으로 사진기에 담는 분주한 모습이 참 보기 좋다. 노모를 모신 어느 효녀, 손주의 양손을 꼭 쥔 중장년부부, 노년의 친구끼리 꽃길을 걷는 모습이 얼마나 아름다운가?

노란 해바라기. 백일홍, 정열의 붉은 사루비아 꽃밭이 있는가 하면, 벼이삭이 숙여 있는 논과 조, 수수 밭도 있어 자연생태학습교육장의 면모가 갖추어져 있다.

목화밭도 있어 작은 다래(목화의 작은 열매)가 눈에 뜨였다. 어머! 반가웠다. 어릴 적에 목화밭을 지날 때면 하나 둘 따먹던 다래였다. 달착지근한 맛이었는데 지금도 그 맛일까? 꽃은 피어 있으나 목화송이는 하나도 보이지 않았다. 지금의 상태로는 어린이나 학생들이 솜의 생성을 눈으로 보아 알 수 있는 광경은 아니다. 하얀 목화꽃은 왜 피지 않았을까? 아니면 늦게 심은 목화밭일까?

"날 좀 보고 가이소, 날 좀 보고 가이소, 내 미소를 많이 보고 가이소, 오늘 눈 맞추지 않으면 언제 또다시 오겠소이까" 앙증맞은 꽃들이 지나는 사람들에게 소곤대는 귀여운 여운으로 하늘거린다. 가을의 미풍이 이끄는 대로 많은 종류의 꽃들이 저마다 제자랑에 살랑살랑 묘기를 보인다.

펼쳐진 꽃물결이 앞 다투어 흐른다. 무한 높은 비취색 가을하늘도 무심히 흐른다. 꽃바람 강바람 가을햇살에 어우러진 휴식 객들의 느릿한 발걸음도 유유자적 한가롭다.

실개천의 나무다리, 구름다리, 징검다리도 건너본다. 습지를 좋아하는 실개천 둑에 군락을 이루어 아직은 만개하지 않은 갈대꽃이 바람에 흔들린다. 갈대를 보면 억새도 생각난다. "아아 으악새 슬피우니 가을인가요~~~~~~"박정희 대통령이 즐겨 불렀다는 노래, 그 으악새는 갈대가 아니고 억새다. 갈대는 습지에서, 억새는 산에서 자생한다고 한다.

이 흐름을 보듬으면서 가슴속에 피는 꽃이 있다. 이 좋은 날 홀로 아름다운 풍광을 즐긴 자책을 하면서 환자인 남편에게 부드러워지려고 노력한다. 눈의 즐거움은 가슴이 따뜻해지는 물이고 양식이어서 부드러운 꽃을 피운다. 쌓이는 스트레스가 풀리면서 그 꽃을 피운다.

거의 40만㎡의 넓은 한강부지가 시민들의 휴식처로 활용되고 있다. 대단한 공간이다. 우리나라 어느 곳을 가던 조경 관리가 잘 되어 있어 감탄이 절로 난다. 무아지경 꽃 속에서 꽃을 보며 꽃바람과 거닐었다. 맑은 햇살 꽃술 위를 나비처럼 날아다닌 쾌청한 가을, 한 나절의 외출로 월척의 부드러움을 낚았다.

찾아갈 때와는 달리 오는 길은 수월했다. 공원 정문에서 쉽게 택시를 잡아타고 교문사거리에서 청량리 방향 버스를 탔다. 청량리까지의 거리는 꽤나 먼 길로 느껴진다.

덕분에 좋은 구경을 했다는 엄 여사가 그렇게 넓게 핀 코스모스 꽃밭을 보기는 난생처음이며, 눈을 떠도 눈을 감아도 온통 코스모스 꽃물결이 보인다고 장광설을 편다.

인생에 있어 오복(五福)은 수, 부, 강녕, 덕(壽, 富, 康寧, 德) 고종명이라지만, 우리나이에 오복 중에는 친구가 포함된다고 한다. 그 오복 중의 하나인 좋은 친구와 함께 누린 즐거움이어서 더욱 행복한 하루였다. 만년(晚年)에는 좋은 친구가 있어야 행복하단다. 환자인 남편에게 성격 좋은 만년 친구로 살어리랏다.

- 2014년 10월

고마운 친구

친구 엄 여사가 바람도 쏘일 겸, 점심을 같이 먹자는 통에 청량리역까지 갔다. 청량리역 청사 5층 한쪽에 자리 잡은 '유럽풍 웰빙 샐러드 뷔페'였다. 식당 앞에는 50분을 기다리고 있다는 무리와 여러 사람이 줄지어 서 있었다. 아기 안은 부부, 연인, 젊은 친구끼리, 또는 4~50대의 친구끼리가 많았다.

친구가 안으로 들어가더니 55번 번호표를 받아왔다. 그 시간에 문 위의 형광판에는 숫자 27이 표시되었고 안내원이 해당 번호 손님을 안내 중이었다. 번호표를 받아 기다리면서 식사를 하는 식당엔 처음 와 본다.

경춘선을 타기 위해 청량리역을 서너 번 스쳐지나간 적은 있었지만, 화려하고 번화한 미지의 세계가 있다는 것과 그 곳에 머무르기는 처음이다. 환자와의 동행으로 온통 세월을 보내다 보니 가본 곳이 별로 없는 우물 안 개구리로 살아왔다.

한 시간여를 기다린 뒤에야 안내된 식탁에 앉을 수 있었다. 가진 것이 시간 밖에 없거나 대단한 미식가만이 향유할 수 있는 식당이지 싶다. 장사가 안 되어 백성들이 죽을 지경이라 하지만, 잘되는 곳은 쏠쏠하게 잘 돌아간다는 느낌이다.

2시간의 여유를 누려도 좋다는 안내인의 설명을 듣고 식사를 시작했다. 고기나 생선은 전혀 없다. 순 야채식을 서너 차례나 날라다 먹었고, 커피를 끝으로 마셨다. 원두커피의 맛과 향이 좋다며 두 컵씩을 마셨다. 커피 중독인 나야 오후에 커피를 마신다고 해서 밤에 불면이지는 않지만, 잠이 안 와도 좋다고 친구가 말해놓고, 공짜는 양잿물도 마신다는 속담을 말하며 둘이는 마주 보고 깔깔 웃었다. 집에서 마시는 맥심커피 맛보다는 향기롭고 감칠맛이 더한 원두커피다.

이 나이에 내 행동반경이 자유롭지 못해도 운명을 감내하는 나를, 친구 간의 모임에서도 내 스스로를 자제하는 나를 위로해 주는 친구다.

역지사지 환자의 입장을 생각하면 무조건 참아야 한다. 인내(忍耐)와 수심(修心)! 나에게 절대 필수 덕목이다. 그가 지병으로 자유롭지 못하고 고생하는 것. 대신 아파줄 수 있다면 그렇게 하겠다. 내 몸의 한 점인 자식이 아파도 어쩔 수 없는 것이 병마 아니던가? 부모님께도, 남편에게도 자식에게도 대신할 수 없음이 질병이니 어찌하랴.

환자와의 생활에 지치는 나를 잡아 주려는 마음이 고운 친구가 있지 않은가? 이런 친구가 있어 마음의 위로를 받는다. 텃밭을 가꾸는 심정으로 내 안의 인성을 가꾸며 그를 보살피고 살자. 그것이 삶의 이치이고 도리이다.

하늘공원에 서다
─상암 하늘공원에서

　　　　　　여고동문 5명이서 하늘공원에 가기로 약
속된 날이다. 12시에 월드컵공원역에서 만나기로 했다. 남편의 점심
을 차려주고 11시에 집을 빠져 나갔다. 겨울을 끌고 오다가 떨어뜨
리고 지나간 가을비는 기온을 약간 끌어내렸다. 조금은 싸늘한 11월
의 햇살이 정겹다.

　하늘공원 입구를 지나 지그재그로 조성된 290여 하늘계단을 헉헉
가쁜 숨을 몰아쉬며 올라간다. 좌우로 질서 있게 내려오는 인파와
올라가는 사람들이다. 향이 짙고 꽃이 아주 작은 들국화, 이름을 숨
긴 꽃들이 피어 방실거리고 나뭇잎도 색색이 물들어 곱다.

　서울지역의 온갖 쓰레기가 쌓였던 '난지도' 쓰레기 매립장을 공원
화하여 이젠 서울시민의 휴식공간으로 탈바꿈시켜 많은 사람을 품다
니 놀랍고 경이롭다.

　그 높이가 98미터이며 서울에서 제일 높은 공원이라 하여 '하늘 공
원'이라한다.

간간이 돌아서서 한강주변 전경을 본다. 유유히 흐르는 한강이 시야로 들어와 영혼을 빼앗는다. 한강은 넓고도 참 아름답다. 햇빛을 받아 반짝이는 수면이 잔잔히 흐른다. 대한민국의 기적을 이룬 한강! 그 풍부한 수량을 보면 부자로 착각된다. 저 주변의 높은 빌딩들, 위대한 대한민국의 모습이여!

마음속에 쌓인 먼지도 털어낸다. 마음에 반짝이는 물을 담고, 파란 하늘을 담아 평심(平心)을 안고 행복을 음미하며 계단을 오르고 또 올라선다.

은갈색의 키 높은 으악새가 바람에 휘둘리며 하늘을 날고 있다. 더불어 하얀 꽃이 '일렁일렁 스르르 일렁 스르르' 장관을 연출한다. 솜털을 매단 보이지 않는 그들의 자손이 내일을 위해 바람에 날려간다.

한가득 하늘을 담고 억새공원 한 가운데 우뚝 선 커一다란 그릇전 망대에 올라선다. 전망대에 올라서니 광활한 사위가 눈 아래 있다. 위에서 아래로 한 눈에 모아져 들어오는 억새! 바다를 이룬 갈색의 억새 밭! 술렁술렁 하얀 머리를 흔들며 노래한다. 한세상 삶을 누리면서 제 할 일에 지성을 다한 으악새는 슬피 울지 않을 것이다. 떠날 때는 말없이 침묵하리라 생각한다. 다만 듣고 보는 이의 느낌으로 으악새 슬피운다고 표현할 뿐이다. 바람에 들썩들썩 춤을 추는 억새의 춤사위를 스마트폰 동영상에 담았다.

바깥출입이 자유롭지 않은 남편에게 보여주기 위해서다. 노환을 달고 사는 그의 병세가 갑자기 악화될 때가 있다. 지난겨울부터 봄을 지나고 초여름까지 깡그리 그의 옆에서 철이 바뀌는 줄도 모르고 병상을 지키지 않았던가? 다행히 회복되었음을 감사하며 내 나름의 세월을 엮을 수밖에 없다. 병마에 시달리면서도 내가 이런 풍광을 볼 수 있게 배려 받을 수 있는 착한 병세여서 그래도 다행이다. 그를 생각하면 가슴이 아리지만 그마저 어쩔 수 없더라. 내가 누릴 수 있는 틈을 찾아 누려야 한다는 생각이다. 내 인생도 끝자락이기 때문이다.

하늘공원이니 하늘에 내 머리가 닿을 듯하다. 이만큼 너른 억새밭이 또 어디에 있으랴! 억새 밭 여기저기 길을 찾아 걷고 또 걸었다. 상쾌하게 가슴이 탁 트인다. 바람마저 이리도 시원하랴! 보이는 이의 얼굴마다 행복한 미소가 가득하다.

조금 일찍 서둘러 축제기간에 왔으면 무지갯빛 조명을 받는 억새의 아름다운 자태를 보았을 것을. 사람들의 춤과 억새의 날개 짓이 어우러진 연출을 볼 수 있었을 것을. 때를 맞추지 못했음이 조금 아쉬웠다. 그래도 겨울이 오기 전에 이들을 만날 수 있었으니 다행이다. 내년에는 푸른 하늘공원을 와보자고 마음 다지며 맹꽁이 전기차가 오르내리는 도로로 걸었다.

노랗고 붉은 단풍, 그들 나름으로 물 드려 도도히 서 있는 도로가 나무들. 그 밑에 소복이 누워있는 낙엽의 아름다움. 정성을 다한 잎의 끝자락이기에 이처럼 황홀 찬란하다. 고운 단풍잎처럼 늙고 싶다. 아르다움을 놓치지 않고 스마트 폰을 연신 누르는 금당(琴堂)의 열정도 꽃보다 아름답다. 도로가의 풀 섶에 빨−간 열매가 내년에 다시 만나자며 볼우물 인사를 한다. 만사를 내려놓고 늦가을의 정취, 고운단풍을 즐기며 즐거운 산책에 몰입한 그 이름 '하늘 공원'에서의 기분 좋은 하루였다. 서산에 뉘엿뉘엿 곱게 물드는 하늘이 더욱 고아 보인다. 우리도 그와 같이 곱게 물들리라.

신정일 수필집

하늘공원에 서다

제 5부

인생 3막의 무대

3막의 무대!
세월이란 낚싯줄을 드리워
월척은 아니어도,
낚아 올린 마음 밭을 가꾸며
즐거운 마음으로 살어리 살어리랏다.

인생 3막의 무대(舞臺)

오늘 아침 KBS에서 인생 이모작(二毛作)에 성공한 3인의 출연자가 그 과정을 이야기하는 TV프로를 시청했다.

자나 깨나 젊은 열정 다 바쳐 혁혁한 업무 실력으로 승승장구 은행 지점장으로 재직하다가 명예퇴직을 한 분의 이야기다. 보일러에 관한 여러 가지 자격증을 취득해서 지금은 보일러실에서 근무한단다. 또 한 분은 사진작가로, 다른 한 분은 모델로, 인생 3막 무대에서 열심히 활동한다고 했다. 그들이 한창 일할 나이 50대 초반에 명퇴를 맞은 당시의 심경을 말할 때 그들은 목이 메었고, 남의 이야기에 내 눈시울이 뜨거워졌다. 화려하지는 않지만 노후의 시간을 갈무리할 수는 있다고 한다. 예비하고 노력하는 자에게만 꽃자주색 벨벳(우단) 휘장이 열리는 인생 3막 무대에 설 수 있다고 생각된다.

김장도 했으니 푸근하고 여유로운 마음으로 점심식탁에 남편과 마주앉아 식사중인데 전화벨이 울렸다. J여사의 맑은 목소리다. 고향에 가는 길인데 4시간 동안 고속도로를 깔고 앉아 있단다. 시를 쓰는 문재(文才)여서 표현이 독특하다는 느낌이 머릿속을 섬광 꽂히

듯 스쳤다. "그런데 나 말이야 전화 받았어!" "누구 전화?" 앞뒤 싹둑 자르고 전화를 받았다니. 그녀가 웃느라고 말을 잇지 못한다. "누가 연애하재?" 나는 엉뚱한 말로 그녀의 말을 재촉했다. "그게 아니고-" "빨리 말해봐 답답하게 하지 말고-" "문학사에서 전화 왔다구." 여전히 무만 자르고 있다. "H 문학사?" 그렇단다. "좋은 소식이겠구먼 뭘!" 나는 예감으로 넘겨짚고 말했다. 그제야 웃음을 멈추고 그녀가 말을 잇는다.

당선소감을 써 보내라는 H 문예지 P 주간의 전화를 받았단다. 그 음성이 해 맑은 소녀처럼 낭랑하다. 그녀가 드디어 고지를 점령하고 깃발을 꽂았구나 하는 느낌이었다. 우선 시인에 등단하였음을 축하한다고 인사를 했다. 인생 이모작 시대에 살고 있는 그녀가 일단 3막 무대의 흙에 씨앗을 뿌린 셈이다.

집에 가면 당선소감을 써서 먼저 나에게 읽어 주겠다며 "왜 이렇게 재미 있는거여? 하하하" 익살을 떨며 파안대소하는 그녀의 얼굴이 전화선을 타고 환-하게 보였다. 우리는 재미지게 한 참을 웃었다. 쇠똥이 굴러가는 것을 봐도 웃는다고 하지 않던가? 인생사 재미있다고 생각하면 정말 말똥이 구르는 것을 보고 뱃살을 잡고 웃는다. 만사를 겪은 우리들도 소녀같이 웃음이 많다. 건강하다는 징조라고 생각한다.

겨울, 봄 환자의 간병을 하던 6개월여 동안 내 생활은 없었다. 그의 병세가 웬만해지자 다시 복지관 문창반 수업에 출석했더니 처음 보는 몇 사람의 새 얼굴이 보였다. 그중 J 여사와 집에 오는 방향이 같았다. 수업을 마치고 서로 별다른 일이 없을 때는 함께 걸어오면서 많은 이야기를 나누었다. 그녀에게 첫 시집 『꽃빛 햇살』 한 권을 선물로 주었다.

그 다음 주에도 수업을 마치고 이야기꽃을 피우며 걸었다. 그녀가 시집을 잘 읽었다며 감성이 그리 풍부하냐고 묻는다. 듣기 민망할 정도의 감탄을 섞어가며 독후감을 이야기해 준다. 정말이야? 물으면서 말 중에 그녀의 시심이 남다름을 느꼈다. 그녀가 불현 듯 H 문학사 연수원 소개를 부탁한단다.

욕심이 참 많다고 느껴지면서 그녀에게 마중물이 된다면 더욱 좋고, 아니면 그만이지 싶은 생각에 H 문학사연수원으로 안내해 주었다

그 후 몇 개월 동안 그녀가 양쪽을 다니면서 강의를 열심히 듣고 작시(作詩)와 다독에 시간을 할애하는 열정을 보였다. 인생열차 고희 역을 지났지만 그녀의 열정은 보는 이로 하여금 청춘의 삶이라고 느껴졌다.

'사무엘 울만' 시인은 그의 시(詩) '청춘'에서 '청춘이란 삶의 어느 기간이 아니라 마음가짐을 말 한다고 읊지 않았던가? 용기, 노력, 모험심, 열정으로 인생을 사는 이는 나이가 많아도 청춘이라 노래했다.'

그녀의 심중에 잠자던 시혼(詩魂)에 부싯돌은 당겨졌다. 그녀가 왜 이리 재미있냐고 익살을 떠는 것은 어리벙벙 기회가 빨리 왔기 때문이다.

꾸준한 노력으로 두드리는 그녀의 열정 앞에 기회의 문이 활짝 열렸다. 청춘으로 생활하는 그녀의 모습이 참 보기 좋았다. 이제 막 흙에 종자가 뿌려진 그녀의 마음 밭에 무성한 시의 꽃이 만발할 것을 기대한다.

문학으로의 입문은 마음을 씻고 닦으며 긍지를 갖게 되는 것으로

부자가 된 느낌이다. 단 한 사람이라도 내 글을 읽어주고 동감을 가져 주는 그것만으로 그냥 좋다.

우리는 100세 시대에 살면서 나머지 인생을 어떻게 살 것인가를 고민하지 않을 수 없다. 인생 이모작이 절대 필요한 이즈음이다.

둔(돈) 벌 때가 좋다는 어느 노파의 명답을 듣고도 50대 중반에 20년 세월의 내 젊음이 깔린 멍석을 거두었다. 그리고 지금 20여 년이 지났다. 그 동안 나는 무엇을 했나? 뒤돌아볼 때가 더러 있다. 손녀와 손자를 돌보던 때를 기억하면서 아 참! 아이들을 키워 줬지이-! 내 인생에 무위도식 기간이 아니었음을 스스로 위로한다. 그도 간접적으로 사회에 참여한 인생 이모작인 3막의 무대였으니까. 그러나 아이들이 성장함에 그도 졸업했다. 내 몫으로 진행 중인 환자의 병바라지를 하는 중에 짬짬이 글밭에 꽃씨를 뿌려 텃밭을 가꾸게 된 것은 아주 다행이다.

3막의 무대! 그 무대에서 세월이란 낚싯줄을 드리워 월척은 아니어도, 취미로 낚아 올린 마음 밭을 가꾸며 건강하게 즐거운 마음으로 살어리 살어리랏다.

작은 일에도 책임을

몇 년 전에 H 백화점에서 구입한 남편의 전기면도기 날을 교체해야 한다고 한다. 그때는 남편과 동행했지만 이번엔 나 혼자 다녀오란다. 환자인 남편의 거동이 불편하기 때문이다.

워낙 길치인지라 혼자서 그곳을 찾아가기가 까마득하다. 길을 나서려는데 남편이 가는 길에 수도 고치는 사람을 알아보라고 주문을 한다.

몇 개월 전부터 화장실 세면대 수도꼭지에서 보이지 않게 물이 솟아 나와 흐르고 있었다. 귀찮기도 하고 공사가 커질 것 같은 예감이어서 모른 척 두고 살았다. 모든 것이 내가 움직여야 하니까 무심한 듯 사는 것이 마음 편하다.

남편 주문대로 백화점에 다녀오는 길에 넓은 횡단보도를 건너가서 수도고치는 가게 주인에게 상황설명을 해주고 왔다.

전화소리에 수화기를 들었다. 수도기술자였다. 급하지 않으니까 비 그치면 오셔도 된다고 말해 주었다. 조금 후 빗줄기가 가늘어 지기는 했지만 아직 우중인데도 그가 오토바이를 타고 요리조리 곡예를 하며 빗길을 뚫고 왔다.

세면기 밑으로 팔을 뻗쳐서 작업하는 그가 힘들어 보인다. 허리 펴고 작업할 수 있는 공간이 아니다. 컴컴해서 잘 보이지도 않고, 손전등을 켜 밝혀 주었으나 어둡기는 매 한가지다. 한 시간가량 그가 애쓰면서 수도꼭지 교체작업이 마무리 되었다.

그가 휴지로 세면대 위를 말끔히 닦고 수도꼭지를 틀었다. 이젠 물이 새어 나오지 않지요? 이상이 있으면 전화 주세요. 전화번호 적어드릴게요. 수도꼭지가 3만 원이고, 공임이 2만 원이라고 한다. 예상외로 수도꼭지만 교체하는 상태여서 다행이었다.

어느 누구를 불문하고 돈을 번다는 것이 그리 쉬운 일이 아니다. 그에게 수고 많았다며 5만 원을 지불하고, 커피우유 하나를 따서 마시라고 주었다. 인상도 성격도 좋아 보이는 그가 꿀꺽꿀꺽 우유를 들이켰다. 아! 시원하게 잘 마셨다며 하자가 있으면 금방 달려와서 점검하겠다고 전화번호를 적어주곤 꾸벅 인사를 하고 나간다.

하자가 있어 연락을 주면 달려오겠다는 그의 말이 쿵 가슴을 울린다. 일종의 감격이다. 책임! 그래, 사람이란 자기가 한 일에 잘못이 있어 다른 이들에게 손해가 되면 책임 져야하지 않는가? 책임지는 사람이 최고의 사람이다. 일을 맡은 사람은 모두가 책임질 줄 아는 사회였으면 이렇게 들끓지는 않을 것이다. 세월호 침몰, 수많은 피지 못한 꽃봉오리들의 애통한 주검으로 사회가 들끓고 있다.

사회의 대소사(大小事)가 이렇게 책임감 있게 돌아간다면 세상이 얼마나 평화로울까? 만물의 꽃들이 피는 4월에 엄청난 일을 저질러 놓고 책임질 사람은 누구인가? 그로 하여금 민생은 여러 각도에서 피폐되어 어렵고 나라 전체가 들끓고 있다. 풀리는 것은 아무것도 없이 정국과 민생이 혼란스럽다. 자기가 한 일에 책임지는 사회이기를 갈망해 본다. 그리고 우리 모두 4월 16일을 잊지 말자. 사회 곳곳의 크고 작은 외양간을 단단히 고치는 계기가 되기를 바란다.

[2014. 4.]

소요산(逍遙山)에 가다
– 자유수호 평화박물관에서

　　　　　소요산! 산 이름이 유유자적 여유롭다. 가을의 풍광을 볼 수 있다는 기대감으로 집을 나섰다. 가을비가 내린 뒤의 날씨는 약간 싸늘하지만, 햇살이 곱다. K 시인과 약속 시간을 대기 위해서 길음역까지 잰걸음을 걸었다.

　의정부역에서 약속된 시간에 그녀를 만났다. H 화백과 동행한 그녀였다. 소요산을 잘 아는 그가 안내하기로 했다고 한다.

　의정부역에서 소요산역까지는 30여 분이 걸린다고 한다. 지상철이 달리는 밖은 곱기도 하다. 하늘에서 내려온 선녀의 섬섬옥수로 저리도 곱게 수를 놓았나? 고운 단풍 풍광에 눈이 떼어지지 않는다. 차창 밖으로 눈길을 보내며 K 시인과 간간이 이야기도 나누는 사이 30여 분이 후딱 지나고 소요산역에 도착했다. 울긋불긋 등산복 차림의 산객들로 길은 미어지고 있다.

　소요산으로 가는 길목 양쪽으로 늘어선 맛 집으로 들어가 우선 점심식사를 주문했다. 금강산도 식후경이라 하지 않는가? 꼬르록 공복을 채우고 커피까지 마셨다.

해마다 열린다는 '소요산 국화축제'가 한창이다. 국화전시회는 오밀조밀 귀엽고 화려하고 웅대하기까지 하다. 짚신, 고무신, 계란껍질, 뚝배기, 심지어 헌 구두에도 얄밉게 아기조막만한 국화꽃이 심어져 있다.

한 송이 한 그루씩을 심고 가꾸어 진열된 꽃작품이 눈길을 사로잡고 있다. 방실방실 웃는 아기 얼굴 같다. 철사를 구부려 펴고 엮어서 만들어진 대한민국국화꽃지도가 아주 특이했다. 꽃이 담긴 그릇도 꽃 색깔도 한 점 한 점이 독특한 작품이다.

한 작품을 꽃피우기 위해 화농(花農)은 봄부터 소쩍새 노랫가락 얼마나 길게 들었을까? 서정주 시인의 "국화 옆에서"를 가늘게 읊으며 시인의 '누님같이 생긴 꽃'을 감상했다.

국화전시장 바로 옆에서는 흥겨운 각설이타령공연이 진행 중이다. 찰칵찰칵 가위를 치며 뱅뱅 도는 신랑, 누더기 치마를 들썩이며 신나게 춤추는 각시의 호흡이 잘 맞아 흐뭇하고 즐겁다. 보는 이들 얼굴에 행복의 미소가 가득하다.

각설이타령을 귓전으로 들으며 소요산으로 올라가는 2차선 도로로 접어들었다. 산 쪽 가로수 단풍이 어찌나 곱던지 황홀 찬란하다.

도로 옆으로 큰 비행기 두 대가 눈길을 끌었다. 안내자인 H화백이 저 비행기 탑승 요금이 3천원인데 타고 올라가겠느냐고 물었다. 그의 농담에 까르륵 웃었다. 가을하늘도 함께 활짝 웃는 듯 곱게 파랗다.

6·25 때 군수송기로 쓰이던 비행기였다. 안으로 올라서니 미군 둘이 앉아 담소하는 모습이다. 갑자기 시야로 들어온 외국군복차림의 조형물에 K시인이 놀라며 "엄마야!"를 외쳤다. K시인이 바로 진정

하고 조형군인 앞에 서서 "먼 나라에 와서 참 수고 많으셨어요, 너무 고마워요." 그녀 목소리가 떨렸다. 많은 유엔군이 목숨 잃고 싸워준 고마움을 기억하자. 6·25때를 생각하며 우린 목이 메어 왔다. 가난과 고생에 찌든 혹독한 전쟁시절을 살아온 우리세대는 휴전중인 오늘의 평화가 불안하면서도 무한 감사하다는 생각을 늘 갖게 된다.

소요산 자락에 위풍당당한 큰 건물이 서 있다. '자유수호평화박물관'이다. 넓은 주차장이 있고, 광장에는 각종 무기며, 탱크, 경비행기 등이 전시되어 있다. 6·25전쟁 당시 충실히 임무를 수행했던 퇴물들이다. 그 시대를 겪은 우리들의 뒤돌아봄이요, 후세들의 교육장이다. 우리가 보고 느껴야 하는 한자락 역사가 거기 있었다.

광장주변의 붉은 단풍과 노란 은행잎의 조화로움은 가을풍광의 극치를 이루고 있다. 박물관 내부로 들어서니 마침 1,2,3층엔 서화(書畵)와 시화(詩畵)가 전시 중이다.

H 화백은 가끔 이 박물관 마당에 있는 정자각이나 3층 로비에서 그림을 그린다며 '여기가 내 화실'이라고 기염(氣焰)을 토해서 또 한 번 폭소를 자아냈다. 사람을 잘 웃기는 것도 타고난 재능이다.

다시 내려와서 승강기를 타고 4층으로 올라갔다. 거기엔 6·25전쟁 당시의 참전 16개국과 의료지원국 5개국에서 온 군복차림의 군인들이 조형물로 전시되어 있었다. 많은 나라에서 수많은 사람의 목숨을 바쳐 찾은 오늘의 대한민국이 아닌가?

'지평리 전투, 평양 탈환작전, 흥남 철수작전 등이 조형전시 되어 있다. 그 앞에 사람이 서있으면 총알이 뿅뿅 날아가 저쪽에서 연기가 푹푹 치솟는 실제 상황으로 보여 진다. 참 신기한 과학의 절묘함이다.

입실(入室)만 하면 자동으로 상영되는 영상실에 들어갔다. 비참했던 피난길이며 6·25 전쟁과 인천상륙작전 당시 상황이 12분 간 상영되었다.

"배우는 사람들이 와서 이런 것을 보고 깨달아야 할 텐데~." K 시인이 연신 안타까워 혼잣말을 한다. 그 이름 '자유수호평화박물관'을 누구나 한 번쯤은 관람하면 좋겠다. 특히 학생들이 와서 관람하면 교육적이겠다. 서울에서 반세기를 넘게 살았어도 처음 와 본 소요산이다. 소요산자락에 서 있는 '자유수호평화박물관'을 관람한 것은 한 편의 영화감상보다 유익한 추억의 한 페이지로 기억되겠다.

중추절을 보내며

　　　　　내일이 팔월 한가위 중추절이다. 낮 기온
은 섭씨 30도가 넘는 한여름 날씨다. 예년보다 19일이 빨리 오는 추
석이라 하기도 하고 아열대 기후로 변이되기 때문에 기온이 높다고
도 TV 뉴스에서 알린다. 기온이 높으매 음식을 적절하게 장만하기
로 했다.

　시장 안의 떡집들도 아낙들이 둥글게 앉아 이야기꽃을 피우면서
송편을 빚어 팔던 모습도 어느 때부터인가 그마저 사라졌다. 기계로
찍어 냉동고에 보관했다가 쪄서 판매된다. 그 송편에다 바르는 기름
도 마뜩치 않아 내 손으로 만들 수밖에 없다. 추석 때가 되면 송편을
사다가 차례상에 올리라고 남편은 말하지만, 쌀 3되를 방앗간에서
빻다가 송편을 빚으면서 머릿속은 옛날을 더듬어 본다.

　한 겨울 신혼 초 시골시댁에서 처음으로 시 할머님제사에 참례했
을 때였다. 장만하는 음식의 가짓수도, 량도 어찌나 많던지 평생 이
일을 어찌하고 살까? 맏이의 위치가 얼마나 힘든 일인가를 가늠하는
체험이었다. 한 뼘 가슴속에 걱정이 쌓이면서 시작된 봉제사였다.

그 해에 맞는 중추절 차례음식도 매한가지로 많이 장만하셨다.

새 맏며느리인 나에게 보여서 배우게 하기 위함이었는지 가히 놀랍도록 중추절 음식을 장만하셨다. 그 제삿날의 기억을 잊을 수가 없다. 아홉 분의 기제사도 몇 해를 그렇게 모셔졌다.

서른둘 나이 때부터 나에게 넘겨진 봉제사! 시어른 계실 때는 그런 식을 따라야 했다. 시어른께서 세상을 뜨시자 조금씩 변화를 가져오면서 40여 년을 넘게 묵묵히 받들어 왔다.

그러는 동안 세 명의 동서와 도란도란 부침개를 지지던 때와 20여 명이 모여서 법석이던 시절도 지난 후의 지금은 아름다운 추억이다.

일찍 세상을 먼저 떠난 시동생, 동서, 멀리 대구에서 사는 시동생네, 그렇게 변화가 많더니 근간에는 두 시동생중 한 사람과 우리아이들로만 모이는 변화로 이어지고 있다. 산사람 식성을 위주로 양도 가짓수도 줄여졌다. 옛날에는 며칠 전부터 음식을 장만 했지만 요즈음이야 그 때에 비하면 훨씬 간소해 졌다.

남편의 손이 떨리기 때문에 오래 전부터 지방 쓰는 것을 맡았으니 이젠 지방(紙榜)을 써 놓아야 오늘 할 일이 마무리 된다.

지금쯤 재원이와 재은이가 제 어미와 부침을 하고 있겠구나. 다니던 직장에서 명퇴를 한지 2년 차가 되는 작은 며느리도 금년 설 때부터 무엇을 해 오겠다고 해서 분담을 시켰으니 그것을 하고 있겠다는 그림이 그려진다.

추석날 아침 집안 그득 자손들이 모여 조상님께 절하며 덕담을 꺼낸다. 여럿 자손들이 모여앉아 담소를 나누며 여유로운 아침식사를 할 수 있는 것도 보기는 좋다. 평상시 잘 만나지 못하는 3~4촌이 만

날 수 있는 것도 명절이요 제삿날이다.

　행사를 치르고 나면 제수 비를 미리 못 드렸다며 봉투를 내 놓는 시동생이나 아들들. 내놓지 않아도 된다고 말을 하면서도 말보다 손이 먼저 하얀 봉투를 받는 풍경도 즐겁다. 그래서 식구들이 한바탕 웃음소란을 피운다.

　한쪽에서는 손녀와 손자들에게 약간의 용돈을 쥐여주는 남편의 환한 얼굴, 아이들의 밝은 표정도 곱다.

　명절이나 제사란 조상님을 기리고 자손이 오가며 우애를 나누라는 근본(根本)이라 생각된다. 간략하게 변화를 시도하면서 혈연의 정을 이어가는 풍습이어야 한다.

　웃음꽃 싣고 밀물로 밀려 왔다 썰물로 비워지는 바닷가처럼 바위가 모태인 미역 이파리가 내 안에서 춤을 춘다. 세상 구석구석을 밝게 비추는 중추절 둥근달이 앞산 중턱에 위치한 아파트 꼭대기에 걸터앉아 나를 보고 있다.

청춘으로 살자
- 재경동문에 부쳐

　　　　　　　오늘 재경 동창 모임이 있는 날이다. 모임 장소인 뷔페식당 홀에 들어서니 벌써 많은 동문들이 와 있었다. 인원수에 비해 홀이 협소해 보였다. 장소가 왜 이렇게 협소하냐고 어떤 친구가 묻자, 여러분의 책임이라고 회장이 웃으며 말했다. 왜냐하면 진행 팀에서는 여러 번, 아주 여러 번 참석 여부를 물어서 인원수에 맞추어 장소를 예약했다고 설명한다. 종업원이 의자를 몇 개 더 가져와 협소한 대로 자리를 늘려주었다.

　유례없이 50여 명이란 많은 인원이 와 주었다고 회장의 입이 귀에 걸렸다. "내가 이렇게 인기가 있는 줄 몰랐네요. 여러분 나보러 온 것 맞지요?" 동문들은 폭소를 하며 짝짝 짝 박수로 화답한다.

　회의 순서에 따라 안건이 논의된 후 후원금을 기부한 몇 명의 동문 이름을 거명하며 박수로 고마움을 표했다. 그 중의 한 동문은 참석하지 못하면서도 후원금을 기부해서 특별한 느낌을 가지게 하는 친구도 있었다. 항상 뒤에서 베풂을 선사하는 온유한 성품의 친구였다. 아주 오랜만에 동문회에 참석한 高 박사를 호명, 일으켜 세워 박수를 쳐 주는 회장의 배려가 곱다.

55년 만에 한두 번 볼 기회가 있었는지 알쏭한 친구도 있다. 누구냐고 물어 이름을 알고 보면 금시 옛날 단발머리 앳된 얼굴이 겹쳐진다. "어머 그렇구나"를 연발하며 반색을 나눈다.

아는 척 해주는 것만으로 고맙고 이름을 불러 주면 더욱 고맙다. 자기의 존재를 알아주고 인정해 주는 것을 좋아하는 DNA를 인간 누구나가 가졌나 보다. 시대가 좋은 세상이어서 백발이 성성한 이들이 염색 덕분에 6호선 2~3번 출구로 보이는 친구가 있는가 하면, 5호선 5~6번 출구로 보이는 친구도 있다. 개성이 남 달라 염색을 하지 않은 백발의 친구도 한두 명 보였다. 염색하지 않는 사람은 애국자라고 생각된다.

세월을 이기는 장사 없다고 했던가? 어깨가, 무릎이 좋지 않다는 친구도 있었지만, 꼿꼿한 체형에 굽이 좀 높은 빨간 구두를 신은 친구도 있어 놀라웠다. 그 친구는 운동을 좋아해서 무리하지 않고 즐긴다는 멋쟁이였다. 자신에 관한한 미용이나 건강관리를 자기 스스로 실천하는 방법 밖에 없다. 부지런히 노력하는 자는 그처럼 멋이 있을 뿐만 아니라 건강을 누린다. 노력하는 자만이 얻어지는 멋이고 건강이다. 노력 없이 이루어지는 것은 아무것도 없다. 굽이 좀 높은 빨간 구두를 신어도 보기 좋도록 노력하여 건강하면 좋겠다. 하루를 살아도 건강하게 청춘으로 살자.

뷔페식! 음식의 종류가 다양하고 맛이 좋다고들 하면서 한 접시 소복이 가져오는가 하면 조금씩 가져 오는 친구도 있다.

고박사와 마주 앉아서 식사를 했다. 그녀와는 중고등학교 때 한 번씩의 클라스메이트이던 인연이다. 감성만은 정감이 깊었으나 오랜만이어서인지 단절되었던 이야기가 길게 이어지지는 못했다. 식사를 마치고 그녀는 남편과의 약속이 있다면서 먼저 일어섰다. 문밖까지 배웅하면서 오랜만에 만날 수 있어서 반가웠고, 가끔 만나자며 헤어졌다. 그녀의 손이 그녀 마음처럼 따뜻했다.

오랜만에 만난 친구들의 이야기 실타래를 풀어 감는 속삭임, 웃음소리가 홀 안 가득 공기를 진동시킨다. 식사를 하고 혹자는 후식을 즐기면서 분위기 띄우는 이들이 마이크를 잡았다. 개그맨 저리가라 웃음을 선사하는 친구가 "헤일 수 없이 수많은 밤을 내 가슴 도려내는 아픔에 겨워~~" 동백꽃 아가씨를 잘 뽑더니 다음 가사를 잊은 듯 "뭐지, 뭐지?"였다 옆에 앉았던 회장이 소곤소곤, 그녀가 다시 열창을 했다. 돌아서면 잊어버리는 나이니 어쩔 수가 없다. 그러기로서니 어떠랴? 하고자 하는 열정이 중요하다.

"많이 참석해 주어서 고맙다. 여행에 대한 여러 가지 상황이 결정되는 대로 연락하겠다. 건강관리 잘해서 많이 참석해 달라. 우리가 모이면 몇 번이나 더 모이겠느냐"는 회장의 마침 말을 끝으로 삼삼오오 자리에서 일어섰다.

짧으면서 긴 인생, 길면서 짧은 인생 여정! 젊은 시절이 아쉬운 듯 "우리가 벌써 이렇게 되었느냐?" 어느 친구가 탄식조로 말하자 다른 한 친구가 "너 해 볼 것 다 해 봤잖아! 뭐 더 하고 싶어? 지금이 딱 좋은데!" 친구들이 허리를 잡고 한바탕 또 웃었다. 그래 지금이 딱 좋은 때다. 3월의 찬바람에 그들의 얇은 머플러가 곱게 흩날리며 서쪽 하늘 햇살이 곱게 퍼져있다.

심장의 박동 소리, 숨을 쉰다는 것. 55년 전 소싯적 친구를 만났다는 것, 오늘 하루도 살아 있음에 즐겁고 행복하다. 훈훈한 온기 있음에 더욱 감사함을 느끼며 집안으로 들어섰다. 재미있었느냐고 묻는 여봉에게도 고맙다고 말해 주었다. [2015. 5.]

지켜줄게

              H 문학사의 문학 행사가 있는 날이다. 친구의 신인문학상 수상을 축하하기 위해서 참석하기로 했다. 잔치 후에는 의례 식사가 있는 것이 관례이기에 남편에게 조금 늦을 거라는 말을 남기고 집을 나섰다.

  어느 수상자의 도착이 30분 늦어지는 바람에 폐회 시간도 그만큼 늦어졌다. 수상자 각 개인이 자기 손님 대접인 관계로 일대는 인산인해다. 식사를 하고 가라는 친구의 말을 뒤로 흘리며 돌아섰다. 환자인 남편의 저녁 식사를 제시간에 챙겨줌이 정답이란 생각이었다. 워낙 길치인지라 행사장 근처에서 버스정류장이나 지하철역을 찾기가 낯설다. 10여분을 헤매다가 지나쳤던 지하철 입구를 찾았다.

  현관문을 열고 들어서니 어두컴컴한 거실, TV도 꺼진 채 소파에 엇비슷이 그가 누워있다. 전깃불 나간 줄 알고 일찍 오느냐며 반색을 한다. 전기가 나가버려 컴컴하고 TV도 나오지 않는 공간에서 늦으리라 말했던 우렁각시의 귀가가 반가운 모양이다. 4시부터 전기가 나갔다고 한다. 차단기 수위치를 올렸다 내렸다 해봐도 허사여서 옆

집에 물어보기까지 했단다. 어지간히 답답했었나 보다. 우리 집 건물뿐이 아니라 요 일대가 불빛이라곤 없다. 서쪽의 노을빛마저 스러지고 어둠이 깔리는 시각이었다.

촛대와 양초를 찾아서 식탁위에 놓고 불을 켰다. 저녁이나 해서 먹자고 말하자 남편이 전기가 나갔는데 가스불이 켜지냐고 묻는다. 전기가 나가면 가스 불이 정말 켜지지 않을까? 가스 불을 켜보기나 했느냐고 물어나 볼걸.

수돗물만 나오면 된다면서 냄비에 물을 받아 가스대에 올려놓고, 종이에 불을 붙여 화구에 대자 호로록 불이 붙었다. 그런 방법도 있냐고 신기한 듯 남편이 가스대를 돌아본다. 가스렌지에 건전지가 끼워져 있기 때문에 전기와는 상관없음을 이번에야 알았다.
저녁 준비를 하는 동안 행사를 마친 후 식사를 마다하고 집으로 일찍 온 것을 참 잘했다고 나에게 칭찬을 했다.

촛불을 켜놓으니 분위기가 좋다고 너스레를 떨면서 식사를 하는 중 반주를 즐기는 그가, 한 잔 술이 들어가자 '서유석'의 노래 한가락을 뽑는다. "가는 세월 그 누구가 잡을 수가 있나요. 흘러가는 시냇물을 막을 수가 있나요. 아가들이 자라나서 어른이 되듯이 슬픔과 행복 속에 우리도 변했구료… "이렇게 세월이 가고 허물어진 육신이어서 당신에게 짐만 되었다며 서글퍼 한다. 문우들끼리 식사도 마다하고 일찍 와주어서 고맙다는 말까지 덧단다. 숟가락을 잡은 손마저 딱딱 딱(손 흔들림. 호흡기질환약의 부작용) 식탁에 부딪는 그의 손을 꼭 잡으며 말했다.

"늦게까지 서로 건강하면 얼마나 큰 축복이오만, 본정신으로 사는 것만도 복이죠.

그렇죠—? 복으로 알고 감사한 마음으로 사십시다. 내 건강이 허락하는 한 당신 눈감는 날까지 지켜 줄게요. 내가 먼저 가면 할 수 없지만." 긴 세월 멍들어 자유롭지 못한 그에게 해 줄 수 있음이 그 말밖에 없다.

마땅히 짊어질 십자가지만 온전한 내 인생도 얼마 남지 않았다라고 생각하면 가는 세월이 그냥 아쉽다. 어떤 때는 길을 걷다가도 서러운 눈물이 핑 돌 때가 있다. 환자의 허무는 얼마나 크고 고독이 무거우랴만 그도 어쩔 수 없다. 그게 인생인 것을. '이왕이면 찬란하게 웃으며 살자'고 허공을 응시하며 나 자신을 위로하는 때도 있다. 사람으로 태어나서 제 둥지는 지켜야 마땅하지 않는가?

식사를 하는 중 간간히 베란다 창밖을 내다보니 트럭 두 대가 멈춰서서 작업을 하는 중이다. 한 차에는 전봇대에 설치하려는 변압기가 놓여있다. 101호 부인의 말대로 타버린 변압기를 교체할 모양이다. 얼마 동안 시간이 흐르자 전깃불이 번쩍 들어왔고 TV 화면이 환해졌다.

남편이 아이처럼 손뼉을 치며 좋아한다. 반갑고 고맙고 그들 기술자가 위대해 보인다. 토요일임에도 불구하고 늦은 시각에 교체공사를 해 주었으니 얼마나 감사한 일인가? 모든 것이 감사하다고 생각하면 마음이 편하다. 편한 마음으로 편하게 살지어다. 환자인 남편을 지키라는 명제로 나에게는 건강을 주셨으니 성심으로 그를 지키며 살리라.

뜨거운 눈물

　　　　　　　남편의 고향 상주에 보유했던 땅을 10여
년 전에 정리 매도했었다. 그때 어떤 연유로 매듭짓지 못하고 집터
와 동산 밭 450평을 남겼다. 어려서 그곳에서 자랐던 대구에 사는
막내 시동생이 노후의 향수를 달램인지 그 땅을 매수하겠다고 연락
이 왔다.

　거동이 불편한 남편 대신 필요한 서류를 준비해서 시동생에게 우
편으로 보냈다. 그런데 며칠 뒤에 전화가 왔다. 매도자의 주민증 앞
뒤 복사한 것 중 앞면의 사진 훼손이 심해서 사람 얼굴이 분간할 수
없다고, 법무사 사무실에서 서류가 반송되었단다. 주민증을 새로 발
급받아서 팩스로 보내달라는 요청이었다.

　어제 말과는 달리 남편이 서둘러 9시가 조금 넘자 주민 센터로 가
자고 나선다. 주민 센터로 가는 동안 아마도 열다섯 번은 쉬며 걸었
다. 4~500m의 거리다. 그는 조금만 걸어도 숨이 차올라 헉헉거린
다. 이런 때를 대비해서 휠체어를 준비해 둘 것을. 그것을 구입하겠
다고 하면 막무가내로 반대하기 때문에 미루었었다.

직원이 보기에도 훼손이 심했던지 스마트 폰으로 찍은 사진을 살피더니 별말 없이 받아들여졌다. 그런데 발급기간이 15일이나 소요된다고 한다. 부동산 매매 건으로 급히 필요하다 말하니 '주민등록증 발급신청 확인서'를 해 주겠단다. 발급될 때까지 주민증 대신 사용할 수 있다는 설명이다. 그러나 또 난감했다. 스마트폰을 가져오지 않아서다.

일단은 집으로 오는데도 환자는 스무 번은 쉬며 걷는다. 더 헉헉댄다. 시동생에게 전화를 걸어 팩스 번호를 받아가지고 주민 센터로 다시 혼자서 갔다. 무료로 팩스를 보냈다. 요즈음 공무원들은 참 친절하다. 복사나 팩스가 필요해서 부탁하면 아주 친절하게 무료로 잘해준다. 팩스로 보냈으니 10분 후에 확인해 보라고 전화를 해 주었다.

마트에서 장을 보는 사이 시동생의 전화가 왔다. 팩스로 보낸 서류도 사진이 까매서 식별할 수가 없다고 한다. 어렵지만 복사해서 우편으로 다시 보내 달랬다. 사진이 흐려서일까? 누구에겐지 치미는 화를 꾹 누르면서 그러마고 했다.

무거운 장바구니를 어깨에 울러 메고 대로횡단보도 건너편에 있는 마을금고에 들렀다. 아는 직원에게 서류를 보이며 복사 한 장을 부탁했다. 거기서도 친절하게 복사를 해주었다. 다시 대로(大路)를 건너 왔다. 오늘 이 대로를 왕복 여섯 번을 건너 오갔다. 네 번을 더 오간 셈이다.

집에 와서 남편에게 점심을 차려 주고, 우체국에 가서 빠른 등기 영수증을 받았다. 내일이 공휴일이어서 모레나 도착할 것이란다. 시동생에게 '서류 송부'라 문자를 넣어주고는 긴 한숨을 내쉬었다.

팔다리의 피가 좍좍 빠지는 소리가 조록조록 들린다. 그만큼 내 체력도 달린다. 작년 다르고 올 다르다는 말이 실감난다. 훼손된 주민증 하나 때문에 여러 번 오가며 진이 빠지는 것에 대한 일종의 실의가 쌓이나보다.

언제부터 주민등록증사진이 그처럼 훼손되었는지? 그런 것 하나 갈무리 하지 않는 무심한 남편이 원망스럽다. 한편 생각하면 그것도 아니다. 그의 들숨 날숨이 얼마나 힘들가? 죽을힘을 다해 하루하루를 버티고 있음이 보인다. 그가 얼마나 힘들랴? 어제도 오늘도 육신의 고통으로 움직이기 조차 힘겨운 그에게 주민증의 훼손쯤이야 무슨 상관이랴? 그에게서 무엇을 바란다는 것은 한낱 사치다. 그가 식탁에 와서 식사하는 것, 화장실에 다니는 것만으로 감사하게 생각하자면서도 서러워지는 것은 왜인가?

깊은 한숨을 내쉬면서 컴퓨터 앞에 앉았다. 오만가지를 하소연해도 누구에게 절대 전갈하지 않는 유일한 친구 컴퓨터다. 참담했던 40여 년 동안 환자 옆에서 묵묵히 살아왔던 내가 왜 갑자기 서러워지는가? 내색하지 않고 씩씩 한척 버티면서 살아 온 내 삶이 바보스럽게 느껴지며 서럽다.

문자가 왔다는 신호음이 온다. 힘없이 스마트 폰을 열었다. 수고하셨습니다. 감사합니다란 대구 시동생이 보낸 문자다.

해 줘야 할 건데 뭘. 형님한테 한 마디 했네, 주민증을 그 지경이도록 됐냐고? 오랜 병객이어서 그런가보라고. 내 인생이 참담할 뿐이라고, 문자를 보냈다. 건듯하면 응급실을 드나드는 20여년의 병객이 무슨 의욕이 있겠는가? 이해보다는 차라리 포기하는 편이 편했다. 그런데 왜 서러운가?

참담! 슬프고, 괴롭고, 끔찍하고, 절망적이던 젊었던 시절. 40여년 세월이 한꺼번에 나를 엄습하는 회고의 뜨거운 눈물이 쏟아진다. 평

펑 펌프 물 흘러나오듯 쏟아진다. 흐느껴지기까지 한다. 얼굴이 일 그러진다. 소리 내어 엉엉 울고 싶은데 그것마저 절제해야 된다는 마음이 든다. 거실에 환자가 있기 때문이다. 환자 앞에서 나는 늘 왜 작아지는가? 눈을 감은 채 앉아 있어도 도랑물 흐르듯 뜨거운 눈물 이 흐른다.

　찝찌름한 뜨거운 눈물! 그 눈물 속에 서러움이 녹아내리는가? 그래 서 마음이 정화되어 평온해 지는가? 조금은 후련해진다. 그러는 사 이 문자가 또 왔다. 시동생의 답일 거라고 생각하며 열기가 싫었다. 그래도 궁금해서 폰을 열었다. 힘든 사람에게는 위로의 말이면 그만 이지 더 이상의 말이 필요하지 않다. 그런데 그는 군말을 문자로 넣 어 보냈다. 오랜 투병 중인 형님이 안됐습니다. 거기까지는 좋았다. 형님을 잘 부탁드립니다. 끝말을 맺었다. 자기들이 잘 부탁한다고 더 잘해줄 나도 아니고, 부탁을 안 한다고 잘못 할 나도 아니다. 윤 동주의 서시(序詩) 중 한 구절처럼 "나 한테 주어진 길을 걸어 갈" 뿐 이다. 사람으로 태어나서 사람으로 살아야 하기 때문이다. 하얀 달 밤, 별꽃이 반짝이는 밤, 별들이 나에게　무어라 속삭여 온다. 그것 이 인생이며 너의 운명이라고 서러워 말라고. [2015. 5.]

홍(洪), 유릉(裕陵) 답사기
—백문(百聞)이 불여일견(不如一見)

　　　　　여니 때 보다 30분 일찍 아침을 서둘렀다. 왜 이렇게 아침을 서두르냐고? 어디 가느냐고? 남편이 묻는다. 오늘 '홍 유릉' 가는 날이라고 이야기했는데요. 복지관 문예창작반의 상반기 야외수업으로 답사가 있는 날이다. 비가 오는데도 가느냐? 재차 묻는다. 봄 가뭄 끝에 간밤 내내 조용조용 반가운 비가 내렸다.

　지하철을 타고 갈 것이니까 비가와도 비에 젖지 않을 것이고요 — 현지에 도착하면 비는 멎을 거예요, 비가 오더라도 우산 받고 다니지요 뭐.

　무엇이던 긍정적이고 싶다. 걸을 수 있을 때 걷고, 볼 수 있을 때 보고, 느끼고, 깨닫고 살자는 것이 내 노년기의 작은 생활철학이다. 그래서 건강하면 나 좋고 내 주위 사람에게 고통 주지 않아서 좋다. 옛말에 누이 좋고 매부 좋다는 속담식이다. 80고지가 눈앞인데 비온다고 빠지면 나만 손해다.

　상봉터미널에 20여 명의 문우들이 나왔다. 모두가 열차에 올랐다. 듬성듬성 빈자리에 교수님, 미수(米壽)의 정숙언니를 앉으시게 배려하는 정을 보였다. 이른 시간 이어서일까? 문창식구 모두가 앉을 수 있었다.

상봉역에서 출발한 중앙선 국철은 20여분 정도 달려 금곡역에 도착했다. 아침에 말했던 대로 비는 그쳤지만 햇살은 보이지 않는다. 희망 사항이지만, 오후에는 햇살이 보일 것이라는 생각이 든다.

능 입구로 들어가 능을 향해 걷는 땅이 분명 흙인데 스펀지 같이 말랑말랑하다. 비 온 뒤여서일까 의문을 가지면서 정작 질문을 못했다. 빗물에 씻긴 연초록은 산뜻한 미소로 우리를 반긴다. 우람하게 키 솟은 적송(赤松)의 아름다움은 잘생긴 미남형이다. 흑송(黑松)도 눈에 뜨였으나 몇 그루뿐이다. 잘 가꾸어진 숲은 능을 휘두른 울울창창 삼림벽해다. 청록색의 능역은 공기도 싱그럽다.

홍릉(洪陵)은 조선 제26대 고종과 명성황후의 합장능이다. 명성황후는 1895년 일본의 낭인에 의해 시해 당시 청량리에 모셔져 능호가 홍릉이었다. 1919년 고종이 붕어 하시어 금곡에 안장하실 때 홍릉을 천장하여 합장으로 모셔졌다고 한다.

유릉(裕陵)은 조선 제27대 순종과 원후 순명황후와 계후 순정황후를 모신 조선왕릉 가운데 유일한 동봉삼실합장 능이라고 한다.

홍릉과 유릉은 황제릉 형식으로 조성되어 있다고 하는데 기존 조선 왕릉과의 차이는 석물의 위치와 종류, 숫자가 다르다고 한다. 입구에서부터 해박한 설명을 해주던 해설사가 여기까지만 설명을 해주었다.

비를 머금은 안개로 으슬으슬한 중에도 재미있게 해설해 준 그녀에게 감사의 박수를 보내고 우리 일행은 영원(英園)으로 향했다. 영원에도 안내자가 있어 설명해 줄 것이라 했는데 와 보니 그곳 안내소에는 아무도 없었다.

영원은 대한제국 마지막 황태자인 의민황태자와 의민황태자비의 합장묘라고 한다. 이번 답사로 영친왕이 의민황태자라는 것과, 방자여사가 의민황태자비라는 것을 처음 알았다. 역시 백문이 불여일견, 현장학습이 중요하다. 우리 세대에게는 의민황태자보다 영친왕, 의민황태자비 보다는 방자여사가 더 친숙하게 느껴진다. 왜냐하면 영친왕과 방자여사가 일본에서 살다가 1963년도에야 귀국했던 뉴스를 들었고, 신문기사를 읽은 기억이 있다. 그리고 그 분들은 창덕궁내의 낙선재에서 살았으며, 그 분들의 소식이 기사화 되는 경우가 많았었다.

그 영원 옆에 회인원이 있다. 그 곳엔 영친왕의 외아들인 이구 씨가 묻힌 묘라고 한다. 덕혜옹주도 그곳에 잠들어 있다. 그녀가 몸부림쳤던 삶을 잊고 편히 잠들기를 기원한다. 덕혜옹주나 이구 씨의 삶을 생각하면 국민으로서 가슴이 먹먹해 온다.

덕혜옹주는 고종의 늦둥이 마지막 태어난 꽃으로 고종의 사랑을 듬뿍 받던 황녀였다.

그녀가 어린나이에 일본으로의 강제 유학, 일제강점기에 일본인과의 정략 결혼생활에서 얻어진 그녀의 정신병을 우리는 기억해야 하지 않는가?

그녀의 삶이 얼마나 고통스러웠으면, 얼마나 번민을 했으면, 스트레스가 얼마나 쌓였으면, 고독을 감당하기에 얼마나 힘들었으면, 홀로 무릇 심신을 들볶았으면, 몹쓸 병으로 시달리며 세상만사를 잊은 듯 살았을까? 빼앗긴 땅 조국, 조선의 땅을 그녀가 얼마나 그리워 갈망했을까? 마지막 황녀의 기품(氣稟)을 놓치지 않으려 발버둥 친 그녀가 눈에 선하다. 그녀의 묘를 돌아보며 전신이 아려온다.

나라를 빼앗긴 대한제국의 마지막 황제와 황후가 묻힌 홍 유릉! 살아생전에 뿔뿔이 흩어져 남의 나라에서 살았던 그들은 삶이 마감되면서 고국의 양지바른 한 능 구역에 고이 잠들어 있다. 오늘 이 답사는 의미 있는 배움으로 기억하고 싶다.

배꼽 쪽 이불

옛날 할머니나 어머니들이 무릎 허리 어깨에서 찬바람이 인다는 말을 들을 때는 이해를 못 했다. 세월이 흘러 내도 갱년기가 지나고 나이 들면서 몸이 차가워지는 현상을 감지하게 되자 옛 어른들의 이야기가 수긍해진다.

어느 때쯤부터인지 등이 시리고 복부가 차가워지는 현상을 느끼게 되었다. 혹시 등에 쇠붙이가 닿으면 차가움이 전류처럼 전신으로 흘러 진저리가 쳐진다. 식탁의자라든가 지하철 의자 등받이가 쇠붙이일 때 등과의 거리를 두고 앉는다.

등이 시리다는 호소에 내과 의사는 시리다는 자체의 뜻을 모르겠다며 한의원에 가보라는 권유를 한다. 한의원에서는 신경계통이 어떻다고 설명하며 침을 놓았다. 꾸준히 치료를 받았더라면 결과가 어땠을지 모르지만 끈기 부족으로 몇 번 다니다가 중단했다. 몸이 더워진다는 생강차를 마시다가도 중독된 커피에 밀리고 만다.

밤에 덮는 이불도 화학섬유인 캐시밀론 이불은 찬바람이 일어 불편하다. 그래서 춘추 이불도 얄팍하게 목화솜을 넣어 만들어 덮는다. 솜이불을 덮어도 배 위에 손을 얹고 자면 복부의 차가움이 느껴진다. 손의 부피만큼 이불과 살갗 사이의 공간 때문이다.

젊었을 적 아이들을 키울 때 친정어머니께서 늘 하시는 말씀이 있었다. 배속의 오장육부가 따뜻해야 제 기능을 잘 한다며 여름이라도 밤에는 물론, 아기들 낮잠 재울 때도 배를 꼭 덮어 잠재우도록 당부하셨다.

머리는 차고 오장 육부를 담고 있는 복부와 손발은 따뜻해야 건강하다고 한다. 적정 체온에 면역력을 잃지 않음이 건강의 최상이라고 전문가들은 말한다. 궁리 끝에 배꼽 쪽 이불을 만들기로 했다. 목화솜의 따뜻한 촉감이 복부에 착 달라붙는 느낌이면 좋을 것 같다.

크기는 복부를 포옥 감쌀 수 있으면 된다. 작기 때문에 '배꼽 쪽 이불'이란 이름을 붙였다. 솜을 소창으로 싸고 겉은 고운 색깔의 인견으로 쪽 이불을 만들었다. 사시사철 쪽 이불로 배를 덮고 그 위에 겨울이면 겨울이불, 갈봄이면 얇은 이불, 여름이면 겹이불을 덮는다. 목화솜을 넣어 만든 쪽 이불을 덮고 자고나면 복부가 따뜻하고 몸도 가벼워 기분이 매우 좋다. 배꼽 쪽 이불에 매료되어 목화솜을 예찬하고 싶다.

하루 일과를 마치고 쪽 이불로 복부를 폭 덮고 천정을 보면서 지난날의 삼매경에 빠진다. 옛날 어릴 적에 산모롱이 목화밭에서 다래하나 따서 입에 넣고 달짝지근한 맛을 음미하면서 논두렁 밭두렁을 오가던 시골집의 풍경을 그린다. 하얀 꽃송이처럼 핀 목화송이를 씨아(목화씨를 빼는 틀)에 넣고 돌려서 씨를 빼던 일. 씨아를 돌리면 목화씨가 분리되어 나가고 하얀 목화가 수북이 쌓이는 것이 아주 신기했었다. 누가 그것을 하라고 강요했으면 아마 하지 않았을 것이다.

물레를 돌려 목화송이에서 실을 뽑으시던 큰어머니 모습도 떠오른다. 찰칵찰칵 무명을 짜던 올케 언니의 모습도 보인다.

외교관직에서 원(元)나라에 갔다가 붓 자루 속에 목화씨를 숨겨 왔다는 고려 말엽 문익점의 애국심도 생각난다. 숨겨온 목화씨 몇 알을 흙에 심고 다음해 또 심어서 목화재배를 전파하여 백의민족 무명옷이 보급되었다는 역사적 사실도 기억에서 뽑아본다.

그뿐이랴. 영조대왕 계비 간택에 뽑힌 15세 어린 소녀는 꽃 중에 무슨 꽃을 좋아 하는고? 영조의 물음에 목화 꽃을 제일 좋아 하옵니다고 대답했다 한다. 66세의 영조대왕이 놀라워 머리를 끄덕였을 모습도 상상된다. 그녀가 제일 좋아했다는 목화꽃에는 백성의 이불솜 무명옷이 들어 있기 때문이라고 했다. 그 지혜로운 소녀가 영조대왕의 계비 정순왕후라고 한다. 분명 훌륭한 덕망의 소유자는 하늘이 낸다는 일화의 한 토막이다.

막내딸의 결혼 날짜를 받아 놓고 하얀 목화솜을 도톰히 두어 신혼 이불을 손수 만들어 주셨던 늙으신 어머니의 사랑도 따뜻함으로 회상된다. 배꼽 쪽 이불 위에 토닥토닥 겹이불을 펴 덮고 여름밤 편안한 잠의 초대는 늘 즐겁다. 하루의 마감! 감사한 마음으로 잠을 청해본다. [2015. 6.]

어머니 몫

현관 앞 뜨락에서 어쩌다 아래층 노부인을 만나면 서로 바깥분의 안부를 묻곤 했다. 바깥 분의 외출이 전혀 없으셨던 때였다. 6~7년 전부터 아래 댁의 부인은 자주 하소연을 하셨다. 누군가에게 말이라도 나누어 가슴에 쌓이는 먼지를 털고 싶으신가 보다.

냉장고에 있는 음식을 있는 대로 꺼내놓고 술을 자신다는 둥, 고기를 굽는다고 후라이팬을 새까맣게 태운다는 둥, 옷을 있는 대로 꺼내어 발기발기 찢는다는 둥, 오늘도 0빨래를 세 번이나 세탁기를 돌렸다는 둥, 내가 먼저 죽겠다는 둥의 고충을 털어놓으신다. 쌓인 고충을 털어내시는 이야기를 들어 주는 것만으로 위로가 되리라 싶다. 하시는 말씀을 들으면서 형님 힘드시겠어요. 힘드셔서 어째요. 무슨 말을 한들 위로가 될 수 있으랴? 쌓이는 먼지는 나누면 작아지고 기쁨을 나누면 배가된다고 하지 않던가? 사람은 성격에 따라 기쁨도 먼지도 말없이 혼자서 삭이는 이가 있는가 하면, 어떤 이에게 쏟아내다가 통 박을 받는 수도 있다. 나는 조용히 들어주는 편이다.

근년에 들어 80이 넘으신 아래층부인도 앙상한 육신으로 곧 쓰러질 듯 연약해지셨다. 유모차식 보조기에 의지해서 시장을 오가는 모습을 보면 안타깝기만 하다. 천천히 발길을 옮기는 뒷모습을 보노라면 부질없이 한숨만 쉬어진다. 부인도 누군가의 보살핌이 필요하다고 생각되기 때문이다.

어느 해 개나리꽃 노랗게 피는 봄날 현관 앞뜰에서 부인과 나눈 이야기가 인상적이다. 외국에서 사는 아들이 왔기에 너희 아버지 좀 모셔가라고 말하자 어머니도 가시냐고 묻더란다. 나 좀 쉬게 6개월만 모셔달라고 했더니, 어머니도 함께 가셔야 모셔가겠다며 〈어머니 몫〉이지 않느냐는 아들의 반문에 할 말을 잃었다고 하셨다. 아들도 딸도 다 소용없다며 "아이구 내 몫이래, 내 모-옥! 오래 살려거든 건강하기나 하던가? 명은 길어가지고. 아주 웬-수여 웬-수우-!"

그게 어디 인간의 자율신경이 조절할 수 있는 영역이던가? 자신만의 의지로 내 몸의 건강을 유지할 수 없는 것도 인간이기 때문이다. 오랜 동안 병 바라지하는 이는 오죽 힘들면 그런 말을 뱉어낼까? 인간은 누구나 무병장수이기를 원한다.

며칠 전에 우연히 아래층 바깥 분이 돌아가셨음을 알게 되었다. 그날이 장례식 날이었다고 한다. 아래 위층에 살면서도 까맣게 전혀 알 수가 없었다.

다음 날 상가를 방문했다. 아주머니는 멍-하니 소파에 앉아계셨다. 조문을 하고 부인의 손을 잡으니 철철 눈물만 흘리신다. 늦은 밤에 운명하셨기 때문에 119구급차로 조용히 모셔 갔노라고 하신다.

그 날 저녁을 자시고 침대에 누웠다가 저녁 자신 것을 갑자기 토했어. 그리곤 조금 후에 쿨룩쿨룩 기침을 몇 번 하더니 힘없이 늘어지기에 옆방의 손자를 불렀지. 할아버지를 연신 부르던 손자가 상태를 살펴더니 이미 운명하셨다잖아. 그렇게 허망하게 가셨다우, 누워서 토한 것이 기도가 막혀서 가신거래. 병원에도 못가고, 주사 한방 못 맞고, 약 한 봉지 못 쓰고, 그냥 갑자기 말 한마디 없이 가셨다우. 노(老)부인께서는 서럽게 흐느끼신다. 우시는 분 옆에서 인지상정 나도 눈시울을 닦았다.

아들도 딸도 다 소용없다던 노부인의 푸념은 그냥 푸념일 뿐이었다. 아들딸 덕분에 장례를 잘 모셨다는 말씀도 하셨다. 자식도 그들의 몫을 해냈다. 옛날에는 혼사(婚事)를 대사(大事)라고 했다. 내가 살면서 겪은 일중의 대사는 마지막 가는 주검을 치르는 일이었다.

쓰러질 듯 노구(老軀)를 버티시며 수 년 간 버거운 병수발을 하신 노부인! 젊은이의 말대로 〈어머니 몫〉을 감당해내셨다. 긴 세월의 병수발이 그리 쉽지만은 않다. 영육이 함께 쇠락하면서 힘든 일을 해내신 노부인이셨다.

믿고 의지하던 살붙이를 갑자기 보낸 것에 대한 서러움이셨다. 되돌아 올수 없는 마지막 강 건너로 보낸 서러움이다.
한 쪽의 상실은 둥지의 서까래가 무너지고 기둥이 무너지고 한 집안의 질서가 무너지는 것이다. 그래서 서럽고 막막할 것이다. 웬−수니 악수니 해놓고 이별 뒤에 애통해서 서럽게 눈물짓는 망구(望九)의 노부인! 허망한 심중이 헤아려진다.
〈어머니 몫〉이라던 젊은이의 말은 배우자 서로 간의 배려와 책임, 인륜의 기본적 의무라고 생각한다.
평균 수명이 길어졌다고 하지만 10~15년의 긴 유병기간을 옆에서 지켜보는 것도 보통 일이 아니다. 사랑과 연민! 지극정성으로 간병하는 배우자들을 주위에서 볼 수 있다. 나의 경우도 천식발병 27년에다 위 십이지장궤양 앓이 3~4년을 더하면 30년이 넘는 동안 환자와 동행이다.

　건강해서 행복하게 사는 사람들도 많다. 〈영국 엘리자베스 2세 최장기 재임한 왕으로〉란 기사가 신문 한 면을 차지했다. 모자를 쓰고, 곱게 화장을 하고, 화사하게 웃는 여왕의 옆 얼굴 사진 한쪽에 〈그녀 63년 넘게 왕이로소이다〉. 란 축복의 기사와 그 아래 〈영국 찰스 왕세자는 63년째 왕위 계승만 기다리는 중〉 〈왕관, 그저 바라만 보고 있지…〉 재치 있고 폭소적인 제목이다. 여왕은 89세이고 필립공은 94세이신 그 분들은 아주 정정하시고 건강해 보인다. 축복된 삶이다. 2015년 9월 1일자 일간신문에 실린 기사를 재미있게 읽었다.

[2015. 10.]

시집가라네

문창 반 수업이 있는 날이면 수업을 마치고 롯데리아로 몇 명이 몰려간다. 그곳은 학생들로 꽉 채워진 젊음이 있는 공간이다. 고희준령을 넘은 우리도 학생이다. 학창 시절! 얼마나 향수와 낭만이 서려 있는 시절이던가? 돌아갈 수 없는 시절. 그러나 지금도 이렇게 누릴 수 있어 즐겁다. 부드러운 아이스크림 맛을 음미하며 따끈한 커피로 목을 축이곤 노닥거린다.

높고 파아란 가을 하늘, 날씨도 덥지 않고 그 정도의 거리는 건강상 걸어도 좋기에 J 여사와 이야기꽃을 피우면서 걷는 귀갓길도 여유롭다. 그녀와 헤어진 후 마트에 들러서 우유와 바나나를 샀다. 집에 도착하니 5시 30분이다.

땀이 줄줄 흘렀다. 세안도 못하고 천년의 밥, 남편의 저녁식사를 부지런히 차렸다. 그가 한 병씩 마시던 청하를 두 병을 마셨다. 기분이 언짢아서였을까?

설거지를 하는 사이 그가 식탁에서 그의 자리로 옮겨가다가 쿵 소리와 동시에 뒤로 벌렁 넘어졌다. 식탁에 부디 치는 꽈당 소리와 식탁이 좀 밀려났다. 얼른 일으켜 앉히며 머리를 문질러 주면서 괜찮으냐고 물었다.

몸도 시원치 않으면서 술을 두병이나 마시더니… 쯧쯧.
당신은 그런 말할 자격 없어. 왜요? 나가기만 하면 6시가 넘어야 들어오는 사람이~~. 무슨 말을 하느냐 그 말일게다.

아유-당신 먹을 우유도 사고, 바나나도 사서 발바닥에 불이 나게 종종걸음으로 걸어 왔는데, 내가 들어 온 시간은 정확하게 5시 30분이었다고, 무슨 6시야! 그리고 내 나이가 몇인데 그렇게 매어 사냐구요?

그럼 그런 사람한테 시집가서 살어. 기가 막히는 말을 그가 내뱉는다. 그는 나를 스물다섯 새색시로 착각되나보다. 그저 하는 말이겠지만 시집을 가라니! 그래! 그 말 잘했어요. 나도 그렇게 동동거리면서 살기 싫으니까 그런 여자 있으면 데려다 살라고. 비켜 줄 테니까. 저녁 조금 늦게 먹을 수도 있지, 뭐. 그걸 가지고 시집가래!

내가 얼마나 참고 사는지 당신이 알아? 무엇을 참는다는 말인가? 이건 적반하장도 유분수다. 외출할 때에도 점심을 꼭 챙겨 먹여놓고 커피 한 잔까지 타주고 나간다. 얼마나 신경 쓰이는 일인지 그가 상상이나 하면서 그런 불평을 할까?

나 당신을 위해서 최선을 다한다고 생각하니까 좀 부족한 것은 이해하세요. 나도 내 인생이 있고 더 늙으면 못 다닌다고용-. 되도록이면 아주 부드럽게 말을 한다.
다행이 서로가 언성은 높이지 않았다. 조용조용 여시와 불여시를 넘나들며 할 말을 해대는 나를 그는 참 복장 터지게 미울 것이다.

아이고 그만 하라고~! 그가 손사래를 치며 고만 하잔다. 말하다가 달리면 그만 하자고 한다. 말해 보았자 본전도 찾지 못할 바야 애시 당초 꺼내지를 말지. 하기야 그런 말씨름쯤이야 삶의 양념이라고 치자. 양념 치지 않은 찬은 밍밍하니까. 그는 항상 나에게 미안한 마음을 갖고 있다는 것을 알고 측은지심을 유발한다. 자기의 오랜 지병으로 자유롭지 못한 나를 이해 하지만 그도 섭섭할 때가 왜 없겠는가? 그 마음을 나도 모르는 바는 아니다.

제왕적 대접을 몽땅 누려온 우리세대 남자 중 한사람인 그가 나를 붙들어 매고 싶나보다. 말로는 가고 싶은 곳 다 다니고, 하고 싶은 것 다 하라면서 조금 늦은 것을 꼬투리 잡는다. 그러나 아직은 우렁각시이기를 소홀히 한적 없고, 내 하고자 하는 일도 포기할 수 없다. 나의 존재감도 중요하기 때문이다.

가끔 마트에서 정겨운 광경을 볼 때가 있다. 한 여인의 우아한 걸음걸음! 마트 카를 밀고 그 뒤를 졸졸 따라가는 그녀의 남편! 부인은 물건을 골라 남자가 밀고 가는 카트에 주섬주섬 담는다. 그 정겨운 모습을 보는 재미와 부러움으로 그들의 뒤를 따라가 본적이 있었다. 알콩 알콩 여행을 즐기며 살고 싶던 노후를 그의 지병으로 병 바라지만 죽도록 하고 있다. 허허하고 적막강산인 마음을 헤아리기나 하면서 자격이 있다 없다 탓하는가? 하기야 그 마음인들 오죽하랴! 이 마음이나 그 마음이나 거기서 거기겠지.

내가 외출할 때면 기온이 어떠니 옷을 맞춰 입어라. 비가 온다니 우산을 챙겨라. 열쇠, 돈, 버스표, 지공표도 챙기라고 말해 주는 그에게 고마움을 가질 때도 많았다.

그의 길고 야윈 다리는 휘청휘청, 오랜 약물 부작용으로 양손은 발

발 발 떨고 있다. 환자가 본정신이고, 자기 손으로 식사하고, 정랑 출입하는 것만으로 임의 은총이라 생각한다. 경험에 의하면 그 정도 여도 아주 감사한 마음이다. 버리고 감사한 마음이면 얻어지는 것도 있다. 우선 마음이 편해서 좋고 마음이 편하면 건강에 이롭고 집안 이 화목해서 좋다. 가화만사성(家和萬事成)이라 하지 않던가?

2015년 9월 어느 날

사랑했던 사람아
- 2주기, 그를 추모(追慕)하며

이삿짐을 정리하다가 한쪽에 놓아 둔 공로패가 눈에 띄었다. 1983년 12월에 정릉 1동 새마을금고 이사장으로부터 남편에게 수여된 공로패였다. 박정희 대통령 시절 새마을운동을 시작하면서, 또 다른 사업의 하나인 향토개발이란 〈새마을금고〉창립 운동이었다. 어느 지방에서 서민들에게 문턱이 좀 낮을 제2금융권이란 명제로 태동하자 전국 각지 소단위 동네로까지 퍼졌다. 우리 동네 유지들도 당연히 마을금고 설립을 추진할 시기였다.

금고설립 추진위원회 측에서 숫자를 다루는 것이 전직이던 남편에게 도움을 청해 왔다. 마을금고 창립추진에 힘을 보태달라는 요청에 무조건 합류하도록 그의 등을 밀었다. 구멍가게에 발목 담그고 있는 그를 어디론가 밀어내야 했기 때문이다.

추진위원들은 너나없이 자비(自費)로 활동했다. 2~3년여 지나면서 마을금고를 궤도에 올려놓았다. 놀라운 노력의 승리였다. 초창기 이사장, 부이사장, 직원 모두가 무보수 봉사 자체였다.

정치, 경제, 산업변화의 흐름 속에 일자리가 소멸 생성됨은 우리 인간 사회의 피할 수 없는 진화다.

골목골목에 작은 가게로 생업을 유지하던 시절 개인도매상도 많았다. 그 업종이 소멸되며 다른 형태로 대신하는 변화로 이어졌다.

주류도매상은 얼마큼의 자산으로 묶어 법인회사로, 구멍가게의 대역은 할인마트로 변혁되어 갔다. 소자본으로 먹고살던 골목가게에 서리가 내리기 시작했다.

70년대 중반부터 개인도매상에 공급되는 주류지분을 2인 이상이 출자하여 국세청에 신고하면 주류도매법인회사로 승인되던 시대다. 물론 법인회사설립자산규정에 맞춰야 함은 당연하다.

때맞추어 성북주류도매업자 7인이 출자하여 발족된 회사가 '주식회사 성북칠성(城北七星)'이었다. 거기엔 또 법이 요구하는 장부(帳簿)와 숫자 전문가가 필요했다. 필요를 충당하기 위해 그 회사 이사 한 분이 남편을 만나고 있었다. 감사직을 맡아 달라는 섭외였다. 신이 내려준 직장을 버린지 4년만이었다.

마을금고 감사직(물론 무보수)을 유지하면서 ㈜성북칠성으로 출근했다. 첫 출근하는 그의 뒷모습을 가게 앞에서 지켜보던 나! 서경로 횡단보도를 건너 숭덕초교 앞 육교 위를 걷던 그 특유의 모습이 지금도 눈에 선하다. 정릉교회 앞에서 종암동 행 버스에 승차할 때까지 그를 지켜보던 마음속의 기도문도 잊을 수 없다. 햇빛에 반짝이는 강물의 물비늘은 아름답다. 삶의 윤슬도 어여쁘다.

4년 전에 시작한 가게도 반을 막아 문구점은 세를 놓고, 식품부만 맡아 혼자서 운영했다. 조여지던 숨통이 조금은 트이는 듯했다. 인내하며 새로운 길을 찾아 노력해야 열리는 문이다. 두드려라 열릴 것이다. 진리인 성경구절이다.

어느 만치 세월이 지난 어느 날 남편이 성북칠성에 자본금을 투자하면 어떻겠느냐고 질문한다. 기존이사 주주지분이 5천만 원이라며 그 반몫이라도 좋다고 한다.

대출을 받고 아이들 돌 반지까지 몽땅 팔아도 충당이 안 되는 액수였다. 할 수 없이 사채까지 끌어 모아 겨우 반몫을 투자했다.

빚을 지면서라도 솔숲에 그가 자리 잡기를 염원했다. 송충이는 솔잎에서 살아야 제격이다. 내 평생 제일 잘한 일 중의 하나였다.

주말이면 회사이사들과 전국의 이름난 산을 그는 오르내렸다. 친목과 그의 건강을 위한 등산이다. 산은 사람을 품어 심신을 단련시키는 어머니다. 등산복에 배어온 솔 냄새가 지금도 아련히 그리움으로 다가올 때가 있다.

10여 년 장년기를 즐기는 그를 악마가 흔들었다. 그의 할머니의 지병이었다던 천식이 그를 급습했다. 신이여. 착하게 살아온 그에게 유전의 멍에를 씌우다니요? 절규가 튀어나왔다. 긴 유병생활의 시작이었다. 건강은 삶을 위해 제일 빛나는 보물이며 행복의 근원인 것을. 물을 가두는 둑에 뚫린 쥐구멍으로 물은 새나가고 있었다. 천식은 멍이면서 멍이 아닌 듯 당사자를 괴롭힌다. 그에 대한 연민! 그의 일생을 돌이켜 보면 건강으로 인한 굴곡이 컸다.

97년 IMF가 전국을 몰아칠 때, 주류법인회사의 존립도 요동쳤다. 결국 성북칠성은 매각되었고, 그의 경제생활도 종지부를 찍었다.

성북칠성 재직 20여 년! 노후생활에 보탬이 되리라 기대하며 그가 정성 들였던 회사였다. 천식의 멍에를 감당하며 그가 아끼던 회사였다. 물론 투자했던 자본이야 회수했지만 자식 하나를 잃은 듯 허탈

했다. 영원이란 어디에도 없는 것이다.

명멸하는 하늘의 별빛처럼 인간사도 그렇다. 그의 불혹 이후 20여 년 세월, 그의 삶 중에 자유롭게 여유를 누리며 삶을 풍미하지 않았을까? 그의 생애 중 그에게 가장 행복한 때가 아니었을까? 옆에서 지켜보며 느낀 생각이지만 정작 당사자는 어땠을까? 오순도순 한 번 물어나 볼 걸.

그가 긴 유병 생활을 하면서 가끔 자기의 지난 삶을 이야기하곤 했다. 우리 동네 마을금고 창립 멤버로서 봉사했던 일, 궤도에 올려놓고 손 뗀 것은 자기의 삶 중에 가장 의미 있는 일이었다고 했던 말을 기억한다. 서민을 위한 금융권! 마을금고 중 자산규모가 상위권이라며 그가 흐뭇해하기도 했다. 그곳을 이용하거나 그 앞을 지나칠 때면 어김없이 남편의 영상이 떠오른다. 그의 흔적이 담긴 공로패를 보면서 사랑하는 가족들을 떠난 지 2주기(週忌)를 맞아 그를 추모(追慕)하며 그가 살아온 길을 묵상해 본다. "사랑했던 사람아! 거기서는 절대 아프지 말고, 영원히 평안을 누리소서."

퇴계(退溪) 선생(先生)을 만나다
－안동(安東) 문학기행

　　　　　　　설레는 마음으로 기다리던 안동으로의 여
행! C문학사 문학기행 날이다. 이른 새벽에 일어나 우선 혈압약이며
무릎 통증완화제를 복용하고 엊저녁에 준비해 놓았던 가방을 메고
집을 나섰다.

　밤낮의 길이가 같다는 추분, 하늘 높고 부드러운 가을 기온이 상
쾌하다. 이른 시간대여서 버스도 지하철도 분비지 않고 앉을 자리가
있어 누구에게 미안하지도 않고 편해서 좋다. 출발지에 도착하니 벌
써 와있는 문우들의 표정이 밝다.

　버스에 올라서니 배정된 자리에 명찰, 물, 떡, 김밥, C문학지 가을
호가 가지런히 놓여 있다. 문학사 임원진의 섬세한 노고에 고맙다
수고한다는 말로 고마움을 표했다. 휙휙 지나는 산야의 풍광은 한
폭의 그림으로 펼쳐진다. 얼마나 아름다운 지상천국인가? 푸르게 울
창한 삼림(森林)으로 치장한 산의 정겨움, 웅장함! 누구에게인지 감
사함이 가득하다.

한국의 미와 전통을 자랑하는 경북 안동은 가볼만한 곳이 많다는 주최 측의 설명이었다. 안동으로 달리는 버스 안에서의 C문학사문학지 가을호 출판기념회 및 문학세미나로 이어졌다. 눈도 바쁘고 귀도 분주하다. 버스는 달리는데 산야의 풍경보기도 바쁘고 문학세미나이니 유명인사의 좋은 강의도 귀에 담는 사이 첫 기착지 월영교 앞 공영주차장에 도착했다.

　월영교(月影橋)는 안동시 안동댐 하류에 놓인 나무다리로 직선이 아니고 곡선이다. 미모의 풍만한 여인이 모로 누운 형국이다. 그 길이가(강폭) 387m라지만 차가 다닐 수 없는 나무로 축조된 아름다운 곡선이다. 물론 교각은 시멘트고 상판만 나무다. 월영교 중간에는 아름다운 팔각의 월영정(月影亭)이 있다. 답사객들의 쉼터라고 한다. 안동 민속박물관을 관람하기 위해 월영교를 걷는 사람 거의 모두가 월영교와 월영정의 아름다움을 담느라 스마트폰 셔터를 눌러 대는 모습이 진지해 보인다. 월영교의 야경 또한 아름다워 볼만하다는 안내자의 설명이다. 낙동강 물 위에 떠 있는 달그림자와 월영교의 어우러짐! 그 야경을 한번 보고 싶지만 마음뿐이다. 우린 당일 여행이니까.

　아늑하고 푸른 산자락 병풍으로 둘러싸인 민속박물관은 가을햇살에 나른한 듯 조을고 있었다. 어느 학교 학생들의 기인 행렬에 화들짝 놀라 그들을 빨아들인다. 우리 일행도 뒤를 따라 들어갔다.

　베틀에 앉아 베를 짜는 아낙, 전통 혼례식인 초례상 앞의 신랑신부, 조부모 앞에 무릎을 꿇고 책을 읽는 학동의 모습 등. 안동 문화권의 여러 풍속과 생활용구 옛날의 농기구 등이 관광객의 눈길을 사로잡는다.

민속박물관을 돌아 나오니 버스가 이쪽으로 와서 대기하고 있다. 버스는 우리를 싣고 처음 기착했던 공영주차장에 풀어놓았다. 점심 식사를 위해 이름도 특이한 '헛제사 밥/ 까치구멍 집'이란 식당으로 안내되었다.

　안동 전통음식을 고수하는 식당이라고 한다. 갖가지 모둠 나물을 담은 반들반들 놋대접에, 모나지 않고 둥근 뚜껑 덮인 놋주발의 밥과 간장이나 고추장을 넣고 입맛대로 비벼먹는 메뉴다. 잠을 설치며 제삿밥을 음복하던 어린 시절의 그리움을 떠 올리며 밥을 비볐다. 놋 제기에 담긴 여러 부침조각, 시원한 탕국, 안동 간고등어 맛이 일품이다.

　도산서원으로 가는 길은 낭만적이다. 저 아래 유유히 흐르는 낙동강 물줄기! 건넛산 그림자가 잔잔한 물살 속에서 일렁일렁, 물비늘 윤슬이 아름답거니와 길가의 조림(造林)도 잘 가꾸어져 있었다.

　도산서원의 넓은 앞마당에는 두세 아름나무가 그 역사를 자랑하듯 비스듬히 누여진 가지가 눈길을 끈다. 고목의 가지를 배경으로 사진을 촬영하느라 줄을 서 있다.

　마당에서 보는 도산서원 전경은 오밀조밀 한 폭의 그림이다. 안내자는 곳곳을 안내하며 그 시대의 선비교육에 대한 설명을 한다. 그곳에서 우리는 퇴계 선생을 만났다. 그 분의 교육관, 민족관, 나라사랑을 어렴풋이 알게 되며, 예비 선비들의 학습과정도 그려본다. 450여 년을 그곳에 살아계신 한국인의 자랑 퇴계 이황 선생의 청명(清明)한 삶은 길이 존경받고 영원히 회자하리라.

　병산서원으로 가는 중 '솔씨 정원'에는 하늘높이 자란 소나무 아래 반짝반짝 푸른 빛, 다복다복 소담하게 자란 아기소나무가 엄마아빠

손을 잡은 정겨운 모습이다.

　백일동안 피고 진다는 배롱나무 붉은 꽃으로 둘러싸인 병산서원은 한 폭의 아름다운 그림이다. 마치 꽃으로 수놓은 새색시 열두 폭 치맛자락으로 보인다.

　봄이면 도산서원 둘레에는 매화꽃이 만발하는가 하면 병산서원의 여름은 배롱꽃으로 석 달 열흘 만발한다고 한다. 병산서원은 서애 유성룡선생이 세워 후진양성을 했다는 것을 기억에 담으며 다녀 간 증거로 배롱나무 꽃 몇 컷을 폰에 담았다.

　짧은 하루의 가을 문학기행은 그 유명한 안동 하회마을을 들르지 못 하고 아쉽게 서울로 향했다. 짧게나마 역사의 한 줄기를 이해할 수 있어서 유익한 하루였고, 문학기행은 그래서 참 좋은 여행이다.

[2016. 9. 22.]

일상에서 얻은 自我省察의 美學

- 신정일 수필집 『하늘공원에 서다』

張 鉉 景

〈수필가, 문학평론가〉

일상에서 얻은 自我省察의 美學

– 신정일 수필집 『하늘공원에 서다』

張 鉉 景

〈수필가, 문학평론가〉

1. 글머리에

언제 가 봐도 푸른 공기가 향긋한 고향, 순간적으로 떠오르는 고향의 정취 그리며 신정일(申貞一) 시인의 수필 세계에 젖어 본다. 세월이 흘러도 고향 산천에 파란 기다림 뿌리고 수정 같은 밀어로 속삭이면, 고향의 향수는 내 마음속에 오래오래 풋풋한 정으로 자라나리!

신정일 수필가는 문단 데뷔와는 상관없이 오래전부터 시작(詩作)을 하면서 틈틈이 수필을 써 왔다. 인고의 세월을 껴안고 희수(喜壽)를 지나며 한 시대의 삶과 자취가 지워지지 않도록 수필로서 새겨 놓는다. 처녀 수필집답게 연만(年滿)한 나이에도 오히려 소녀 시절의 청순함이, 수필 작품에서는 물빛 그리움이 그대로 배어 나온다. 아마도 이것은 송인당(松仁堂) 수필가의 삶 자체가 자신보다는 타자를 위한 삶으로 살아온 터일 것이다. 그 그리움의 대상은 주로 초등학교 시절 고향과 지나간 것들에 대한 추억에서 비롯하고 있다. 누구나 고향이 있기에 그녀의 고향 한복판에는 그림 같은 집들과 논둑길, 피난길과 어촌 정경이 아주 투명하게 심겨 있어 지금도 그리운 추억이 머문다.

신정일 수필가는 등단 이후 거의 해마다 시(詩) 작품으로『꽃빛 햇살』,『아버지의 묵언』,『그 꽃 피우게 하소서』의 세 권을 출간하면서 틈틈이 수필 쓰기에 심혈을 쏟아 시 부문 문학상에 이어 수필 부문 문학상 대상을 받게 되었다. 이러한 기준에서 볼 때 이번에 상재한 수필집『하늘공원에 서다』는 시집 출간 후의 문학적 승화와 열정을 그대로 온전히 보여준다 하겠다.

송인당의 문학적 자아는 삶과 고뇌, 자아와 타자, 인간과 사물, 철학과 종교적 신념이 총체적으로 함축되어 서로 상대성을 중시한다. 각 부의 제목으로 선한「마음의 고향 간사지」,「작은 궁전」은 서민의 감정을 깊이 있게 다루며 6·25 전쟁을 통하여 피난길에 나서면서 어촌의 풍경을 생동감 있게 그려내고 있다.「시인의 마음」,「하늘공원에 서다」는 자신의 삶에 파급효과를 일으키는 참신한 발상을 보여주며,「인생 3막의 무대」에서 독일계 미국 시인 '사무엘 울만'은 그의 시(詩) '청춘'에서 '청춘이란 삶의 어느 기간이 아니라 마음가짐을 말한다.'고 읊고 있다. 송인당 수필가는 '문학으로의 입문은 마음을 씻고 닦으며 긍지를 갖게 되는 것으로 부자가 된 느낌이다.'라고 토로하고 있다. 이런 다층적 시선(視線)을 염두에 두면서 그녀의 수필 세계를 조망할 수 있는 대표작들을 살펴본다.

2. 고뇌의 즐거움으로 펼치는 산문정신과 애정

넓은 논에 심어진 모는 바람 불어 일렁이는 파란 물결이 아름다웠다. 파르르 잎을 떨면서 물결쳐 흐르는 벼의 모습을 그림으로 표현

하면 얼마나 아름다울까? 논두렁을 걸어 학교를 오갈 때의 느낌이었다. 모판에서 논으로 옮겨 심어진 연두색의 벼는 얼마간 시일이 지나면서 초록의 튼튼한 모습으로 변했다. 땅 기운을 받고 물과 거름이 바탕이 되어 자라는 생명의 놀라운 눈부심이다.

대전이란 도시에서 9년 살다가 처음 몸담아진 농촌의 푹신함이 신선했다. 하루 햇볕을 받고 하룻밤을 자고 나면 쑥쑥 자라는 농작물과 신록이 더욱 푸르렀다. 먼 데서 대포 소리가 자주 들렸다.

"저 대포소리 들리지? 전쟁이 일어났다고 한다. 휴교령이 내려졌으니 집에 가서 부모님 말씀 잘 듣고 다시 학교에 오라는 연락이 있을 때까지 집에서라도 열심히 공부해라."

는 선생님 말씀이었다.

"선생님! 전쟁이 왜 났어요? 어디 하구요?"

학생들이 물었다.

"이북에서 대포를 쏘면서 38선을 넘어오고 있단다. 어서 집으로 돌아가야 한다."

무거운 표정으로 말씀하셨던 선생님 모습이 선하다.

2학년이 된 지 3개월이 못 미치는 학교생활이었다. 1, 2학년 모두 4개월 공부를 한 셈이다. 어른들은 어두운 표정으로 짐을 싸고 있었다. 큰아버지가 사시는 아버지 고향의 봄! 그 안에서 시작된 나의 학교생활은 막을 내릴까?

―「아버지 고향의 봄」중에서

신정일 수필가는 어린 시절 떠나온 고향의 풍경을 추억하며 떠오르는 소회(所懷)를 읊고 있다. 화자는 아직도 옛 모습 그대로 전설처럼 잊지 못하는 그림 한 장, '집집이 품앗이로 모심기를 하고 바람 불어 파르르 잎사귀를 떨며 일렁이는 파란 물결, 가을엔 벼 익는 들판'

을 그리고 싶어 한다. 그런 만큼 고향에 대한 깊은 애정으로 어릴 적 자취를 더듬으며 향수에 잠기기도 한다. 문화가 초 첨단으로 발전한 오늘날에도 고향의 정서를 잊지 못하는 작가의 아름다운 애향심을 엿볼 수 있다.

신 수필가는 6·25 사변 속에서 초등학교 때 겪은 전쟁 초기의 참상을 적나라하게 그리고 있다. 어린 시절에 들은 대포소리를 어떻게 느꼈을까? 어린이들이 단순히 겁먹은 얼굴만 하고 있었을까? 화자는 물론 아직도 생존해 있는 많은 분이 아마도 성장하면서 민족의 아픔을 넘어 잊히지 않는 무수한 파괴행위들을 잘 기억할 것이다. 6·25 전쟁을 통하여 당시 경제적으로 궁핍한 삶의 상징인 보릿고개를 더욱 뼈저리게 느꼈을 것이다. 화자는 전쟁의 실상을 잘 모르는 후손들을 위해서도 전쟁의 참극을 문학작품으로 그려놓았다.

말문 열린 첫아이의 재롱에 웃음꽃이 피었고, 흑백텔레비전 한 대, 작은 냉장고 하나, 살림 하나씩 장만하면서 행복했던 시절이다. 손바닥만큼 작은 마당 귀퉁이에 노랑 병아리 몇 마리도 키웠다. 친정어머니의 일거리였고 아이들의 볼거리였다.

해 질 녘
하늘 붉게 물들어
고운 강물로 출렁였지

연탄재 쌓인 좁은 골목길
아이들 재잘재잘 맑은 웃음소리
축구공 담 넘어 들어왔었지

이마보다
조금 넓은 궁전 뜨락에
웃음꽃이 활짝 피었었지

화분 하나둘 늘어나고
노랑 병아리 날갯짓할 때
앞마당 햇살 그득했었지.

올망졸망 아이들 키우던 시절 그 둥지가 내게는 꿈이 숨 쉬던 작은 궁전이었다. 평화 속 추억에 아련한 그리움이 숨겨 있다. 희수(喜壽)를 넘긴 지금, 일생을 돌이켜 보면 올망졸망 아이들 키우던 때가 가장 행복했었다고 회상된다. 아이들은 아름다운 꽃이었으니까, 꽃을 키우는 밭은 궁전이었다.

– 「작은 궁전」 중에서

신정일 수필가의 「작은 궁전」을 읽고 반가운 마음 기쁘기 한량없다. 그동안 그녀의 수필을 자주 접하면서 오랫동안 가슴에 품고 있던 창작력을 유감없이 나타내어 평자 또는 독자의 한 사람으로서 반갑기 그지없다. 끊임없이 삶을 성찰해온 송인당은 곧 시로 수필로 피어나 우리에게 다가왔다.

찰나성 허구성이 빚어내는 혼돈의 사회에서 신정일 수필을 통하여 존재적 가치를 자각하고 아픈 가슴을 녹이게 된다. 아이의 재롱에 웃음꽃이 피고, 흑백텔레비전 한 대, 작은 냉장고, 노랑 병아리에서 작가의 깊은 감수성과 철학적 사유(思惟)를 읽을 수 있다. 작은 텃밭을 내 작은 궁전으로 가꾸어 가는 화자의 꿋꿋함이 작품 곳곳에 표출되고 있다. 사색의 자국과 감동이 넘치는 그녀의 수필이 독자의 시린 가슴을 녹이게 될 것이다.

　"그때 가 봐야 알지. 나 혼자 다닐 수 가 없잖여!"

　하시던 어머니! 넷째 언니 집에서 생신을 지내시고, 일주일 후에 한 많은 세상을 뜨셨다. 가실 때를 아셨던가? 서산 큰댁, 외할머니, 이모, 외당숙모, 친척을 두루 찾아보셨단다. 넷째 언니 집에서 서울에 데려다 달라고 몇 번을 말씀하셨단다.

　"진작 연락 좀 했으면 돌아가시기 전에 모시러 왔잖아"

　"우리 집에 더 계시라고 그런 거지 뭐, 누가 이렇게 돌아가실 줄 알았나?"

　어머니가 그렇게 허망하게 가실 줄을 누가 알리야.

　"어머니! 좋은 곳으로 가셔서 평생 어머니 가슴에 묻으셨던 두 아드님 만나시고, 젊은 시절로 돌아가시어 아버지와 함께 행복하게 지내십시오."

　착하셨던 어머니께선 그리 인도되실 겁니다. 이렇게 가신 어머니는 돌아가셔서야 아버지 곁에 나란히 묻히셨다. 항상 시댁 식구들만 챙겼지 어머니께 용돈 한번 드리지 못한 죄.

　"어머니! 용서를 빕니다."

　　　　어버이 살아실제 섬기기를 다하여라
　　　　지나간 후면 애닯다 어이하리
　　　　평생에 고쳐 못할 일은 이뿐인가 하노라.

　정철의 옛시조가 아니어도 한번 하직하면 다시없는 이 세상의 삶! 어리석음을 죄스럽게 뉘우친들 때는 이미 늦어 있다.

　부자 댁에서 태어나시어 반생을 힘들게 사셨던 어머니, 딸 다섯을 키웠지만 어린 아들 둘을 키우지 못한 회한(悔恨)을 가슴에 품고, 돌부처로 사셨던 어머니께선 한 가지 복, 고종명(考終命)을 타고 나셨다. 내가 서른 살 때 어머니가 돌아가셨으니 친정이 없다. 오빠가 없으니 친정이 없다. 친정 오빠나 동생이 있는 친구를 보면 아주 부러웠다. 처가가 없는 남편에게도 미안할 때가 많았다.

– 「나의 어머니」 중에서

신정일 수필가는 「나의 어머니」에서 옛시조를 읊어가며 어머니에 대한 효도를 진솔하게 쓰고 있다. '어머니는 누구를 위해 존재하는가?' 외손주를 키워주신 데다가 갑자기 운명하셔서 효도를 다 못 했다는 아쉬움에 가슴이 아려지는 이유를 명료하게 나타내고 있다. 그만큼 모성적 향수를 신 수필가는 언어에서뿐 아니라 원초적 이미지로 되살려 그려내고 있다.

영국의 역사학자 아놀드 토인비가 '한국에는 효도라는 미풍양속이 있다.'라고 했다. 그러나 근래에 여러 가지 변화로 효도의 관념이 서서히 바뀌고 있다. 벌써 우리나라도 부모에게 폐를 끼치지 않는다면, 그게 효도의 전부인 양 말하는 사람이 늘고 있다. 이제 우리는 가까이 있는 것의 참된 가치를 깨달아야 한다. 즉 타자를 인식의 중심에 두는 자세가 필요하다 하겠다. 이는 서로 어루만지고 일깨워주는 인내의 미학을 정립해준다. 어쩌면 이를 수용하는 자세야말로 송인당 수필가가 추구하는 수필적 삶일지도 모른다.

먼 곳에서 살고 있는 큰 며느리, 작은 며느리가 다녀갔고, 큰아들, 작은아들이 전화를 주었다. 아버지를 아껴 주는 자식들의 정이 고맙다.

의사의 자세한 설명에 안도의 느낌을 받은 환자는 큰 병이 아니라는 판단으로 기분이 좋아졌다. 몇 달을 입맛이 없다고 나를 힘들게 하던 그가 저녁식사를 달게 했다. 어떻게 구미가 금시 당기는지 신기했다. 그것이 바로 플라세보 효과라고 하나보다. 긍정적인 의사의 말은 환자에게 전능한 신의 말씀과도 같음을 느꼈다.

긴장이 풀리면서 그곳에서의 일사분란하게 움직이는 의사, 간호사, 환자와 어깨 축 늘어진 보호자의 모습들이 눈에 선하다. 남편은 올해만도 세 번이나 응급실을 찾았다. 우리나라 제일 큰 병원이라는 이름답게 S대학병원응급실의 의료시스템은 진행이 잘된다. 구급차에서 내리자마자 분주하게 움직이며 척척 진행된다. 그러나 응급환자들이 불편함 없이 수용될 수 있는 침대도 여유롭고, 보호자가 좀 앉아서 환자로 인한 피로를 풀 수 있는 의자도 넉넉하면 참 좋겠다.

그가 편한 마음이도록 인내하며 살자고 마음을 다지지만, 무의식에 조금이라도 그에게 상처 주는 일은 없는지 돌이켜 본다. 깊은 밤 천정은 별빛으로 가득하다. 긴 세월 환자를 지키기 위해서는 별들에서 너그러움을 배워야 한다.

— 「응급실 소감」 중에서

신정일의 「응급실 소감」에는 '플라세보 효과'라는 의학 용어가 나온다. 의사가 효과 없는 가짜 약 혹은 꾸며낸 치료법을 환자에게 제안했음에도 불구하고 환자의 긍정적인 믿음으로 인해 병세가 호전되는 현상이다. 즉 심리적 요인에 의해 병세가 호전되는 현상으로 위약(僞藥) 효과라고도 한다. 그리고 보호자가 긴 세월 환자를 지키기 위해서는 너그러움을 배워야 한다고 했다.

응급실을 통하여 아버지의 병환을 이해해가는 과정과 절절한 연민의 정이 감동적으로 잘 드러난 작품이다. 문장의 흐름과 탄탄한 긴장미, 참신함까지 유기적으로 어우러지며 주제를 형상해내는 솜씨가 수준급이다. 이 작품에서 화자는 의사가 환자의 신체뿐만 아니라 마

음마저 치유할 수 있는 감수성을 가져주기를 비유적으로 이야기하고
있다.

> 68년도에 처음 냉장고를 들여올 때도 얼마나 신이 났던가? 지금
> 세월이야 결혼하는 신부가 가전제품을 포함한 모든 살림살이를 준비
> 해서 신혼생활을 시작하지만, 우리네 시절에는 웬만한 경제력이 있
> 는 집안 말고는 살면서 한 가지씩 장만하며 살았다.
> 냉장고 처음 들여올 때도 그렇게 즐거워하더니 여전히 새것 들여올
> 때마다 당신은 항상 기분이 좋은가 봐. 새 식구 맞으며 좋았던 시절
> 을 그도 기억하나 보다.
> 처음 냉장고를 들여놓던 날, 찬 맥주를 꺼내 즐기던 맛. 밀가루 물
> 팔팔 끓여서 청홍고추 송송 썰어 넣고 담근 시원한 열무물김치. 국수
> 를 말아서 온 식구가 둥근 두레 반상에 둘러앉아 후루룩 먹던 시원함
> 의 물 국수 맛! 잊을 수 없는 추억이다.
> 새 물건과 인연을 맺는 기분이야 얼마나 좋은가? 친정어머니 오시
> 는 날처럼 마음이 부푼 풍선처럼 붕 뜬다.
> 2000년도에 세 번째 냉장고를 교체할 때 내 생애 마지막이려니 생
> 각하면서 들여놓았던 냉장고! 12년을 매일 여닫고, 나와 그의 먹거리
> 를 신선하게 보관해 주던 냉장고를 이제 보내야만 되었다. 아직 수명
> 이 다하지는 않았지만 12년 동안 열리고 닫히며 시달린 문짝이 긁혀
> 서 보기에 흉했다. 이왕지사 새로 교체해야 할 바에야 좀 일찍이 바
> 꾸자는 심산이었다.

> ─「그 애 꽃가마 타고 오던 날」 중에서

수필「그 애 꽃가마 타고 오던 날」은 매우 흥미로운 상상력을 보여
주는 작품이다. 전혀 이질적인 꽃가마와 냉장고를 연결해 하나의 의

미 공간을 만들어내는 수필적 상상력은 시선을 끌기에 충분하다 하겠다. 이 작품은 시집가는 새색시처럼 냉장고를 의인화시켜 수필의 맛을 더하는 노련미가 감지되어 신정일에게서 수필 작가로서의 아우라가 느껴진다. 즉 꽃가마라는 이미지와 냉장고 사이의 단절을 역으로 이용하여 의미를 생성한다. 작품의 전개도 적절하며 안정감도 있어 삶의 진실을 충격적 이미지로 드러내는 발상의 전환이 빼어나 감흥을 불러일으키고 있다.

68년도에는 냉장고, 컬러TV, 에어컨 등이 귀한 시절이었다. 냉장고 한 대를 사들여 놓고, 누구는 집을 한 채 산 것인 양, 기쁜 마음에 눈물을 흘렸다고 한다. 냉장고와 대화할 수 있는 수필가의 감성이 돋보인다. 오뉴월에 청홍고추 송송 썰어 넣은 시원한 열무물김치에 국수를 말아 먹던 추억을 이미지화하는 노련함을 보며 수필적 완숙미에 이르고 있음을 유추할 수 있다.

전화 소리에 수화기를 들었다. 수도기술자였다. 급하지 않으니까 비 그치면 오셔도 된다고 말해 주었다. 조금 후 빗줄기가 가늘어지기는 했지만, 아직 우중인데도 그가 오토바이를 타고 요리조리 곡예를 하며 빗길을 뚫고 왔다.

세면기 밑으로 팔을 뻗쳐서 작업하는 그가 힘들어 보인다. 허리 펴고 작업할 수 있는 공간이 아니다. 컴컴해서 잘 보이지도 않고, 손전등을 켜 밝혀 주었으나 어둡기는 매한가지다. 한 시간가량 그가 애쓰면서 수도꼭지 교체작업이 마무리되었다.

그가 휴지로 세면대 위를 말끔히 닦고 수도꼭지를 틀었다. 이젠 물이 새어 나오지 않지요? 이상이 있으면 전화 주세요. 전화번호 적어 드릴게요. 수도꼭지가 3만 원이고, 공임이 2만 원이라고 한다. 예상 외로 수도꼭지만 교체하는 상태여서 다행이었다.

어느 누구를 불문하고 돈을 번다는 것이 그리 쉬운 일이 아니다.

그에게 수고 많았다며 5만 원을 지급하고, 커피우유 하나를 따서 마
시라고 주었다. 인상도 성격도 좋아 보이는 그가 꿀꺽꿀꺽 우유를 들
이켰다. 아! 시원하게 잘 마셨다며 하자가 있으면 금방 달려와서 점
검하겠다고 전화번호를 적어주곤 꾸벅 인사를 하고 나간다.

– 「작은 일에도 책임을」 중에서

직장인은 회사라는 튼튼한 조직 안에 있어서 안전하다고 한다. 하
지만 이 말은 뒤집어 보면 자신은 일만 하고 그 책임은 회사가 맡는
다는 뜻도 된다. 그러나 회사가 어려울 때는 소속 사원이 책임 추궁
을 받게 된다. 나름대로 열심히 일해도 경쟁사에 밀리면, 자신에게
도 도움이 되지 않고 결국에는 회사를 위험에 빠뜨리게 된다. 일상
에서 늘 하는 일에 만족하고 주어진 일에만 오랫동안 능력을 발휘하
다 보면, 결국 스스로 변화하는 환경에 부적격자가 되기 쉽다.

신정일의 수필에 나오는 수도 기술자는 개인 사업자이겠지만, 모
범 기업을 압축해놓은 듯, 좋은 이미지를 고객에게 주고 있다. 넓게
보면, 생산과 영업에서 단연 두각을 나타내고 있다. 자신은 일만 하
고 책임은 조직이나 다른 사람이 진다면, 자신의 능력을 가두고 변
화를 거부하는 자신을 만들 뿐이다. 신정일은 수도 기술자를 통해
수필가의 직관이나 사유로 '누가 시키지 않아도 스스로 일을 찾아 책
임감을 느끼고 일을 하는 것이 필요하다.'고 깨닫게 하고 있다.

월영교(月影橋)는 안동시 안동댐 하류에 놓인 나무다리로 직선이 아
니고 곡선이다. 미모의 풍만한 여인이 모로 누운 형국이다. 그 길이
가(강폭) 387m라지만 차가 다닐 수 없는 나무로 축조된 아름다운 곡
선이다. 물론 교각은 시멘트고 상판만 나무다. 월영교 중간에는 아

름다운 팔각의 월영정(月影亭)이 있다. 답사객들의 쉼터라고 한다. 안동 민속박물관을 관람하기 위해 월영교를 걷는 사람 거의 모두가 월영교와 월영정의 아름다움을 담느라 스마트 폰 셔터를 눌러 대는 모습이 진지해 보인다. 월영교의 야경 또한 아름다워 볼만하다는 안내자의 설명이다. 낙동강 물 위에 떠 있는 달그림자와 월영교의 어우러짐! 그 야경을 한번 보고 싶지만 마음뿐이다. 우린 당일 여행이니까.

– 중략

　도산서원으로 가는 길은 낭만적이다. 저 아래 유유히 흐르는 낙동강 물줄기! 건넛산 그림자가 잔잔한 물살 속에서 일렁일렁, 물비늘 윤슬이 아름답거니와 길가의 조림(造林)도 잘 가꾸어져 있었다.

　도산서원의 넓은 앞마당에는 두세 아름나무가 그 역사를 자랑하듯 비스듬히 누여진 가지가 눈길을 끈다. 고목의 가지를 배경으로 사진을 촬영하느라 줄을 서 있다.

　마당에서 보는 도산서원 전경은 오밀조밀 한 폭의 그림이다. 안내자는 곳곳을 안내하며 그 시대의 선비 교육에 대한 설명을 한다. 그곳에서 우리는 퇴계 선생을 만났다. 그분의 교육관, 민족관, 나라 사랑을 어렴풋이 알게 되며, 예비 선비들의 학습 과정도 그려본다. 450여 년을 그곳에 살아계신 한국인의 자랑 퇴계 이황 선생, 청명(淸明)한 삶은 길이 존경받고 영원히 회자하리라.

–「퇴계 선생을 만나다」중에서

　임진왜란 직전에 안동 지역에 살았던 이응태 부부의 아름답고 숭고한 사랑을 기념하고자 미투리 모양을 담아 월영교 나무다리를 형상화하였다. 남편의 병 쾌유를 빌며 만든 미투리(머리카락, 삼 등을 섞어 삼은 신발)와 '원이 엄마'의 애틋한 사랑을 담은 한글 편지가 이응태의 무덤에서 발견되었다. '이 신 신어보지도 못하고…'라는 편지글에서 서럽고 안타까운 한 아내의 심정이 읽는 이들의 가슴을 아리게 한다. 신정일 수필가는 400여 년의 긴 잠에서 깨어난 지어미의 사랑과 영혼이 호수의 달빛으로 찬란한 월영교가 부각되는 것을 초월해 문학기행, 논문, 소설, 잡지, 오페라, 영상매체 등으로 주목받을 것으로 기대한다.

도산서원은 퇴계의 정신과 사상 그리고 학덕을 기리기 위해 세운 유림의 중심지다. 즉 오늘날 대학과 대학원 과정의 인재를 육성하는 곳이다. 화자는 '안내자가 곳곳을 안내하며 퇴계의 교육관, 민족관, 나라 사랑을 설명하는 것으로' 작품의 문을 열고 있다. 퇴계의 정신을 곳곳에서 포착하고 있다. 퇴계의 도(道) 사상을 이해하려는 서정의 힘과 정신의 깊이를 감지하게 한다. 퇴계 사상을 중심으로 인류사회의 문제를 진단하고 방향을 제시하여 한국사회가 더욱 발전하기를 기대한다. 초가을에 문인들과 도산서원으로 문학기행 가는 길은 문학적 이룸이 있는 의미 있는 여행이었다.

3. 맺음말

신정일의 수필을 읽으면 마음이 맑아진다. 그녀의 삶이 건강하고 아름다운 숲의 향기를 지녔기 때문이다. 인생의 경지가 곧 수필의 경지라 할 수 있다. 그녀는 희수(喜壽)를 지나며 처녀수필집을 상재하지만, 오래전부터 한결같이 좋은 수필을 쓰기 위하여 노력해 왔다. 그녀의 초기 수필세계는 삶의 근본적인 문제를 심도 있게 천착하고 있다. 때론 부대끼는 삶을 살아오면서 수필을 통해 세상을 더 좋게, 아름답게 만들려는 배려의 마음을 밝혀 왔다. 신정일은 수필이 자신의 삶을 통해 인생의 발견임을 깨닫고 진실과 순수로 감동을 드러낸다. 그녀는 수필의 구조와 표현이 알차다는 평가를 받고 있다. 그것은 글 창작 단계에서 자연스러운 모습이겠지만, 오랜 병상 생활에서 오는 환경의 변화로 인생을 좀 더 깊이 있게 생각하는 계기가 되었다.

신정일 수필가는 자신이 걸어온 삶의 모습을 거울에 비춰낸 듯 그려내고 있어 인생의 향취와 여운을 보여준다. 수필은 그 쓰는 이를 가장 솔직하게 나타내는 문학 형식이다. 그러므로 과장하지 않고 독자에게 친밀감을 주는 데서 감동을 불러낸다. 신정일은 수필 문학에 대해 꾸준히 탐구하면서 자신이 걸어가야 할 길을 멀리 바라보고 있다. 그녀는 균형 감각 속에 마음의 여유를 갖고 꾸준히 글쓰기에 열중하고 있는 데다가, 주제가 선명하고 오랜 세월 남다른 인생 체험과 집중력을 지녔다는 점에서 기대가 되는 수필가이다. 신정일 여류 수필가의 처녀 수필집 『하늘공원에 서다』를 세상에 알리게 됨을 기쁘게 생각한다. 선비의 기개를 담은 가슴으로 만학의 열정을 수필로 승화시키며 문학의 꿈을 이루기를 기대한다.

하늘 공원에 서다

초판인쇄 2018년 3월 15일 **초판발행** 2018년 3월 20일

지은이　**신정일**
펴낸이　**장현경**　펴낸곳　**엘리트출판사**
등록일　**2013년 2월 22일 제2013-10호**

서울특별시 광진구 긴고랑로15길 11 (중곡동)
전화　010-5441-7925
E-mail : wedgus@hanmail.net

정가　**13,000원**

ISBN　979-11-87573-10-4 03810